HEYNE
HARD
CORE

ZUM BUCH

Böses Mädchen? Gutes Mädchen? Oder irgendwo dazwischen? Dahlia Schweitzer schildert ihre Erfahrungen in der New Yorker Sex-Industrie. Stets auf der Suche nach Selbstverwirklichung und sexueller Erfüllung erzählt sie freizügig von ihren Abenteuern als Stripperin, Callgirl, Dominatrix, Pornostar und Nacktmodell.

Lovergirl ist Dahlias Suche nach dem, was sie gerne sein möchte und eine ungeschminkte Schilderung dessen, was sie wirklich ist – der beeindruckende Beweis dafür, dass es nicht schaden kann, Regeln zu brechen, um Erfolg zu haben.

ZUR AUTORIN

Die Karriere des Multitalents Dahlia Schweitzer kennt keine Grenzen: Im Nachtleben gibt die gebürtige New Yorkerin die extrovertierte Elektro-Punk-Diva, tagsüber folgt sie als Autorin und Fotografin ihren literarischen und künstlerischen Leidenschaften. Dahlias Markenzeichen ist eine erotisierende Mischung aus multimedialem Electro/Punk/Pop. Ihre Performances führten sie bisher von New York über Berlin nach London und Rom. Teile von Dahlias provokanter Foto-Serie »Lovergirl« wurden auf Nerve.com gezeigt und in New York und Berlin ausgestellt, wo Popstar Pink zwei ihrer Arbeiten kaufte. Ihre Kurzgeschichten sind regelmäßig in Magazinen für Erwachsene zu lesen. In Deutschland erschien 2006 ihr Erzählungsband »Sex mag ich eigentlich gar nicht«.

DAHLIA SCHWEITZER

Lovergirl

Aus dem Amerikanischen
von Kirsten Borchardt

WILHELM HEYNE VERLAG
MÜNCHEN

Die Originalausgabe erschien unter dem Titel
LOVERGIRL
im Eigenverlag

FSC
Mix
Produktgruppe aus vorbildlich bewirtschafteten Wäldern und anderen kontrollierten Herkünften
Zert.-Nr. SGS-COC-1940
www.fsc.org
© 1996 Forest Stewardship Council

Verlagsgruppe Random House
FSC-DEU-0100
Das für dieses Buch verwendete
FSC-zertifizierte Papier *München Super*
liefert Mochenwangen.

Vollständige Deutsche Erstausgabe 04/2007

Printed in Germany 2007
Umschlaggestaltung:
Hauptmann & Kompanie Werbeagentur, München – Zürich
Umschlag- und Innenillustrationen: Dahlia Schweitzer
Satz: C. Schaber Datentechnik, Wels
Druck und Bindung: GGP Media GmbH, Pößneck

ISBN: 978-3-453-67526-1

www.heyne-hardcore.de

LOVERGIRL

Does she see what to be?
Does she know what to feel?
Can she tell which way is real?

Lovergirl, lovergirl, lovergirl.

Get down, get undressed,
Lovergirl, your turn is next.
Get down, get undressed,
Lovergirl, forget the rest.

Lovergirl, lovergirl, lovergirl.

Er war der festen Überzeugung, dass in jeder Frau eine Hure steckte und dass die Erfahrung einer Hure einer jeden von ihnen gut tun würde, denn es gäbe keine bessere Art, sie daran zu erinnern, dass sie weibliche Wesen waren.

Anaïs Nin, *Das Delta der Venus*

EINFÜHRUNG

Jeder Mensch wäre gern ein Star. Und jeder hat seine eigene Fantasievorstellung, wer er sein will – und wie er berührt, angesehen, geliebt, begehrt werden möchte. Aber jeder ist darin gefangen, wie er wirklich ist – und er ist gefangen in den Erwartungen, die man an ihn stellt.

Aber bist du es nicht müde, dich derart unterdrückt zu fühlen? Hast du es nicht satt, dass du selbst glaubst, ein braves Mädchen sein zu müssen, um das zu bekommen, was brave Mädchen eben kriegen? Dafür gehst du wie ein Roboter ins Bett, stehst wie ein Roboter auf, und irgendwann am Tag gibt es ein warmes Mittagessen.

So willst du nicht leben.

Du willst ein Star sein. Du willst berührt, angesehen, geliebt, begehrt werden. Du willst, dass sie sich nach dir verzehren, dich brauchen, dich wollen – aber wie schafft ein braves Mädchen das? Mit den braven Jungs kann man keinen Spaß haben. Brave Jungs wollen vor dem Einschlafen einen Gutenachtkuss und nach dem Aufwachen eine Umarmung. Brave Jungs wollen ins Kino gehen und dort einen guten Platz bekommen. Sie wollen sich nicht in dunklen Ecken rumdrücken und ihre Hand in deinen Slip schieben. Und wenn sie auf ihrem guten

Platz sitzen, dann wollen sie nicht mal, dass du ihnen deine Hand in die Hose schiebst.

Du weißt natürlich, wozu Raststätten wirklich da sind – nicht zum Tanken jedenfalls. Und du weißt, wozu es öffentliche Toiletten gibt – nicht zum Koksen. Du weißt, was Tischtücher verstecken sollen – keine hässlichen Möbel, oh nein. Und Ankleideräume? Die sind nicht zum Ankleiden, sondern zum Auskleiden da, ist doch klar.

Aber so sollen brave Mädchen ja nicht denken. Brave Mädchen sollen auf dem Highway nicht geil werden. Oder beim Nachtisch. Oder beim Taxifahren. Oder in Treppenhäusern. Brave Mädchen sollen gar nicht drüber nachdenken, was man in einer Toilettenkabine so alles tun kann.

Tja, was bin also ich? Wenn ich an öffentliche Toiletten, Rasthöfe, Nachtisch und Taxifahrten denke, dann ist es mit dem braven Mädchen bei mir schnell vorbei. Dann denke ich wie ein böses Mädchen – und weiß dann nicht, wohin mit mir. Ich weiß nicht, was ich in Taxis oder in Kinos tun soll, weil brave Mädchen nun mal keine bösen Sachen machen.

Brave Mädchen kriegen einen braven Kerl und geben ihm abends einen Gutenachtkuss. Also gab ich mir alle Mühe, das mit dem Kuss perfekt zu lernen, und wartete. Ich wartete, ob ich herausfinden würde, was ich mit diesem anderen Teil von mir anfangen wollte, jenem Teil, der es unbedingt mal im Stehen treiben, der unanständig und so richtig, richtig schlecht sein wollte. Ich wartete und hoffte, dieser Teil meiner Selbst würde sich in Luft auflösen.

Tat er aber nicht.

Der Hunger, die Gier, das Verlangen – es wurde nur noch schlimmer. Und ich wusste einfach nicht, was ich mit dem bösen Mädchen anfangen sollte. Ich konnte es nicht wegschicken, es ging nicht. Je mehr ich diesen Teil von mir ignorierte, und je mehr ich so zu tun versuchte, als sei ich richtig, richtig gut, desto schlimmer wurde es. Und je mehr ich merkte, dass ich eigentlich kein braves Mädchen war, so ganz und gar nicht, desto mehr fragte ich mich: Wer zum Teufel bin ich überhaupt?

Ich wusste, ein böses Mädchen war ich nicht, jedenfalls war ich nicht »so eine«. Aber wer war ich dann? Wenn ich nicht so eine war, warum starrte ich die bösen Mädchen dann so an? Warum sah ich zu, wenn Männer sie mit den Augen verfolgten, und wünschte mir, auch so angeglotzt zu werden? Wieso dachte ich dauernd an sie? Warum sah ich sie an und wünschte mir, mich genauso bewegen zu können, solche Titten, so einen Arsch und so einen kurzen Rock zu haben? Warum wünschte ich mir, ich könnte meinen Körper so bewegen, und ein Mann würde mich so anfassen, wie *sie* in meiner Vorstellung angefasst wurden?

Ich wollte so begehrt werden wie ein böses Mädchen.

Die Art, wie brave Jungs eine Frau wollen, interessierte mich nicht. Ich war nicht scharf auf jemanden, der es toll fand, wie ich schrieb oder sprach oder dachte oder etwas tat. Ich wollte einen Mann, der mir dabei zusah, *wie* ich sprach, wie sich mein Mund bewegte, und der kaum stillsitzen konnte, weil er mich schmecken wollte.

Ich wollte geschmeckt werden. Geleckt. Berührt. Ich wollte gebraucht werden. Begehrt. Ich wollte, dass sich jemand nach mir verzehrte, dass es ihn nach mir verlangte.

Nach all dem sehnte ich mich verzweifelt, aber ich wusste nicht, wie ich all das bekommen konnte. Wie schafften brave Mädchen das? Ganz einfach – sie bekamen es gar nicht, weil sie es nämlich nicht wollten.

Aber was war dann ich? Ein braves Mädchen war ich nicht, ein böses auch nicht, aber ich wollte beides sein. Oder auch weder noch. Das Etikett »braves Mädchen« schnürte mir die Luft ab, aber vor dem Etikett »böses Mädchen« fürchtete ich mich. Ich hatte keine Ahnung, wie man beides miteinander vereinbaren konnte. Von außen wirkte ich wie ein braves Mädchen, innen drin fühlte ich mich wie ein böses. Ich wollte etwas, das ich nicht bekommen konnte, und brauchte etwas, von dem ich nicht wusste, wie ich es mir besorgen konnte.

Verzweifelt wünschte ich mir, einen Weg zu finden, *beides* sein zu können. Ein braves Mädchen (wenn mir danach war), und ein böses (wenn ich das brauchte). Ich wünschte mir herauszufinden, wie ich *ich selbst* sein konnte, ohne Etikett, ohne Schublade, ohne Einschränkungen – aber ich wusste nicht wie. Wie konnte ich aus der Falle herauskommen, die mein Leben war?

Obwohl mir das alles klar war, wusste ich noch immer nicht richtig, was ich wirklich wollte. Wo konnte ich finden, was ich brauchte? Ich wusste nur, dass alles in mir danach drängte, es zu entdecken. Ich wusste, ich wollte jemand anders sein. Ich fühlte mich gefangen in meinem Körper, in meiner Haut, in meinem Leben.

Aber wie findet man ein neues Leben? Wie kann ein braves Mädchen zu einem bösen werden? Wie lernt man, jemand anders zu sein? Wie konnte ich Männer dazu bekommen, mich wie ein böses Mädchen anzusehen, mich anzustarren und an meine Beine, meine Brüste, meine

Zunge, meine Lippen zu denken – und nicht an Filme oder Bücher oder Theorien oder ans Abendessen.

Ich wollte das Abendessen sein.

Aber das passt nicht in das Leben eines braven Mädchens. Keiner meiner Wünsche passte dazu. Also, was konnte ich tun? Ich musste mir ein neues Leben aufbauen. Ich brauchte ein neues, ein geheimes Leben, von dem niemand wusste, in das ich hinein- und wieder hinausschlüpfen konnte. Ich musste mich selbst in etwas ganz Neues verwandeln.

Ich musste jemand anders werden. Ein neues Leben mit neuen Regeln – ein neues Leben *ohne* Regeln. So hieß mein neues Spiel, und ich konnte es so spielen, wie es mir gefiel.

Nach außen hin konnte ich weiterhin ein braves Mädchen bleiben, denn eine andere Möglichkeit zu leben kannte ich nicht. Aber in meinem privaten, neuen Leben konnte ich, wenn es dunkel wurde, allmählich lernen, wie man die Kontrolle verliert. Wie man Kontrolle gewinnt. Wie man sich dreckig macht. Wie man gebraucht, wie man begehrt wird. Wie man selbst begehrt. Wie man ein böses Mädchen wird.

Erste Regel: Kein Rock ist zu kurz.
Zweite Regel: Kein Drink ist zu stark.
Dritte Regel: Kein Gedanke ist zu pervers.
Vierte Regel: Keine Handlung ist zu abwegig.
Fünfte Regel: Nichts ist verboten.

Striptease

***In dem ich lerne,
wie man bezaubert und verführt,
wie man tanzt und
wie man sich auszieht.***

1. APRIL

Als ich es zum ersten Mal tat, war ich betrunken. Ich tat es betrunken und in schwarzer Unterwäsche und einem durchscheinend silbernen Kleid.

Die Bar war fast völlig leer, abgesehen von einigen Männern, die sich rund um den Fernseher und das Megatouch-Videospiel in der Ecke geschart hatten. Joanne hatte den Blick starr auf ihr Solitärspiel geheftet und ignorierte mich.

»Ist Candy da?«, fragte ich und lehnte mich gegen die Bar, die Zigarette ungelenk zwischen den Fingern.

»Candy hat sich den Fuß verletzt.« Ihre Reibeisenstimme passte nicht zu ihrer eleganten Frisur. »Sie tanzt heute nicht. Willst du für sie einspringen?« Sie deutete mit dem Kopf in Richtung der Tanzfläche, als ob ich nicht wüsste, wo die war.

»Aber ich sollte heute mit Candy zusammen tanzen«, antwortete ich und klang dabei vermutlich so idiotisch und kleinmädchenhaft, wie ich auch aussah. »Sie wollte es mir beibringen.«

Joanne lachte. Ihre Augen ruhten noch immer auf dem Solitärspiel, das auf dem Bildschirm neben ihr leuchtete. »Du brauchst Candy nicht, mach es einfach allein. Es ist heute sowieso niemand in der Bar. Es wird niemand über dich lachen.«

Ich zögerte. Zwar war ich zum Tanzen hergekommen, aber allein?

Das Valentino war nicht nur das einzige Striplokal, sondern auch die einzige Bar der Stadt, in die sich keine Collegestudenten verirrten. Es kam ohne die üblichen Leuchtreklamen aus, und draußen ließ keinerlei Werbung vermuten, dass drinnen nackte Frauen tanzten. Es gab keine Fenster, durch die man hineinsehen konnte. Auf dem Schild vor der Tür stand nur »Valentino's Café«. Natürlich wusste jeder in der Gegend, was in dieser schäbigen Bar ablief, aber wie über die meisten verbotenen Dinge, bei denen Sex im Spiel war, wurde darüber nicht laut gesprochen.

Bei meinem ersten Besuch, hatte mich die Atmosphäre fasziniert: die pulsierende Musik aus der Jukebox, das leere Engelslächeln der Tänzerinnen, der weggetretene Gesichtsausdruck der Männer, die um die Bühne herumstanden – und natürlich Candy. Sie schüttelte immer wieder ihr langes blondes Haar und wand sich dabei aus etwas heraus, das wie ein Hauch von winzig leichter Sommerunterwäsche aussah, und sie zwinkerte jedem zu, der so kühn war, Augenkontakt zu suchen. Sie hatte nicht nur einen tollen Körper und wusste ihn einzusetzen – es sah so aus, als ob ihr das Ganze einen Riesenspaß machte. Wenn sie lachte oder redete, waren ihre Augen nicht glasig oder leer. Als sie in ihren Lederhotpants auf die Bühne kam, kürte ich sie sofort zu meiner Lieblingstänzerin – und alle anderen waren ebenso begeistert. Da ich die einzige Frau war, die nicht halb nackt herumlief oder auf der Bühne stand, sahen die Tänzerinnen und die Männer immer wieder zu mir herüber, misstrauisch und neugierig, aber Candy war die Erste, die tatsächlich

Kontakt aufnahm. Sie flirtete und kicherte, und schließlich wollte sie mich überreden, mit ihr auf die Bühne zu gehen.

»Du könntest dir Sachen von mir leihen«, flüsterte sie und zupfte mich ganz leicht am Arm. Es war unglaublich, wie ihre Augen funkelten. War ich ebenso in sie verliebt wie jeder Mann hier im Raum?

»Vielleicht ein anderes Mal«, sagte ich und überlegte fieberhaft, wie ich mich überwinden könnte, das wirklich zu tun.

»Wie wäre es nächsten Dienstag? Da ist mein langsamer Abend.« Sie hielt inne und sah mich direkt an. »Ich könnte es dir beibringen.«

* * *

Und nun war ich tatsächlich dort. Der Alkohol ließ meinen Kopf schwimmen, und mein Magen verkrampfte sich vor Angst. Meine Trainerin war nicht da.

»Wovor hast du Angst?«, fragte der alte Mann zu meiner Rechten.

»Ich hab das noch nie gemacht.« Das merkte man ja wohl!

»Aber du bist schon richtig dafür angezogen.«

Meine Titten hingen aus meinem Kleid, meine Lippen waren dunkel geschminkt, ich trug hohe Absätze. Ich konnte den Alkohol in seinem Atem riechen, als ich seine weißen Haare und die Falten um seinen Mund anstarrte.

»Ich sorge dafür, dass niemand lacht«, sagte er und starrte zurück.

Ich zündete mir noch eine Zigarette an und antwortete nicht. Sollte ich es wirklich tun? Würde ich wirklich meine Angst überwinden und den entscheidenden Schritt wagen? Wäre es eine Enttäuschung für meinen Vater, wenn ich meine ganze liberale Erziehung dadurch entwertete, dass ich mich zum Sexobjekt machte? Indem ich für ein paar Dollarscheine den Blick auf meine Muschi freigab? War ich denn komplett verrückt?

»Willst du was trinken?«, bot er nun an, wohl um mich langsam in die Gänge zu bringen.

Ich schüttelte den Kopf und rauchte noch eine Zigarette. Allmählich begriff ich, dass ich gar nicht nach Hause gehen *konnte* – dazu war ich zu angespannt und zu betrunken. Ich musste es versuchen; es hatte keinen Zweck, voll Panik wegzulaufen. Nach einem langen Atemzug wandte ich mich wieder an den alten Mann. Ich brauchte mehr Alkohol.

»Haben Sie noch immer Lust, mir einen Whisky auszugeben?«

»Na aber klar doch, kleine Lady«, sagte er und machte Joanne ein Zeichen, noch bevor er die Worte ausgesprochen hatte.

Was hatte ich da vor? Ich war keine Hure, aber ich wollte für Geld mit dem Arsch wackeln. Für mich bestand darin in diesem Augenblick kein großer Unterschied. Diese Männer würden jeden Zentimeter meines Körpers zu sehen bekommen, aber wenigstens würden sie für dieses Privileg bezahlen.

Ich atmete noch einmal tief durch und ging dann zur Jukebox hinüber. Die Lichter auf der Bühne begannen zu flimmern und zu pulsieren, große verschiedenfarbige Quadrate leuchteten auf dem Boden auf, wie bei *Saturday Night Fever*. Ich programmierte eine Reihe von Titeln in der Jukebox und versuchte mich daran zu erinnern, welche bei Candy letzte Woche besonders gut funktioniert hatten. »Black Velvet« eignete sich definitiv am besten – der Groove war so langsam und sexy, dass man als Tänzerin praktisch nichts falsch machen konnte – und dann suchte ich noch ein paar Dancetracks aus, um einen soliden Beat für den idealen Hüftschwung zu haben.

Nun zog ich meinen Mantel aus und stieg auf die Bühne. Die Männer, die nun ein bisschen Live-Action erleben wollten, lösten sich sofort von der Bar und setzten sich in meine Nähe. Ich fing an zu tanzen, schloss die Augen und versuchte, mich in der Musik zu verlieren. Es klappte viel zu gut – ich war so betrunken, dass ich auch schon komplett den Durchblick verlor. So ging es nicht; ich musste die Augen offen halten, um nicht das Gleichgewicht zu verlieren. Dabei versuchte ich daran zu denken, mit dem Arsch zu wackeln, meine Brüste zu berühren und zu lächeln.

Als der nächste Song anfing, begann ich mein Kleid zu lüpfen und G-String und BH zu zeigen. Ich spielte nur ein wenig mit meinen Reizen und fühlte mich fast wie ein Profi – erst zeigte ich ein bisschen was, dann schob ich das Kleid wieder herunter, zog es aufreizend wieder hoch, ließ ein bisschen Haut sehen, zog es wieder runter. Ich ließ den Träger herunterrutschen, wartete einen Augenblick und schob ihn dann wieder an seinen Platz.

Diese Phase war einfach. Ich zeigte ja gar keine nackten Tatsachen. Ich öffnete die Beine nicht in diesem komischen Winkel, der einen tieferen Einblick ermöglicht, aber ich wusste, dass ich das noch würde tun müssen, und das schon bald, bevor meine Zuschauer ungeduldig wurden. Als der nächste Song anlief, hatte ich das Kleid an mir heruntergleiten lassen; ich stieg über den Stoff und schubste es mit dem Fuß an den Bühnenrand.

Die Männer starrten mich an. Ich starrte zurück und versuchte zu lächeln. Ein Schritt links, ein Schritt rechts. Hand auf den Arsch, Hand auf den einen Busen, Hand auf den anderen Busen, wieder auf den Arsch. Lächeln. Nicht hinfallen.

Mein BH glitt herunter. Ich ließ ihn auf das Kleid fallen.

Da stand ich also, eine junge Frau, ganz allein auf der bunt angestrahlten Striptease-Bühne, in einer kleinen, schummrigen Bar in Connecticut. Oben ohne, mit blanken Titten. In diesem Augenblick betrachteten mehr Männer meinen Körper, als ihn in meinem jungfräulichen Leben bisher überhaupt je zu Gesicht bekommen hatten. Ich lächelte. Hand auf den Arsch, Busen, Arsch. Lächeln.

Dabei versuchte ich mich an die Bewegungen der Tänzerinnen zu erinnern, die ich in der Vorwoche gesehen hatte. Die Männer begannen in einem Anfall mitfühlender Ermunterung die ersten Dollars auf den Rand der Bühne zu legen. Ich wusste, ich musste ihnen mehr bieten, um ihnen das Gefühl zu geben, dass sie etwas für ihr Geld bekamen, also riss ich mich zusammen und setzte mich mit weit gespreizten Beinen auf die Bühne. Das fanden sie gut. Es gab noch mehr Dollars.

Ich streichelte mich und aalte mich ein wenig hin und her, wobei ich versuchte, nicht daran zu denken, wie dreckig die Bühne war. Mit den Fingern fuhr ich über meine Muschi, meine Schenkel, rund um die Brustwarzen und tat so, als ob mich meine Berührungen und ihre Blicke erregten. Die Dollars rollten weiter.

Einige Männer gingen, andere kamen. Ich begann, einen gewissen Rhythmus zu entwickeln, und achtete darauf, nicht zu viel Zeit vor einem einzelnen zu verbringen. Ich öffnete meine Schenkel, beugte mich nach vorn und zwinkerte. Ich wandte mich schnell wieder um. Ich schüttelte mein Haar. Ich zog den G-String zur Seite und gönnte ihnen einen kurzen Blick auf meine Muschi; so konnte man das Gesetz in Connecticut umgehen, laut dem komplette Nacktheit in einem Etablissement mit Alkoholausschank verboten war. Ich versuche, immer an das Lächeln zu denken.

»Wow, wie du lachst«, riefen sie.

»Na, mir macht es Spaß«, erwiderte ich und fuhr mir mit der Zunge über die Lippen.

So tanzte ich weiter, bis nur noch zwei Männer im Lokal waren. Sie wussten beide, dass es mein erstes Mal war, und sie sagten mir immer wieder, wie gut ich meinen Job gemacht hatte. Der eine war siebenundsechzig, der andere achtundzwanzig. Dem Siebenundsechzigjährigen sagte ich, er sähe viel jünger aus.

»Mein Geheimnis sind junge, hübsche Mädchen.« Er warf mir einen bedeutungsvollen Blick zu und legte noch mehr Trinkgeld auf die Bühne.

Im Gegenzug gewährte ich ihm einen Blick auf meine Muschi und zeigte ihm meinen Hintern.

Dem Achtundzwanzigjährigen sagte ich, wie niedlich er aussah. Er erzählte mir von seiner Frau.

»Sie hat mich letzte Woche verlassen und unseren Sohn mitgenommen.«

Aus Mitleid gewährte ich auch ihm einen Blick auf meine Muschi und zeigte ihm meinen Hintern, aber dann wurde mir schlecht. Der 28-jährige hatte mir noch einen Whisky ausgegeben, vielleicht lag es daran. Vielleicht waren es auch die vielen Zigaretten, die ich geraucht hatte, weil ich nicht wusste, was ich mit meinen Händen tun sollte. Oder vielleicht lag es an der Art, wie sie mich ansahen.

Also rannte ich auf die Toilette und übergab mich in einer der Kabinen. Es war so leicht wie nie, es kam einfach hoch, lief über mein Gesicht, auf den Boden, ins Klo und über meine Schuhe und in mein Gesicht. Die andere Frau aus der Bar kam in den Waschraum; durch die Klotür hindurch erklärte sie mir, sie hieße Jeanie.

»Ziehst du eine Line?«, fragte sie dann.

»Nein«, sagte ich überrascht. Hörte sie denn nicht, was ich tat? »Ich bin in ein paar Minuten fertig.«

Endlich kam nichts mehr, und ich ließ Jeanie in die Kabine. Sie hatte langes braunes Haar und eine Ponyfrisur, ein wettergegerbtes Gesicht und große, schwere Brüste. Während sie in meinem Beisein pinkelte, unterhielt sie sich mit mir.

»Du solltest nicht so lange auf dem Klo bleiben, du verlierst sonst deine Zuschauer.«

Ich sagte ihr nicht, dass mich meine Zuschauer in diesem Moment einen Scheißdreck interessierten, zumal ich vermutete, dass sie mich in diesem Zustand auch nicht gern ansehen würden.

Jeanie machte mich darauf aufmerksam, dass ich Kotze im Gesicht hatte, und ich wusch sie mir ab und starrte in den Spiegel. Vor meinen Augen drehte sich der Raum, und ich sah alles viel zu verschwommen, um erkennen zu können, ob mein Gesicht jetzt ganz sauber war. Jedenfalls fühlte ich mich nicht in der Lage, die Toilettenkabine zu wischen.

Unsicher stolperte ich aus dem Klo. Der Achtundzwanzigjährige war gegangen. Ich nahm meinen Mantel und zog ihn an. Ein paar Schwarze fragten, wieso ich ging, aber ich achtete nicht auf sie, weil ich mich zu sehr darauf konzentrieren musste, meine ganzen Sachen zu finden, während sich alles um mich drehte, jetzt allerdings in Rot und Gelb.

Joanne kam zu mir rüber. »Ich brauche noch eine Tänzerin für den Freitag. Da ist Candy bisher allein.« Ihre Stimme klang rauchig. Falls ich noch immer Kotze im Gesicht hatte, schien ihr das nicht aufzufallen.

»Ich muss darüber nachdenken. Ich rufe noch mal an.« Im Augenblick wollte ich nur nach Hause.

»Melde dich morgen bei mir, wenn du Interesse hast.« Ich konnte mir gar nicht vorstellen, dass sie mich wirklich wiederhaben wollte – aber sie hatte ja auch das Klo noch nicht gesehen.

Ich verließ die Bar und ging zur Main Street zurück. Dort stieg ich in mein Auto, schloss die Türen, setzte meine Brille auf und atmete tief durch. Ich war noch immer heil und ganz. Vorsichtig fuhr ich dann nach Hause, parkte den Wagen schief in eine Parklücke ein, stolperte ins Haus, legte mich aufs Bett und kotzte bis vier Uhr morgens weiter. Das Zimmer hörte nicht auf, sich zu drehen. Noch nie in meinem Leben war es mir so beschissen gegangen. Ich zog mir die Kleider vom Leib und ließ die Dollarscheine auf den Fußboden flattern. Als ich am nächsten Morgen aufwachte, hatte ich einen ekelhaften Geschmack im Mund, und das ganze Zimmer roch nach abgestandenem Zigarettenrauch.

4. APRIL

Am nächsten Freitag ging ich wieder hin. Als ich eintrat, stand Jeanie an der Bar; Joanne war nirgendwo zu sehen.

»Tanzt du heute hier?«, fragte sie.

Ich nickte und deutete auf meine Tasche, in der sich allerlei Tanzrequisiten befanden.

»Ich glaube, du bist heute die Einzige. Sonst ist noch niemand gekommen.«

»Was ist mit Candy?« In mir machte sich ein beklommenes Gefühl breit. Jetzt würde es vielleicht genauso werden wie am Dienstag, und ich wollte wirklich nicht alleine tanzen.

»Sie kommt heute ganz bestimmt nicht mehr. Wahrscheinlich kommt sie gar nicht mehr, die glaubt nämlich, sie sei zu gut für diesen Laden.« Ihr Lachen zeigte deutlich, was sie davon hielt. »Vielleicht bist du heute Abend allein.« Nach einem Blick auf mein Gesicht fügte sie etwas freundlicher hinzu: »Du kannst natürlich Pausen machen, aber es wird schon hart. Meinst du, du schaffst das?«

Vermutlich sah man mir meine Panik an, denn Jeanie fügte nun schnell hinzu, dass Joanne im Moment zu Hause sei und sich darum bemühte, eine weitere Tänzerin aufzutreiben. Ich sah wohl immer noch ziemlich nervös aus; Jeanie fragte, ob ich Drogen wollte oder was zu trinken. Aber ich lehnte ab – dieses Mal wollte ich komplett nüchtern auf der Bühne stehen.

Sie brachte mich in die Damentoilette, die gleichzeitig als Umkleide diente – eine ganz sinnvolle Einrichtung, da die einzigen Frauen, die sich im Valentino's blicken ließen, normalerweise auf der Bühne standen. Als wir an der Hand voll Gäste vorübergingen, hörte ich ein wenig Getuschel von wegen »das ist die Neue«, aber das war mir egal. Schließlich war ich ja wirklich die Neue, und man merkte, dass die Anwesenden das ziemlich spannend fanden.

Es war ein älterer Mann darunter, der Al Bundy genannt wurde, weil er wirklich ein bisschen so aussah wie Al Bundy aus *Eine schrecklich nette Familie*, wenn man davon absieht, dass er graue Haare und ein abgekämpftes Gesicht hatte. Er verfiel immer wieder in einen irischen oder englischen Akzent. Einer der anderen Typen hieß Marshall. Er war echt hässlich, mit widerspenstigem, braunem Haar, grünen Augen, die mich unablässig anstarrten, und einer aufgestülpten Nase. Er war, wie ich mich erinnerte, letzte Woche auch schon da gewesen.

»Du kannst mich Marshall nennen, Mr. Marshall oder Mr. Mister. Die meisten nennen mich Mr. Mister«, sagte er, »wie in Mr. MR und wie in Mr. Marshall.«

Diese Bemerkung sorgte an der Bar für große Heiterkeit.

»Ich kann es gar nicht abwarten, dich tanzen zu sehen«, sagte er lächelnd zu mir.

»Ich gehe auf die Bühne, sobald ich mein Wasser ausgetrunken habe«, erklärte ich und versuchte mich daran zu erinnern, das Lächeln zu erwidern.

Ich trank aus und programmierte auf der Jukebox einige Songs, wobei ich größtenteils dieselben wählte wie das letzte Mal. Dann atmete ich tief durch, stellte mein rotes Trinkgeldtäschchen und ein zweites Glas Wasser auf die Bühne und kletterte nach oben. Und ich begann zu tanzen. Al Bundy, Mr. MR und zwei andere Typen kamen näher zur Bühne. Mr. MR setzte sich nicht hin. Einer der Kerle war schon sehr alt; er blieb die ganze Zeit auf demselben Platz und betrank sich. Der vierte Mann saß neben Al Bundy und sagte mir, ich sähe wie ein Filmstar aus. Er und Al stritten darüber, wem ich am meisten ähnlich sah. Und dann gesellte sich noch ein gut aussehender Schwarzer zu dieser Gruppe. Er sagte, ich sähe wie eine Nikita aus.

Ich dagegen hatte bereits beschlossen, eine Karla zu sein. Während ich erst mit sechzehn zum ersten Mal einen Jungen geküsst hatte, hatte Karla gewissermaßen gevögelt, seit sie auf der Welt war. Sie hatte ewig lange Beine, schöne Titten, einen niedlichen Arsch und Augen, die fröhlich funkelten – vor allem, wenn sie diese ganzen süßen Dollarscheine sah. Sie wusste, wie man mit den Hüften wackelt und die Muschi zeigt, um den Männern das Kleingeld aus der Tasche zu locken – und das mit einem Lächeln, einem Zwinkern und unbändigem Sexappeal, selbst in der heruntergekommensten Bar, unter der billigsten Beleuchtung und bei dem miesesten Publikum.

Karla war genau so, wie ich sein wollte – und auf dieser Bühne schlüpfte ich in sie hinein wie in ein Abendkleid, das mir wie angegossen passte. Ich trug es die ganze Nacht, auch, wenn ich nicht tanzte. Es löste sich erst, als ich die Bar verließ und unter die Dusche ging. Dann erst schrubbte ich Karla von mir ab. Aber der typische Geruch von Sex und Zigaretten blieb zurück – er haftete an meinen Kleidern, meinem Haar und an den Ein-Dollar-Scheinen.

Endlich erschien auch die andere Tänzerin. Tina, so hieß sie, war mindestens schon dreißig und sah noch zehn Jahre älter aus. Sie tanzte schon seit fünfzehn Jahren und hatte zwei Kinder. Ihre dichten schwarzen Haare fielen ihr übers Gesicht. Tina war sehr dünn. Ihr Gesicht wirkte hart, verlebt und verbissen. Die ganze Nacht über trug sie dieselben Schuhe – schwarze, hochhackige Lederstiefel mit Schäften, die über ihre Knie reichten. Außerdem hatte sie halterlose schwarze Spitzenstrümpfe an. Jede der Blusen, die sie trug, war vorn offen, hatte aber lange Ärmel, sodass ihre Arme stets bedeckt waren. Ich fragte mich, wieso jemand, der so viel Haut verstecken musste, als Stripperin arbeiten wollte.

Tina erzählte mir, dass sie normalerweise bei Hochzeiten kellnerte und ansonsten in einem Blumenladen arbeitete.

»Ich tanze nicht mehr sehr oft. Heute mache ich es, damit ich meinem Elfjährigen einen Anzug für eine Hochzeit kaufen kann.« Sie seufzte. »Er hasst Anzüge. Am liebsten würde er nur Tommy-Hilfiger-Jeans tragen.«

Wir lachten beide.

»Hast du mit dem Tanzen gerade erst angefangen?«, wollte sie wissen.

Ich fragte mich, ob man das immer noch so sehr merkte. Mir war klar, dass ich nicht sehr gut war, aber das war sie auch nicht. Sie schien mich nicht besonders zu mögen, und später machte sie deutlich, dass sie sich nicht mit mir unterhalten wollte. Dafür machte sie mich stets sofort drauf aufmerksam, wenn es an der Zeit war, dass ich sie auf der Bühne ablöste. Wahrscheinlich hasste sie es, wenn mich die Männer ansahen.

Mr. MR ließ mich die ganze Nacht nicht in Ruhe. Völlig ernsthaft erklärte er mir, er würde gern mein Engel und Talentförderer sein. Ich hätte durchaus auf seine Trinkgelder verzichtet, wenn er dafür auch Tina etwas mehr beachtet hätte, aber er wollte nur mit mir reden. Wenn ich tanzte, sollte ich das nur vor ihm tun. Und wenn ich eine Pause machte, dann bestand er darauf, dass ich mich zu ihm setzte, damit er sich mit mir unterhalten und mir Ratschläge geben konnte.

Als Erstes sagte er: »Du solltest deine Strümpfe und Schuhe ausziehen und barfuß tanzen.«

»Ich dachte, Männer stehen auf hohe Absätze«, erwiderte ich verwirrt. »Ich dachte, Tänzerinnen sollten hochhackige Schuhe tragen – je höher und unbequemer, desto besser. Ich habe noch nie eine Tänzerin barfuß gesehen.

Mr. MR starrte mich ausdruckslos an. »Haut. Es geht darum, möglichst viel Haut zu zeigen.« Er hielt kurz inne. »Oder tanzt du lieber auf Stöckelschuhen?«

»Mir ist das eigentlich egal, ich habe bloß noch nie von einer Tänzerin ohne hohe Absätze gehört.«

»Natürlichkeit ist sexy. Ist es nicht viel bequemer, wenn man barfuß tanzt?«

»Na ja, wahrscheinlich schon.«

»Dann sind wir uns ja einig. Tu es. Zieh sie aus. Nicht schon beim ersten Song, aber beim zweiten oder dritten. Vertrau mir. Ich lüg dich nicht an.«

Da war ich mir nicht so sicher.

Er fuhr mit dem Finger über mein Kinn. Ich wich ein wenig zurück. »Was ist los, meine Schöne? Ich sagte doch, ich würde dir helfen.« Jetzt sah er mir direkt in die Augen. »Ich mache einen Star aus dir.«

Verwirrt schlug ich die Augen nieder; ich wusste nicht, was ich sagen sollte. Eigentlich wollte ich nur, dass er mir weiter Trinkgeld gab.

»Zieh ganz langsam deine Klamotten aus, und lass die Männer ein paar von deinen Sachen anfassen. Das ist ein ziemlich großer Antörner. Beweg dich noch ein bisschen langsamer, so, dass sie immer mehr wollen.«

Er fragte, was ich trank.

»Nur Wasser«, sagte ich verlegen.

»Wow.« Mr. MR war beeindruckt. »Ich wusste es. Du hast schon Erfahrung. Das merke ich. Nur die schlechten Tänzerinnen«, er machte eine Bewegung hin zu Tina, »trinken Alkohol. Wenn man betrunken ist, kann man nicht mehr richtig tanzen. Aber du solltest Ginger Ale trinken statt Wasser, weil das mehr wie Alkohol aussieht. Und dich dann ein bisschen betrunken bewegen. Darauf stehen die Kunden.«

Ich nickte und versuchte, mir das alles zu merken.

»Öffne den Reißverschluss deiner Stiefel ein wenig, bevor du sie ausziehst. Sei ein bisschen aufreizender. Zeig mehr Haut, aber langsam.«

Ich nickte wieder. Er strich mir mit dem Finger über den Arm, und ich bemühte mich, kein Gesicht zu ziehen. Vor allem gab ich mein Möglichstes, nicht daran zu denken, wie sehr seine Nase einem Schweinerüssel glich, wie geil mich seine Augen anglotzten und wie schlecht seine Haut war. Stattdessen versuchte ich mich ausschließlich aufs Trinkgeld zu konzentrieren.

»Lass mich dein Kleid festhalten, wenn du es beim nächsten Tanz ausziehst. Dann ist eine Überraschung drin, wenn du nachher Schluss machst.« Er lachte, lehnte sich nah zu mir herüber und zeigte seine Zähne.

Dabei würde es sich dann wahrscheinlich um einen hübschen Fünf-Dollar-Schein handeln. Ich lächelte gut gelaunt. Was tat ein Mädchen nicht alles für einen hübschen Fünfer. »Okay.«

»Ich will, dass du nur hier vor mir tanzt.«

»Das kann ich nicht machen, glaube ich. Das wäre doch nicht fair«, antwortete ich so lieb wie möglich.

»Gibt dir denn irgendjemand anders so viel wie ich?«

Ich schüttelte den Kopf.

Wieder strich er mit dem Finger über meinen Arm, und ich versuchte, meinen Ekel nicht zu zeigen.

»Süße, ich habe dir gesagt, ich würde dein Engel sein. Ich möchte mit dir im Bett liegen und neben dir aufwachen und dich zu Sonnenuntergang und Sonnenaufgang küssen, mitten in der Nacht und auch mitten am Tag. Vergiss nicht mein Gesicht. Ich bin ein Engel.«

Vermutlich sah ich ziemlich skeptisch aus, denn er fuhr fort: »Das Gegenteil kannst du nicht beweisen.«

Damit hatte er natürlich Recht, wobei er natürlich genauso wenig beweisen konnte, dass er einer war.

Er wollte immer wieder, dass ich zu *Black Velvet* tanzte. »Das ist dein Song. Keine kann sich so dazu bewegen wie du. Du bist ein Naturtalent.«

Ich war erleichtert, als er endlich ging. Vorher brachte er mich dazu, ihn dreimal auf den Mund zu küssen. Immerhin ohne Zunge, Gott sei Dank, aber ich fühlte mich trotzdem beschmutzt. Ich versuchte, nicht nachzudenken und Karla zu sein. Augen zu und durch. Eins, zwei, drei. Und dann war er weg.

»Ich weiß, dass du wiederkommen wirst«, sagte er lächelnd zu mir.

»Woher wissen Sie das?«, fragte ich. Wenn er geahnt hätte, was mir durch den Kopf ging. Wie hässlich ich ihn fand, wie sehr mich sein Atem auf meiner Wange und seine Hand auf meinem Arm ekelten und wie sehr ich mir wünschte, ihn nie, nie, nie wieder sehen zu müssen.

»Weil ich dich darum bitte.«

Ganz im Gegenteil – mehr als alles andere, was in jener Nacht passierte, war es vor allem seine Gegenwart, die mich wünschen ließ, niemals wieder herzukommen.

Glücklichweise war jedoch auch noch ein sehr netter Typ da, der dafür sorgte, dass ich mich bald besser fühlte, nachdem Mr. MR gegangen war. Er war völlig kahl, mit Brille, einsneunzig, hundertzehn Kilo. Er bezahlte mich dafür, dass ich mir seine Witze anhörte. Ich musste nicht einmal für ihn tanzen und schon gar nicht meine Muschi herzeigen. Stattdessen wiegte ich mich vor ihm nur hin und her, und er gab mir schnell hintereinander einen Ein-Dollar-Schein nach dem anderen. Noch schneller floss das Geld, als ich anfing, ihm ein paar meiner Witze zu erzählen. Er sagte mir, ich gefiele ihm besser als Tina. Sie bekam wahrscheinlich mit, wie viel Geld er mir gab, weil sie ihm keine Ruhe lassen wollte. Dann kam noch ein anderer Mann, der intellektueller wirkte als alle anderen. Vielleicht lag das an seiner Brille, aber sein ganzes Gesicht sah auch irgendwie intelligenter aus. Er war um die 26, 27 und wirklich ganz schön süß. Ich fand ihn ziemlich gut, und er mich ganz offensichtlich auch. Bei ihm fühlte ich mich wohler als bei all den anderen Männern. Vielleicht, weil er am meisten den Männern glich, die ich außerhalb der Bar kannte?

Jedenfalls schenkte ich ihm so viel Aufmerksamkeit, wie ich konnte, ohne die anderen zu vernachlässigen. Ich ließ ihn einen meiner Strümpfe halten, nachdem ich ihn ausgezogen hatte, und öffnete meinen BH direkt vor ihm. So klug er auch aussah, nach nur einem kurzen Blick auf meine Muschi wurden seine Augen glasig, und er zückte den nächsten Dollar. Wenn ich die Beine vor ihm spreizte, machte er immer so ein komisches, klickendes Geräusch mit seinem Mund, das irgendwie hinten aus der Kehle zu kommen schien, aber er war süß, also kümmerte ich mich weiterhin um ihn. Wenigstens war er ein netter Anblick. Er merkte natürlich, dass ich ihn lieber mochte als alle anderen, die rund um die Bühne saßen, und er zeigte mir seine Wertschätzung mit einem unablässigen Dollarstrom.

Später in der Nacht tauchte ein Schwarzer mit wunderschönen braunen Augen auf. Er war zu der Zeit der einzige Gast. Mein neuer einsamer Bewunderer bat mich, während einer meiner Pausen mit ihm zu reden, und ich war nur zu gern dazu bereit. Mit seiner sensiblen Art und den schönen Augen war er eine deutliche Verbesserung im Vergleich zu meinem »Engel«.

Wie ich erfuhr, gab er Förderkurse für lernbehinderte Kinder und leitete den Sportunterricht an einer Highschool.

»Haben Sie einen Freund?«, fragte er.

Daraufhin brachte ich dieselbe Nummer, die ich schon den ganzen Abend durchzog, und erwähnte vage einen 200-Kilo-Muskelberg, mit dem ich seit zwei Jahren ging. Diese kleine Lüge würde unwillkommene Vorstöße seitens meiner Verehrer hoffentlich im Keim ersticken.

»Haben Sie eine Freundin?«, fragte ich dann im Gegenzug.

»Ich habe ›Bekanntschaften‹. Keine Freundin.« Er grinste mich an. »Wissen Sie, Sie sind eigentlich viel zu gut, um in so einem Laden aufzutreten.«

Einen Augenblick war ich versucht, ihn zu fragen, warum er »in so einem Laden« seine Drinks nahm, aber ich ließ es lieber. Es wäre unprofessionell gewesen, also lächelte ich nur.

Von ihm bekam ich meine Dollars dafür, dass ich ihn auf meine Muschi pusten ließ. Er wollte sie zudem auch anfassen. Zweimal ließ ich das zu, aber dann fand ich das so übel, dass ich ihm sagte, er solle aufhören. Körperlicher Kontakt ging einen Schritt zu weit.

Ein Grund, weshalb ich mich getraut hatte, im Valentino's zu tanzen, war auch, dass es hier keinen Lap Dance gab. Die Frauen machten das nicht, und die Männer fragten auch nicht danach. Es gab keine schummrigen Hinterzimmer. Zwar war der Laden ziemlich schmierig, aber es gab keine Grauzone. Er wurde von Frauen geführt, und dass Kunden mit dem Personal auf dem Klo verschwanden, um einen geblasen zu bekommen, das gab es nicht – es sei denn, die Mädchen wollten es, aber sie wurden von der Geschäftsleitung auf keinen Fall dazu ermuntert. Wenn ich nicht wollte, musste ich mich nicht anfassen lassen. Keine Berührungen. Karla war von einer Art Schutzschild umgeben, hinter dem sie sich verstecken konnte, und die Männer – von sehr wenigen Ausnahmen einmal abgesehen – akzeptierten das.

Joanne und Jeanie waren die ganze Nacht über sehr nett. Es war beruhigend, zu wissen, dass ich für Frauen arbeitete. Irgendwie machte es die ganze Sache weniger anstößig und vermittelte mir das Gefühl, an einer Verschwörung teilzunehmen, bei der wir versuchten, dem schwächeren Geschlecht das Geld aus der Tasche zu ziehen. Jeanie versorgte mich aufmerksam ständig mit frischem Ginger Ale und Wasser. Joanne fragte immer wieder, ob es mir gut ginge. Sie bot mir sogar ein Stück Pizza an. Und sie sagte, ich machte meine Sache gut. Gegen Ende der Nacht tauchten noch zwei Männer auf, Tim und Pete. Es war Petes Geburtstag. Die beiden waren großmäulige Anzugtypen, völlig besoffen, und sie hatten keine gute Bierlaune. Außerdem gaben sie kaum Trinkgeld. Stattdessen falteten sie Papierflugzeuge aus den Dollarscheinen und fanden das offenbar witzig. Pete hatte sogar das Bedürfnis, mir von seiner neuen Waschmaschine zu erzählen.

»Hier ist meine Telefonnummer, Schnuckelchen.«

Ich steckte sie in mein Täschchen und lächelte verführerisch.

»Wenn du mal vorbeikommst, mach ich deine Wäsche ...«

Ich lächelte und tanzte weiter. Ich wollte mehr Trinkgeld. Keine blöden Papierflugzeuge, die ich ihnen mit List und Tücke aus den Fingern winden musste. Sie versuchten währenddessen, mich dazu zu bewegen, noch mit ihnen herumzuhängen, wenn die Bar später schloss.

»Komm schon, Baby, das wird lustig. Ich habe Geburtstag ...« Jeder Satz verlor sich im Nichts und lief auf einen geilen Blick heraus, bei dem sie ihre Köpfe näher an mein Dreieck heranbewegten.

(Das wäre doch ein super Geburtstag, was? Eine Stripperin abschleppen? Und nachher kannst du deinen ganzen Freunden erzählen, dass du ihre Muschi sehen durftest und sie gepoppt hast.)

Die Nacht schien nicht enden zu wollen, und ich war schließlich völlig erledigt. Es war hart, ständig auf der Bühne zu stehen. In meinen »Pausen« konnte ich zwar meinen Füßen etwas Ruhe gönnen, aber ich musste weiterhin mit den Kunden schäkern. Karla war eine ganz schön fordernde Rolle, obwohl sie gleichzeitig viel Spaß machte – wahrscheinlich eine perverse Spielart des »Verkleidens« in der Kindheit.

An diesem Abend hatte ich 191 Dollar verdient. Joanne gab mir noch weitere 25, als ich ging. Das war die offizielle Bezahlung für die Schicht. Mein Trinkgeld konnte ich komplett behalten, die Bar bekam keinen Anteil davon. Das war für einen Stripschuppen ohne Fenster, Lightshow oder richtige Musikanlage schon gar nicht mal so schlecht.

Tim und Pete waren die letzten, die gingen. Ich befürchtete, sie würden den Laden gleichzeitig mit mir verlassen wollen, um mich dann draußen weiter zu bedrängen, mit ihnen noch zu »feiern«. Deswegen nuckelte ich so lange an meinem Ginger Ale, bis sie endlich weg waren. Dann bat ich Jeanies Mann, mich noch bis zum Auto bringen, falls noch jemand auf einen Nachschlag aus war. Tim und Pete lungerten draußen herum, aber sie sagten nichts, und ich fuhr davon, ohne dass mir jemand folgte.

Zu Hause duschte ich lang und seifte mich gründlich ab. Dann schlief ich mit schmerzenden Füßen ein. Am nächsten Morgen entdeckte ich völlig erschöpft einen unerklärlichen blauen Fleck auf meinem Oberschenkel.

9. APRIL

Als ich meine dreckigen Einer bei der Bank einzahlen wollte, brauchte der Kassierer ewig, um sie durchzuzählen. Ich fühlte mich wie eine Nutte. Am liebsten hätte ich laut gerufen: »Ja, ich bin eine Stripperin! Ich habe mich für jeden dieser Scheine ausgezogen!« Es war, als ob jeder genau hätte sehen können, woher die zerknitterten Banknoten stammten.

So erniedrigend diese Transaktion vielleicht auch war, es war dennoch ein aufregendes Gefühl, die Einzahlungsquittung zu bekommen. Einhunderteinundneunzig Dollar mehr auf meinem Konto – einfach so. Es war so leicht gewesen. Nach einem weiteren Stripperabend würden noch einmal zweihundert mehr drauf sein. Und ich würde ja allmählich besser werden und mehr Geld verdienen. Wie hätte ich also damit aufhören können?

Ich fuhr schnell nach Hause, um Joanne anzurufen, aber als ich es dann tun wollte, zögerte ich. Das Freizeichen machte mir Angst, und ich legte wieder auf. Es war, als sei ich plötzlich prüde. Ich fühlte mich ängstlich und schwach, und ich hasste mich dafür.

Ich muss es tun, ich muss es einfach tun. So leicht komme ich vielleicht nie wieder zu Geld. War es nicht egal, woher das Geld stammte, wenn es mich nach New York bringen konnte? Vielleicht würde ich mich sogar daran gewöhnen. Vielleicht würde es leichter werden. Ich schloss die Augen, atmete tief durch und befahl mir selbst, mich nicht wie ein Baby zu benehmen und lieber ans Geld zu denken. Harte Dollars auf meinem Konto. Der Zweck heiligt die Mittel. New York. New York. New York. Ich nahm den Hörer wieder auf.

1. MAI

Mein letzter Abend im Valentino's war eine Katastrophe. Es war niemand da, ich bekam nicht einmal dreißig Dollar Trinkgeld zusammen, und nach ein paar Stunden erklärte ich Joanne, ich müsste los. Ein paar Wochen später zog ich nach New York.

Video Star

*In dem ich lerne,
schmutzige Wörter zu gebrauchen,
Profi-Make-up aufzulegen
und vor der Kamera zu vögeln.*

21. JUNI

Nach den Stripabenden im Valentino's gab es kein Zurück mehr.

In mir hatte sich etwas verändert. Ich spürte das allein schon beim Gehen, wenn ich mich mit jemandem traf, wenn ich auf Befehl charmant sein, mich sexy geben oder aufreizend wirken wollte. Es hatte vielleicht lange Zeit gedauert, bis ich verstanden hatte, welche Macht ich durch Sex erlangen konnte, aber nun, da ich das herausgefunden hatte, ließ ich nicht mehr locker.

Jetzt kannte ich meinen eigenen Wert, im konkreten wie im übertragenen Sinne. Überdeutlich war mir nun bewusst, wie mich Männer ansahen, welche Macht ich mit nur ein paar richtigen Bewegungen über sie gewann. Ich lernte, wie ich sie dazu bringen konnte, mich anzusehen, wie sie sich mit diesen wenigen entscheidenden Bewegungen kontrollieren ließen, und das wollte ich nicht mehr aufgeben.

Wie eine Droge brauchte ich den Kick, den ich durch das leicht verdiente Geld und das unendliche Begehrtwerden bekam, aber in eine Kaschemme wie das Valentino's wollte ich dennoch nie wieder zurück. Ein nettes Lokal hingegen wäre schon nicht schlecht, dachte ich mir, allerdings war ich mir nicht sicher, ob ich den persönlichen Kontakt mit den Gästen ertragen würde. Ich sehnte mich vielmehr nach einer Möglichkeit, meine Machtgelüste auszuleben, ohne mich dabei von weiteren deprimierenden Gesprächen, die eher Beichten ähnelten, ablenken zu lassen.

Aber der Spaß an der Sache war nicht meine einzige Motivation – ich war nicht gern arm. Ich sehnte mich nach der Unabhängigkeit und der Sicherheit, die mir ein Sexjob gab, und nach dem Erfolgsgefühl, das proportional mit den Nullen auf dem Konto wuchs. Das Mietniveau in Manhattan war ein bisschen hoch für mein mageres Gehalt, und außerdem langweilte ich mich auch sehr. Ich wollte endlich wieder diesen Kick spüren. Aber ich wollte dabei neue Grenzen durchstoßen und herausfinden, wie viel ich ertragen konnte und wie weit ich mich zu gehen traute.

Internet-Pornografie schien eine gute Möglichkeit für den nächsten Schritt zu sein – lukrativ, kommunikationsfrei, und etwas ganz Neues, das ich bisher noch nicht getestet hatte. Außerdem war ich neugierig. Wie sehr würde es sich vom Strippen unterscheiden? Würde es mir gefallen? Würde es einfacher sein? Wie würde ich mich dabei fühlen?

Und gerade im richtigen Moment entdeckte ich per Zufall an einem Laternenpfahl in der Nähe meiner Wohnung einen Aushang, der mich in die richtige Richtung wies. Er sah aus wie aus einer Filmszene – schon halb von anderen Zetteln überklebt und an den Seiten ausgefranst. Die meisten Telefonnummern an der Seite waren schon abgerissen, aber genau eine für mich war noch übrig; offenbar wollte mich das Schicksal mit aller Macht in die mir vorbestimmte Richtung schubsen. Spontan zupfte ich den kleinen Zettel ab und steckte ihn in meine Tasche. Ein paar Tage lang vergaß ich ihn; ich erinnerte mich erst wieder an ihn, als ich ähnliche Anzeigen in *The Voice* entdeckte. (Ich lese immer die Spalte mit den Erotikkontakten, selbst wenn ich gar nicht nach einem solchen Job suche. Es ist ein bisschen so, als würde man den Kontakt zu einem Club aufrechterhalten, ohne zu den Treffen zu gehen.) Also rief ich die Nummer auf dem Zettelchen an, aber es meldete sich nur eine Firmen-Voicemail. Man würde mich zurückrufen, hieß es. Ich hinterließ meine Büronummer, da ich auf alle Fälle erreichbar sein wollte, wenn der Rückruf kam. Dabei hoffte ich, dass man einigermaßen diskret sein würde, wenn – falls – man mit mir Kontakt aufnahm.

22. JUNI

Tatsächlich bekam ich auf der Arbeit einen Rückruf. Der Anrufer war sehr diskret und meldete sich lediglich mit dem Namen seines Unternehmens (N. T. T. O.).

»Passt es bei Ihnen im Moment?«

Das tat es, und ich schloss die Tür zu meinem Büro. Der Mann am Telefon schien jung zu sein, und er war nervöser als ich. Er hieß Jeff. Zunächst erzählte er mir alles von der Firma, und wie spontan sie gegründet worden war (»Also, wir trafen uns da zufällig bei diesem Grillfest ...«). Offenbar handelte es sich um ein paar Typen, die ganz normale Jobs hatten, aber nebenbei ins Trillionen-Dollar-Pornogeschäft einsteigen wollten.

»Sag mir einfach, welche Sachen für dich okay wären. Erzähl einfach mal, was für Sachen du schon gemacht hast.«

Also berichtete ich, dass ich als Stripperin gearbeitet hatte. Ich sagte aber auch, dass diese Art von Beschäftigung mir neu war; allerdings sei ich zu allem bereit, solange es nicht wehtat. Gleichzeitig versuchten wir gegenseitig herauszufinden, wie wir drauf waren, und schließlich vereinbarten wir einen Termin für ein gemeinsames Mittagessen – am Samstag um eins, in einem Restaurant namens Jules.

26. JUNI

Ich war wirklich nervös und aufgeregt. Gerne hätte ich damit angegeben, wie cool und hart im Nehmen ich war, aber es gab niemandem, dem ich ohne weiteres davon hätte erzählen wollen. Ich weiß nicht genau, woran das lag. Wahrscheinlich war ich mir einfach nicht sicher, wie andere Menschen darauf reagieren würden. Es denkt ja nicht jeder über diese Dinge genauso wie ich. Manche würden mich vielleicht dafür verurteilen, wenn sie es wüssten, aber ich selbst bin stolz darauf, dass ich den Mut hatte, mich zu überwinden.

Bei meinem Treffen mit Jeff wollte ich sexy, süß und auf lockere Weise elegant aussehen. Daher entschied ich mich für ein leuchtend rosa Tanktop, einen schwarzen BH und einen knielangen schwarzen Rock mit Schlitz. Dazu eine schwarze, kurzärmlige Bluse, die ich offen trug. Schwarze hochhackige Schuhe. Hoher Pferdeschwanz. Lavendelfarbener Lidschatten. Lippenstift. Meine Brüste waren schön betont, und mein Arsch kam definitiv gut zur Geltung.

Ich ging zu Fuß bis in die 8th Street und betrat mit einem tiefen Atemzug das Restaurant. Drinnen ging ich zur Bar und sah mich um. Jeff hatte mir versichert, wir würden uns erkennen, auch ohne irgendwelche Zeichen auszumachen.

»Ich mache so was dauernd. Ich werde wissen, wer du bist.«

Aber es sah nicht so aus, als ob irgendjemand auf mich wartete. Ich wusste auch gar nicht, woran ich merken würde, dass das jemand tat. Als ich gerade den hinteren Teil des Restaurants in Augenschein nehmen wollte und mich fragte, was zu tun sei, sah ich einen gedrungenen jungen Mann auf mich zukommen. Er stellte sich neben mich an die Bar und sah mich nervös an. Dann begann er mit seinen Zigaretten herumzufummeln.

»Dahlia?«

»Ja?«

»Ich bin Jeff.«

Also das war der Typ vom Telefon. Er entsprach seiner Rolle geradezu perfekt: Sein ungebärdiges, dunkelbraunes Haar war zwar mit Gel nach zurückgekämmt, aber einzelne Strähnen hatten sich gelöst und hingen ihm ins Gesicht. Er hatte braune Augen und ein Gesicht wie ein junger Hund, und auf seiner Stirn bildeten sich schnell einige Schweißperlen. Dazu passte auch seine Kleidung: ein schwarzer Anzug im italienischen Stil, ganz die aalglatte Eleganz, und das obligatorische, enge, weiße Unterhemd. Sein untersetzter, gut genährter Körper ließ ihn ein wenig bequem wirken, während seine Stimme eine gewisse Anspannung verriet. Wir gaben uns die Hand und waren beide erleichtert, die gegenseitige Vorstellung hinter uns zu haben.

Anschließend setzten wir uns an einen Tisch und bestellten etwas zu essen. Beide waren wir ein wenig unsicher und bemüht, einander zu beeindrucken, fast wie bei einem Blinddate. Er erzählte mir alles über sein Unternehmen – schon wieder. Ich erfuhr, wie sich die Jungs alle kennen gelernt hatten und was sie sonst so machten und wohin ihr Leben führte und was sie suchten. Er kam dabei so richtig in Fahrt. Dann fragte er mich nach meinem Job, wo ich zur Schule gegangen war, welche Computerkenntnisse ich hatte, was ich wollte, was ich dachte, wohin mein Leben führte und was ich suchte. Wie bei einem Blinddate. Gar nicht so, wie ich mir das Kontaktgespräch wegen eines Sexjobs vorgestellt hatte.

Erst, als wir schon fast fertig gegessen hatten, kamen wir darauf zu sprechen, weswegen wir uns überhaupt hier trafen, was unsere Tischnachbarn zum verlegenen Schweigen brachte.

Zu welchen Aktionen war ich bereit? Was würde ich gern tun wollen? Mit wem? Frauen? Männern? Beiden Geschlechtern? Welche Erfahrungen hatte ich? Es war wie bei unserem Telefongespräch, nur gingen wir jetzt mehr ins Detail.

Gegen halb drei waren wir dann fertig, nachdem er nach dem Essen noch eine Zigarette geraucht hatte. Und natürlich war es wieder wie im Film, als er für das Essen mit einer goldenen Amex-Karte zahlte, die er aus einer voll gestopften Geldklammer zog. Ich hätte ihn gern gefragt, wieso er in Brooklyn in einer WG wohnte und nicht in einem supercoolen Junggesellenapartment, aber das schenkte ich mir. In diesem Moment wusste ich schon verdammt viel über Jeff. Noch mehr wollte ich gar nicht wissen. Er hatte schon viel zu viel von meiner Zeit verschwendet, mich über sein Leben aufzuklären.

Ganz sicher war ich mir nicht, was das gemeinsame Mittagessen gebracht hatte. Jeff wirkte lediglich angespannt. Ich hingegen begann mich langsam auf den Videodreh zu freuen. Vielleicht hatte dieser Job noch weitaus größeres Potenzial, als ich vermutet hatte. Vielleicht konnte ich noch ganz andere Erfahrungen sammeln, beispielsweise als Fotoassistentin (»Nathan braucht immer ein paar Aushilfskräfte«, erklärte Jeff), als Visagistin (»wir arbeiten am Set gern mit Frauen«) oder sogar als Webdesignerin (»Ich weiß nicht genau, wie lange Ken für die ganze Sache brauchen wird«). Und es schien überhaupt kein Haken an der ganzen Sache zu sein – solange ich kein Problem damit hatte, meine Muschi für einen steten Bargeldstrom zu entblättern.

Und daran hatte ich schließlich schon ausreichend gearbeitet.

Dennoch konnte ich noch immer nicht darüber reden. Niemand schien mit diesem Thema so unbefangen umgehen zu können wie ich. Ich versuchte, mit meiner Freundin Karen darüber zu sprechen, aber sie wurde so verlegen, dass ich lieber wieder das Thema wechselte. Mir war unverständlich, wieso etwas, das so viele Menschen taten, immer noch so tabuisiert zu sein schien. Was ist so schockierend daran, sich auszuziehen?

30. JUNI

Jeff und ich trafen uns erneut, diesmal, um über den Vertrag zu »diskutieren«. Letzten Endes verbrachten wir nur wenige Minuten damit, eine noch unvollständige Vereinbarung durchzublättern, gingen dann aber wieder eine Stunde zusammen essen. Der richtige Vertrag, in dem dann (unter anderem) auch festgelegt wurde, ob ich anale Penetration gestatten wollte oder nicht, sollte dann später kommen. Das ganze Treffen war eine riesige Zeitverschwendung. Jeff wollte vermutlich nur eine hübsche Begleiterin für einen Restaurantbesuch. Andererseits konnte ich mich eigentlich nicht beschweren – immerhin hatte ich dabei ein Dinner mit Lachs und Suppe für fünfundzwanzig Dollar herausgeschlagen. Aber es kam mir komisch vor, dass Jeff so viel Zeit mit unerheblichen Kennenlerngesprächen zubringen wollte, und mich nervte die unbezahlte Zeit, die ich investieren musste. Er wollte mit mir auch noch einen Kaffee trinken, aber ich schützte noch eine Verabredung vor und ging.

Jeff machte einen etwas einsamen Eindruck und war für meinen Geschmack etwas zu sehr darum bemüht, sich mit mir anzufreunden, auch wenn er so tat, als sei ihm nur daran gelegen, dass später am Set alles entspannt lief. Allerdings wusste ich nicht recht, wie ich ihm sagen wollte, dass ich mich lediglich ausziehen und keine neuen Freundschaften schließen wollte. Jedenfalls nicht mit ihm. Er war ja wirklich nett, aber er hatte etwas an sich, das mich an einen Gebrauchtwagenhändler erinnerte. Und trotz all seiner Bemühungen heuerte er mich letzten Endes an, um für seine Webseite zu strippen und zu vögeln. Meiner Meinung nach war das nicht gerade die optimale Voraussetzung für eine innige Freundschaft.

7. JULI

Endlich schlossen wir den richtigen Vertrag ab. Die Fotosession wurde für Samstag angesetzt. Bei unseren vorigen Verabredungen hatte ich jedes Mal ganz bis nach Brooklyn fahren müssen, wo Jeff wohnte, aber dieses Mal konnte ich unseren Treffpunkt aussuchen und wählte die Bar Blue And Gold auf der 7th Street, so nah an meinem Apartment wie möglich. Mir tat es Leid um die Zeit, die ich für diesen ganzen Papierkram opfern musste. Außerdem war mein Honorar für den Samstag irgendwie von dreihundert auf zweihundert Dollar geschrumpft. Ich beschloss, keinen Streit deswegen anzufangen, zumal ich ja noch nicht mal wusste, ob ich überhaupt gut sein würde oder nicht. Falls ja, würden sie mich wieder haben wollen, und dann konnte ich immer noch einen höheren Preis fordern.

Jeff wartete bereits auf mich, als ich die Bar erreichte, und er begann sofort, mir von seinem letzten Wochenende zu erzählen und zu berichten, wie sein Tag bisher gelaufen war. Wir verbrachten wirklich zu viel Zeit miteinander, und ich merkte, wie sehr es mich stresste, dass er unbedingt eine gute Beziehung zu mir aufbauen wollte. Natürlich begriff ich, dass eine gute Arbeitsatmosphäre wichtig war, aber allmählich wurde die Sache ein wenig albern. Daher brachte ich unser Gespräch schnell auf Kurs und fragte ihn, ob er den Vertrag dabeihatte. Schließlich wollten wir uns bei diesem Treffen auf eine detaillierte Liste jener Tätigkeiten einigen, die bei dem Dreh zum Einsatz kommen konnten, und jene wegstreichen, die für mich nicht infrage kamen.

Um es für uns beide einfacher zu machen, war die Liste explizit formuliert. So würde es keine Unsicherheiten darüber geben, was ich zu tun bereit war und was nicht. Wir gaben uns so professionell wie möglich. Jeff betonte, dass nicht alle Dinge, die theoretisch infrage kamen, zwangsläufig auch verlangt würden, aber er meinte, ich sollte trotzdem all das vorab ausschließen, mit dem ich lieber nichts zu tun haben wollte. Also strich ich das Schlucken von Flüssigkeiten, das Berühren von Ausscheidungen, anale Insertionen sowie alles, was mit Schmerzen zu tun hatte, aber auch einige der etwas härteren Bondage-Varianten. Geschlechtsverkehr hingegen ließ ich stehen: Nun war ich schon so weit gegangen, da konnte ich auch aufs Ganze gehen. Wenn ich schon Pornostar werden wollte, dann sollte ich mich besser gleich ans Vögeln und Schwanzlutschen gewöhnen. Jeff versicherte mir erneut, dass man von mir nichts verlangen würde, was ich nicht tun wollte.

Zögernd brachte er mir dann bei, dass sie während des Drehs keine Drogen bereitstellen würden. »Aber wenn du Wein oder Bier willst, können wir dir gern was besorgen.«

Ich lachte. Da ich keine Drogen nahm und auch selten Alkohol trank, hatte ich damit kein Problem. Das schien ihn mächtig zu erleichtern; er schob sich das Haar zurück und wischte seine schweißfeuchte Stirn.

»Gut, das ist super. Beim letzten Dreh hatten wir eine Frau dabei, die war so drauf, dass sie sich nicht einmal selbst schminken konnte.« Er lachte nervös.

»Das wird mir nicht passieren«, antwortete ich.

Wir arbeiteten den Vertrag fertig durch, und wieder wollte Jeff danach noch ein bisschen mit mir abhängen, aber ich erklärte ihm, ich müsse noch etwas einkaufen, und machte mich eilig wieder davon.

9. JULI

Und anschließend wurde der geplante Termin abgesagt. Irgendjemand hatte eine Autopanne, und eine der Frauen bekam ihre Regel. Da einige der Beteiligten für den Rest des Monats verreisten, konnte der Dreh nun erst am 7. August stattfinden. Jeff erklärte, er würde sich gleich bei mir melden, wenn er wieder in New York sei. Allmählich begann ich mich zu fragen, ob diese Session überhaupt je stattfinden würde – es wäre lustig gewesen, wenn sich nach der ganzen Zeit, die sie auf mich verwendet hatten, gar nichts daraus ergeben hätte.

28. JULI

Nun, da die Sache mit Jeff einstweilen auf Eis lag, vereinbarte ich ein Treffen mit Lionel für Freitag um sechs. Lionel war der Freund vom Geschäftspartner eines Freundes, und er stellte gerade eine Internet-Sexseite auf die Beine, bei der auch Live-Webcasts gezeigt werden sollten. Und wo ich jetzt schon mit dieser Sache angefangen hatte, war es vielleicht gut, mich mit verschiedenen Leuten zu treffen, um einen Einblick zu bekommen. Sollte es dann mit Jeff nicht klappen, hatte ich wenigstens noch einen Plan B. Dass wir einen gemeinsamen Bekannten hatten, gab mir das Gefühl, dass ich Lionel vertrauen konnte. Bei Jeff war es mehr blinder Glaube – ich musste einfach davon ausgehen, dass ich den Dreh gut überstehen würde und sein Scheck danach auch sauber war.

Von all diesen Aktionen erfuhr zunächst niemand etwas. Mit meiner Freundin Karen kam ich nie wieder auf das Thema zu sprechen. Meinem Arbeitskollegen Mark gab ich hingegen ein paar Basisinformationen, nur damit irgendjemand wusste, wo ich hingegangen war, falls ich nach der Session nie wieder auftauchte – das erschien mir eine ganz vernünftige Vorsorge zu sein. Schließlich weihte ich meinen Freund James ein, der mich dann mit seiner Reaktion beinahe ebenso schockierte wie Karen. Er war begeistert. Richtig begeistert.

»Das ist ja so was von cool! Ich kann's gar nicht glauben! Hattest du schon Sex dabei?«

»Nein, noch nicht.«

»Oh Mann, das *musst* du unbedingt. Du *musst* da unbedingt aufs Ganze gehen.«

»Ich weiß nicht.« Ich zögerte. Sicher, das würde ich tun, wenn es sein musste, aber James' Begeisterung machte mich irgendwie nervös.

»Doch, du musst. Das gehört doch zu dieser Erfahrung dazu!«

Am liebsten hätte ich gesagt, James, ich bin ein Mensch, kein Projekt. Das, was ich da tue, ist eigentlich traurig. Aber ich sagte gar nichts.

Dabei dachte ich nicht, dass die Idee an sich anstößig war. Ich fühlte mich auch nicht ausgebeutet. Aber die Tatsache, dass ich meine Miete mit meiner Möse verdienen wollte, war dann doch irgendwie abwertend.

Lionel wohnte ziemlich weit draußen in Queens, noch hinter dem Roosevelt-Stadion. Zwar hatte er mir eine äußerst ausführliche Wegbeschreibung gegeben, aber ich war gerade erst aus der U-Bahn getreten, als ich auch schon merkte, dass sie wenig taugte. Ich stand direkt an einer Schnellstraße gegenüber eines großen Einkaufszentrums, aber ich konnte weder den Junction Boulevard noch irgendeine der anderen Orientierungshilfen entdecken, die er mir genannt hatte. Eigentlich hätte ich nach rechts gehen sollen, aber ich wusste nicht genau, wo rechts war. Damit, dass ich noch angezogen so viel Beinarbeit würde leisten müssen, hatte ich nicht gerechnet.

Das machte mich sauer. Hier war ich nicht in meinem Element und fühlte mich unwohl. Ich fragte mich, wie Lionel wohl sein würde. Er hatte gesagt, dass »die Mädels« sich heute Nachmittag die Fingernägel machen ließen, aber während meines Vorstellungsgesprächs zurückkommen würden. Wie er erklärte, war wohl eine größere Show geplant. Ich hatte nicht gefragt, was das bedeutete.

Bei seiner Wegbeschreibung hatte er mir weder Straßennamen noch eine bestimmte Adresse genannt, aber ich fand das Gebäude irgendwie trotzdem. Es handelte sich um einen hoch aufragenden Wohnblock aus rotem Backstein, der von zahllosen anderen Rotstein-Wohnsilos umgeben war, die genauso aussahen. Die Nummer, die Lionel mir gegeben hatte, gehörte nicht zu einem Büro, wie ich vermutet hatte, sondern zu einer Privatwohnung am Ende eines langen Flurs im achten Stock.

Jedes Quäntchen Menschenverstand, das ich besaß, sagte mir: Drück hier auf keinen Fall auf die Klingel.

Man muss keinen Horrorfilm gesehen haben, um zu wissen, dass eine dünne, blonde, weiße Frau in einem kurzen roten Sommerkleid nicht an der Tür einer Wohnung im nordöstlichen Queens klingeln sollte, in einer Gegend hinter der Endstation der Linie R, die wie jener Teil der Bronx aussieht, den man nur aus dem sicheren Auto heraus jemals sehen möchte. Und sie sollte sich dort auch nicht mit einem Mann treffen, der sich am Telefon sehr massig und schwarz angehört hat.

Aus irgendeinem Grund brachte ich wieder dieselbe Stärke auf, die ich gebraucht hatte, um wieder und wieder die Schwelle des Valentino's zu überschreiten, und streckte die Hand nach der Klingel aus. Jetzt war ich so weit gekommen, und ich vertraute darauf, dass sich das Risiko auszahlen würde. Ich klingelte und stand vor Lionel Brown, der tatsächlich massig und schwarz war.

»Komm rein«, sagte er, und ich folgte ihm.

Mit seinem leicht ergrauten Haar und der beruhigenden Stimme wirkte er recht freundlich.

»Setz dich«, sagte er so ruhig und tief wie Darth Vader und deutete auf seine zwei großen schwarzen Ledersofas. »Ich muss nur eben meinen Computer hochfahren.«

Er schaltete *Das fünfte Element* für mich an und verschwand in der Küche. Amüsiert entdeckte ich, dass unter dem Fernseher die Hülle von *James und der Riesenpfirsich* lag. Ich fragte mich, ob Lionel Brown Kinder hatte, oder ob der Film für die »Mädels« war.

Nachdem der Computer einsatzbereit war, rief Lionel mich in die Küche, um mir Fotos von zweien der Mädchen zu zeigen, Kitten und Crystal (jawohl, jawohl, so hießen sie). Die offizielle Webseite sollte erst in ein paar Wochen fertig sein, aber er hatte schon einige Preview-Fotos, damit sich der Kunde vorher ansehen konnte, für welches Mädchen er bezahlen wollte. Die Bilder waren ziemlich zahm, keine Nacktfotos. Von der Preview-Seite aus konnte man sich für verschiedene Möglichkeiten entscheiden: Live-Chat (angezogen), Live-Chat (nackt) und Privat-Shows. Die Gebühr hing natürlich vom ausgewählten Angebot ab.

Während wir die Seiten ansahen, tauchten weitere Leute in der Wohnung auf. Als Erster kam Kenny, ein ebenfalls sehr großer und massiger Mann, und dann Eric, auch sehr groß und breit. Wäre ich nicht von meinem Freund empfohlen worden, wäre ich jetzt vermutlich ausgeflippt, aber so atmete ich tief durch, beschloss, dem Geschäftspartner des Freundes meines Freundes zu vertrauen, und ermahnte mich zu lächeln – und man sollte es nicht glauben, sie waren alle sehr nett. Dann kamen Sandra und Betty herein, gut gelaunt und redselig, frisch von der Maniküre. Sie alle stellten sich mir vor und schüttelten mir die Hand, Sandra und Betty allerdings ein wenig vorsichtig, um die frisch lackierten Nägel nicht zu ruinieren.

Eric und Kenny waren Lionels Partner. Eric war zuständig für Sicherheitsfragen und Transport, und Kenny übernahm Management und die Rekrutierung neuer Mädchen. Sie waren beide sehr freundlich und begrüßten mich sehr herzlich. Zuvor hatte ich schon erfahren, dass sie Schwierigkeiten hatten, weiße Mädchen für ihr Unternehmen zu finden. Sandra und Betty schienen sich auch über meine Bekanntschaft zu freuen und ergingen sich in der Küche mit allerlei Uuh und Aah darüber, was ich für ein schönes Gesicht und einen schönen Körper hatte. Sie waren beide sehr dünn, hatten sehr dunkle Haut und sehr lange rote Fingernägel. Sandra fand mich, wie sie lautstark bekundete, richtig süß und niedlich und begutachtete mich, als sei ich ein kleiner Pudel. Dann zogen sich die beiden mit Eric auf die schwarze Couch zurück.

Kenny blieb mit mir und Lionel in der Küche und übernahm nun die Leitung unseres Gesprächs. Er ging noch mal alle Grundlagen durch, die ich schon mit Lionel besprochen hatte: die verschiedenen Ränge, die Schichten, das Geld. Sie hatten sich noch nicht überlegt, wie viel die Mädels verdienen würden, aber sie wollten fünf Dollar pro Minute verlangen und davon vielleicht drei Dollar selbst kassieren. Demnach würde ich vielleicht zwei Dollar pro Minute bekommen, und das klang wirklich interessant.

Kenny erzählte mir außerdem, dass ich selbst auch Mädchen anwerben konnte. Für jede, die ich mitbrachte, würde ich einen Finderlohn und zehn bis zwanzig Prozent von ihrem gesamten Verdienst erhalten. Wenn ich fünfzehn Mädchen zusammenhätte, würde ich eine eigene Seite bekommen und müsste damit nicht mehr selbst arbeiten. Dann könnte ich mich zurücklehnen und zusehen, wie die Geldscheine angeflogen kamen.

Lionel stand wie eine Mischung aus abgestumpftem Geschäftsmann und begeistertem Unternehmer in seiner kleinen Küche in Queens und hatte sich mit verschränkten Armen gegen seinen Kühlschrank gelehnt. »Wenn wir erst mal online sind, und wenn alles läuft«, sagte er mit völlig ernstem Gesicht, »dann rechnen wir nach Abzug aller Ausgaben mit einem Gewinn von«, er hielt noch einmal inne und sah Kenny ohne auch nur den Hauch eines Lächelns an, »acht Millionen Dollar.«

Acht Millionen Dollar.

So viel Geld konnte ich mir nicht einmal annähernd vorstellen.

Ich war noch ganz in Gedanken und versuchte, mir diese acht Millionen irgendwie zu vergegenwärtigen, als ich merkte, dass Kenny noch immer mit mir sprach und irgendwas von Partys erzählte.

Die Mädels, so erklärte er, wollten nicht mehr in Clubs arbeiten, aber da ja die Seite noch nicht online war, verdiente im Moment noch niemand Geld. Daher veranstalteten Lionel, Kenny und Eric in der Wohnung Partys. Die Mädchen tanzten dabei, behielten die Scheine, die man ihnen zusteckte, und mussten nichts davon an die Organisatoren abtreten.

Mir war nicht klar, ob Lionel, Kenny und Eric damit Umsatz machten, dass sie Eintritt verlangten oder Getränke verkauften, oder ob sie bei dieser Unternehmung Geld verloren. Jedenfalls konnte ich mir nicht vorstellen, dass sie derart großzügig sein sollten. Vielleicht war es eine Art Werbemaßnahme, die sich später durch mehr Klicks auf der Webseite auszahlen würde? Wie Kenny erklärte, kamen zu diesen Partys vor allem Männer, denen das Geld locker saß, und die sowohl online und offline gerne welches für die Mädchen ausgeben würden.

Oh, und dann kam die Rede auf die VIP-Zimmer. Hier horchte ich auf, mehr aus schmutziger Neugier denn aus echtem Interesse.

»Die Wohnung hat ja drei Schlafzimmer«, erklärte Kenny. »Jedes davon wird zum VIP-Zimmer.« Die Mädchen waren nicht verpflichtet, in den VIP-Zimmern zu arbeiten, konnten aber, wenn sie wollten. »Du verdienst natürlich mehr Geld, wenn du das tust, aber du musst es nicht«, stellte er schnell klar. »Du musst natürlich auch nicht bei den Partys mitmachen. Diese Veranstaltungen machen wir eher den Mädchen zuliebe, damit sie ihre Rechnungen bezahlen können. Aber ist schon komisch«, fuhr er fort, »auch wenn das unsererseits eher eine Gefälligkeit war, diese Partys sind inzwischen für alle Beteiligten ein großer Erfolg.«

Man warf mir einen bedeutungsvollen Blick zu, und ich erwiderte daraufhin, dass ich darüber nachdenken würde. Kenny und Eric machten sich nun wieder auf den Weg, weil sie noch andere Dinge erledigen mussten.

Sandra bot mir eine Zigarette an.

»Ich rauche nicht«, sagte ich entschuldigend. »Aber trotzdem danke.«

»Trinkst du Alkohol?« Sie sagte das in einem Ton, als wollte sie vielmehr fragen: »Aber du trinkst doch wenigstens?«

»Ich trinke Wodka«, erklärte ich.

Keine Ahnung, wieso mir das einfiel, es war wohl eine Art letzter Versuch, mein Ansehen bei ihr nicht ganz zu ruinieren. Hätte ich hier nicht gelogen, hätte sie mich gar nicht mehr ernst genommen. Aber vielleicht wäre es doch besser gewesen, wenn ich gesagt hätte, dass ich keinen Alkohol anfasste. Die Wodka-Antwort polierte meine Glaubwürdigkeit auch nicht besonders auf. Sandra schien noch immer irritiert.

»Trinkst du lieber mit Geschmack oder pur?«, fragte sie.

»Pur«, gab ich zurück.

Offenbar war das zumindest einigermaßen akzeptabel, denn Sandra setzte sich nun in der Küche zu mir, während Lionel an der Tür mit Kenny und Eric noch letzte Geschäftsdetails besprach.

»Woher kommst du?«, wollte sie wissen.

»Aus D. C.«

Ihrer Reaktion nach hätte ich genauso gut »Usbekistan« sagen können. Sie starrte mich einen Augenblick an. Um zumindest ein bisschen normaler zu wirken, erwähnte ich nun, dass ich im Stadtteil Astoria arbeitete; der war zwar mit der Bahn auch ein Stück entfernt, gehörte aber noch zu Queens. Endlich hatten wir etwas gemeinsam.

»Ich hatte mal einen Freund in Astoria!« Einen Augenblick lang hielt sie, wie von Nostalgie überwältigt, inne, aber dann verzog sie das Gesicht. »Wir haben uns getrennt, als ich schwanger wurde. Ich musste vor einem Vierteljahr abtreiben.« Unbewusst berührte sie ihren Bauch. Und als sei das eine Reaktion auf ihre Eröffnung, fügte sie nun hinzu: »Mir ist ganz komisch.«

»Meinst du, dir wird schlecht, oder ist dir nur schwindlig?«, fragte ich besorgt.

»Es ist so wie diese morgendliche Übelkeit in der Schwangerschaft.« Sie schwieg. Ich wusste nicht, wie sich so was anfühlte, deswegen hatte ich keine Ahnung, was ich sagen sollte. Dann fuhr sie fort: »Ich glaube, ich bin wieder schwanger.«

Sandra fiel in Schweigen, als Lionel zurückkam und von einem Striplokal zu erzählen begann, das »The Airstrip« hieß und gerade in der Nähe des Kennedy-Flughafens eröffnete. Offenbar war dieser Laden ziemlich cool und reichlich nobel.

»Man würde gar nicht glauben, dass das ein Striplokal ist«, sagte Lionel. »Die Mädchen kriegen da Muscheln zu essen.«

»Und die Klimaanlage ist so kühl eingestellt, dass man nicht mal schwitzt beim Tanzen!«, fügte Sandra hinzu.

»Außerdem hängen überall Monitore, auf denen man die Zeiten für Check-in und Abflug sehen kann.« Lionel lachte bei dem Gedanken. »Sandra hat beim Airstrip vorgetanzt. Der Laden läuft noch nicht, weil die Behörden alles so schwierig wie möglich machen – die Inspektoren kommen nicht zu den vereinbarten Terminen und rufen auch nicht zurück. Das Übliche.«

»Mir geht's nicht gut«, sagte Sandra abrupt und ging hinaus.

Das erschien mir ein guter Zeitpunkt, um mich ebenfalls zu verabschieden, und ich stand auf.

»Nächste Woche ist hier eine Party. In der Woche drauf findet eine in Brooklyn statt, und dann noch eine in Virginia. Du bist bei allen herzlich willkommen. Aber nur, wenn du willst. Du musst natürlich nicht kommen.«

»Okay.« Nett, wie sie mir das immer wieder versicherten. »Wie verbleiben wir wegen der Webseite? Wie geht es da weiter?«

»Das hängt von dir ab. Du müsstest nur einen Termin machen, damit wir Preview-Fotos schießen könnten und dir überlegen, wann du gern arbeiten wolltest.«

Ich nickte. Das hörte sich alles gut an. Ich musste mir nur überlegen, ob ich wollte oder nicht.

»Ich hoffe, wir sehen uns wieder.« Lionel gab mir die Hand.

»Pass auf dich auf«, sagte Betty, die aus dem Wohnzimmer auftauchte, um mich auf die Wange zu küssen.

Ich erwiderte den Kuss. »Grüß Sandra von mir.«

»Mach ich, Süße«, sagte sie freundlich und brachte mich zur Tür.

Internet-Porno erschien mir nun tatsächlich eine leichte und schmerzlose Weise, um so viel Geld zu verdienen, wie ich wollte, und noch dazu würde ich dabei Gelegenheit bekommen, meine innere Sexualität zu entdecken, ohne mich emotional aussaugen zu lassen und mich auf den gefürchteten Körperkontakt einlassen zu müssen. Es war, als könnte ich durch die Distanz, die mir die Technik bot, so tun, als seien es nicht dieselben Loser, die mich so deprimiert hatten, die nun meine Rechnungen bezahlten. Wenn ich mich nicht zum Lächeln zwingen müsste, während ich versuchte, ihren schwitzigen Handflächen und den deprimierenden Lebensgeschichten auszuweichen, dann könnte ich – so dachte ich – meine ganze Energie darauf konzentrieren, Karla zum Leben zu erwecken und sie vielleicht zu einem echten Teil von mir zu machen.

31. JULI

Jeff meldete sich am Vormittag – gerade, als ich ihn schon beinahe abgeschrieben hatte. Und tatsächlich, der Termin am nächsten Samstag war immer noch aktuell. Es machte alles einen ganz anderen Eindruck als Lionels Unternehmen. Und das nicht nur, weil Lionel, Eric und Kenny Jeff ohne allzu viel Mühe so richtig Feuer unterm Hintern hätten machen können, sondern vor allem weil Jeffs nächste Session im noblen Delmonico Hotel stattfand, während Lionel zu Hause in seinem Wohnzimmer arbeitete. Vielleicht lag es auch daran, dass Jeff und sein

Team vorab mehr Geld investierten. Jedenfalls fragte ich mich, ob sich das wohl auf die jeweiligen Ergebnisse auswirken würde – wenn es denn mal welche gab.

Ich bekam die Anweisung, mir den Samstag ab etwa fünf Uhr nachmittags freizuhalten; Jeff war sich nicht sicher, wie lange man mich brauchen würde. »Hängt davon ab, wie gut du bist, und wie gut alle anderen sind«, sagte er. Ich war allmählich wirklich aufgeregt und hoffte, dass ich nicht ausgerechnet vor der Session meine Regel bekam.

1. AUGUST

Ich wünschte mir wirklich, jemanden zu haben, dem ich von meinen ganzen neuen Erfahrungen erzählen konnte. Jemandem, mit dem ich über Jeffs Geldklammer und Sandras Schwangerschaften klatschen konnte. Zwar hatte ich zwei meiner männlichen Freunde eingeweiht, aber ich fand es irgendwie unangenehm, mit ihnen darüber zu reden, weil ich das Gefühl hatte, dass es sie geil machte. Keine Ahnung, ob es die Nacktheit war, die sie anmachte, oder nur die Tatsache, dass das Thema so tabuisiert war. Sie wollten beide unbedingt, dass ich ihnen die Webadresse gab, sobald die Bilder online waren. Das kam nicht infrage. Ich wollte nicht, dass irgendjemand aus meinem Bekanntenkreis diese Bilder sah.

Es ist schon komisch – inzwischen ist unsere Gesellschaft so abgefuckt, aber immer noch schockiert es uns, wenn sich jemand auszieht. Die Typen kriegen glitzernde Augen, und die Frauen reagieren angespannt. Wir haben doch alle schon mal nackte Körper gesehen. Wieso gilt das immer noch als so unanständig? Wieso fühlen sich einige Menschen noch immer von der Kombination aus Geld und Sex abgestoßen, während andere genau das richtig scharf macht? Fürchten wir uns davor, was Sex ohne Liebe bedeutet? Davor, was es über uns aussagen könnte und was es vielleicht verursacht? Vielleicht schreibe ich dieses Buch nicht nur, um meine Unternehmungen irgendwie zu reflektieren. Vielleicht möchte ich einfach unbedingt davon ERZÄHLEN.

Jedenfalls dachte ich gründlich über Lionel und seine Partner nach. Würde ich dort zwei Dreistundenschichten die Woche arbeiten, bei zwei Dollar pro Minute, bekäme ich weit über sechshundert Dollar die Woche. Verdammt viel Geld. Schon allein eine Dreistundenschicht bedeutete 360 Dollar mehr auf meinem Konto, und über 1200 zusätzliche Dollar im Monat. Es war einfach enorm verlockend. Sechshundert die Woche – das waren 2400 im Monat. Damit könnte ich mein Studiumsdarlehen zurückzahlen. Ich könnte mir endlich alles leisten, was ich wollte, ohne mir Sorgen übers Geld machen zu müssen.

Daher beschloss ich, einfach abzuwarten, wie der Dreh mit Jeff am Samstag lief, und mich dann zu entscheiden. Noch wusste ich schließlich auch nicht, ob sich die Sache mit Jeff zu einer dauerhaften Beschäftigung entwickeln würde – vielleicht war sie auch nur einmalig. Die Vorstellung regelmäßiger Schichten war da schon interessanter. Allerdings wusste ich nicht, ob ich wirklich gern für Lionel würde arbeiten wollen – irgendwie konnte ich mir nicht vorstellen, dass ein Haufen Irrer – natürlich alles Männer – ein Trillionen-Dollar-Pornoding betreiben konnte.

7. AUGUST

Endlich – mein erster Videodreh. Zuvor führte ich sorgsam die obligatorischen Pornodreh-Vorbereitungen durch: Ich rasierte meine Bikinigegend, zupfte mir die Augenbrauen, reinigte die Vibratoren und packte eine Sporttasche mit Klamotten – ein paar kurze, enge Röcke, mein Lederkleid mit dem Reißverschluss, einen Lackminirock, Lackbustier, Spitzenbustier, ein paar Strapse, BHs, G-Strings, Stöckelschuhe, die Lackstiefel, die bis übers Knie gingen, zwei Vibratoren (einen großen in Rosa und einen kleineren in Weiß), ein paar Kondome, eine Tube Gleitcreme, Make-up, Wattebällchen, die schwarze Pagenkopfperücke, den rosa Seidenkimono und zwei Slips. Ich war auf alles vorbereitet.

Jeff wollte mich um halb vier anrufen, um mir die genaue Zimmernummer mitzuteilen und mir zu sagen, wann es losging, und während ich darauf wartete, ging ich in meinem Zimmer auf und ab und warf hin und wieder einen Blick auf mein Spiegelbild. Ich sah nicht anders aus als sonst, aber in mir hatte sich alles verändert.

An diesem Tag erzählte ich auch meiner Freundin Karen davon. Eigentlich wollte ich das nicht, aber als sie mich fragte, was ich vorhatte, wollte ich sie nicht anlügen. Es war ja nichts *falsch* an dem, was ich tat. Nicht so richtig. Jedenfalls sollte nichts dran falsch sein. Daher sagte ich ihr die Wahrheit. Es war ein gutes Gefühl, mit jemandem darüber zu reden, der den Eindruck machte, dass er sich trotz aller Neugier wirklich dafür interessierte, wie es mir ging. Aber trotzdem wollte ich es einstweilen noch niemand anderem erzählen. Alle anderen würden warten müssen, bis das Buch erschien; bis eine

Sicherheitsbarriere aus Zeit und Raum zwischen mir und dieser schmutzigen Anderswelt lag; bis ich kein Teil mehr von ihr war, sondern jemand, der sie überlebt hatte.

7. AUGUST (ABENDS)

Mit meiner großen Sporttasche fuhr ich mit der U-Bahn zur vereinbarten Location – dem berühmten Nobelhotel Delmonico, das dafür, dass es als so edel bekannt war, ein ziemlich kleines Foyer besaß. Ohne jemanden anzusehen, stieg ich in den Aufzug. Niemand fragte, wohin ich wollte, und ich tat so, als wüsste ich genau, was ich tat, als ich in den zehnten Stock hinauffuhr – hinauf zu Zimmer 10D, der Willard C. Scott Suite.

Dort klingelte ich. Jeff kam an die Tür und spielte perfekt die Rolle des überbesorgten Vaters, als er mich schnell verschiedenen Männern mit blassen, teigigen Gesichtern vorstellte. Da war zum einen Bill, der das Video drehen würde (die Videokamera lief während des ganzen Drehs, da aus rechtlichen Gründen eine Dokumentation des ganzen Abends nötig war, aber auch, um weitere Standbilder und zusätzliche Porno-Sequenzen einzufangen), Nathan, der Fotograf, ein ganz hübscher Blonder mit blassblauen Augen, Ken, der das Web-Programming übernahm und als Mädchen für alles fungierte, Fotoassistent Peter, der allerdings keine teigige Haut hatte, sondern vielmehr sehr dunkel war und Dreadlocks trug, und die ziemlich gut aussehende Sarah mit ihrem langen braunen Haar, die fürs Make-up zuständig war. Jeff war im Vorfeld noch nicht sicher gewesen, ob sie mit dabei sein würde, daher war das eine angenehme

Überraschung. So war eine Frau mehr am Set, und ich musste mich nicht selbst um mein Make-up kümmern – das waren gleich zwei Vorteile.

Außer ihnen war noch Eliza da, meine Mitstreiterin. Ihr Freund hätte eigentlich auch kommen sollen, ließ sich aber nicht mehr sehen, daher waren nur wir beide im Spiel. Ich kapierte nicht so richtig, wo Eliza normalerweise arbeitete. Es war irgendein Laden, der erst nach der Sperrstunde öffnete und irgendwas mit S/M zu tun hatte, obwohl sie nicht aggressiv genug zu sein schien, um eine echte Domina abzugeben. Sie war dünn, groß – fast einsachtzig – und hatte braunes, schulterlanges Haar und braune Augen – auf etwas blasse Art ganz niedlich, aber nicht besonders aufregend. Ich war gespannt darauf, wie sie auf den Fotos wirken würde. Welche Erfahrungen sie auch schon gemacht haben mochte, sie wirkte nicht besonders professionell, und das bedeutete, dass ich einen Grund weniger hatte, mich in ihrer Gegenwart klein zu fühlen. Ich konnte nicht genau sagen, ob sie besser wusste als ich, was es nun wirklich zu tun galt.

Nachdem wir alle einander vorgestellt worden waren, verschwand Eliza zunächst, um sich frisieren und schminken zu lassen, und ich zeigte dem reichlich angespanntem Jeff, welche Kostüme ich mitgebracht hatte. Noch nervöser wurde er, als er mir erklärte, dass ich nun, wo Eliza und ich die einzigen Akteure sein würden, zwei bis drei Stunden länger drehen müsste. Ich willigte ein, bis zehn zu bleiben, und er bot mir Wasser und etwas zu Essen an und betuttelte mich wie eine jüdische Großmutter. Ich setzte mich aufs Sofa und versuchte, ihn zu ignorieren. Nachdem ich schließlich die Füße hochlegte und die Augen schloss, verstand er und zog ab, um jemand anderen zu nerven. Dann wartete ich mit geschlossenen Augen, bis ich dran sein würde oder sonst was passierte.

Aber egal, was ich tat, sie ließen mich nicht in Ruhe, bis ich endlich auch mit Frisieren und Schminken dran war und Elizas Session begann. Sarah und ich kamen äußerst gut miteinander zurecht, aber obwohl wir uns bestens unterhielten, zog sich das Auftragen des Make-ups ewig hin. Es schien allein eine Stunde zu dauern, nur die Augen zu schminken, weil Sarah eine Schicht um die andere auftrug. Mein Gesicht war mit Grundierung zugekleistert, die Augen waren mit Goldschimmer und einem Kilo Eyeliner umrandet, die Augenbrauen stark nachgezogen und die Lippen mit kontrastreichem Konturenstift umrahmt; dazu bekam ich goldbraunen Lippenstift wie eine dieser Bräute in den Gangsta-Rap-Videos. Ich fand, ich sah ziemlich Grauen erregend aus. Wenn ich ein bisschen zwinkerte, konnte ich als Schlampe durchgehen. Wenn nicht, sah ich aus, als sei ich in einen Farbtopf gefallen. Nathan allerdings war hochzufrieden, und darauf kam es ja an.

Mein erstes Outfit war ziemlich einfach: schwarzer Push-up-BH, schwarzer G-String, Bondage-Gürtel und hochhackige Riemchenschuhe. Die Session an sich war dann ganz leicht. Ich lag ausgestreckt auf dem Bett, mal mehr, mal weniger ausgezogen, und sah unglaublich sexy aus. Dazu durfte ich mir sogar die Musik aussuchen, und ich wählte G. Love und Stabbing Westward, die ideale Untermalung für Erotikfotos. Bei den letzten Aufnahmen trug ich dann nichts außer dem Bondage-Gürtel und dem Vibrator, den ich mir tief in die Muschi gesteckt hatte – stilvoll, elegant und, na ja, doch ziemlich klischeehaft. Ich war froh, dass ich schlau genug gewesen war, meinen eigenen mitzubringen. Selbst, wenn die gut gereinigt waren – bei meinem wusste ich wenigstens, wo er gewesen war.

Während Nathan die Fotos machte und Pete das Licht einstellte, aalte ich mich hin und her, schob das rosa Plastikding rein und raus und guckte niedlich und verführerisch. Und das war's dann auch schon fast. Abgesehen von ein paar Nahaufnahmen vom Vibrator in meiner Vagina, bei denen ich ein bisschen das Gefühl hatte, zum Objekt gemacht zu werden, weil ich kurz an die übergewichtigen Männer denken musste, die sich mit meinem Arsch vor Augen einen abwichsten, hatte ich eigentlich ziemlich viel Spaß. Nein, das stimmt nicht – ich hatte sogar sehr viel Spaß. Solange ich nicht an diese Männer dachte, genoss ich diese Form intensiver Bestätigung. Wie eine Katze, die man streichelt, bewegte ich mich hin und her, und Nathan sagte, dass ich echt scharf aussah. Und toll. Und schön. Ich hätte am liebsten geschnurrt. Er sagte, ich sei ein Naturtalent. Ich nahm mich als absolut sexy wahr.

So hatte ich mich noch nie gefühlt.

Dann holten sie Eliza dazu, für die »zwei Mädels besorgen es sich gegenseitig«-Fotos. Die waren nicht ganz so lustig. Mich störte es nicht, solche Aufnahmen zu machen, aber sie wirkten viel peinlicher und gestellter. Nathan gab uns kaum Anweisungen, also übernahm ich das Kommando und zog alle nötigen Register, wobei ich ziemlich erleichtert war, dass es nicht das erste Mal war, dass ich einer Frau die Zunge in ihre Spalte schob.

Mit Eliza war das angenehm; sie war zwar passiv, aber entspannt, und sie kam gut mit dem zurecht, was ich tat. Wir machten eine Weile miteinander rum, während Nathan Fotos machte und Bill die Kamera laufen ließ. Dabei küssten wir uns nur wenig, weil sie gerade ein Zungenpiercing bekommen hatte, und ich fand das sowieso irgendwie komisch. Es war in Ordnung, ihre Klit zu lecken, aber wenn ich ihr die Zunge in den Mund stecken sollte, war das unangenehm – irgendwie zu persönlich.

Dann hatte Nathan seine Filme verschossen und verzog sich einstweilen. Jetzt war Bill dran. Dieser Teil gefiel mir überhaupt nicht. Eliza und ich sollten nach Anweisung miteinander »rumknutschen«, und mir kam es so vor, als nähmen die unbequemen und peinlichen Positionen kein Ende. Ich leckte ihre Klit, sie leckte meine. Ich nuckelte an ihren Brüsten, sie nuckelte an meinen. Ich streichelte ihre Schenkel, sie streichelte meine. Ich küsste sie, sie küsste mich. Noch nie zuvor hatte ich so eine völlig unerotische, bizarre Situation erlebt.

Bill wollte noch ein paar Einstellungen davon, wie ich Eliza einen Vibrator reinschob. Glücklicherweise konnte ich vermeiden, dass sie das auch bei mir tat. Zwar benutzte ich ein Gleitmittel, aber dieses große Plastikding fühlte sich trotzdem riesig, hart und unangenehm an. Ich bewegte den Vibrator in ihr, hin und zurück, gelangweilt, angespannt und müde, während sie mich küsste und wir beide stöhnten. Ich glaube, Eliza wusste ebenso wenig wie ich, was sie da tat. Dann wollte Bill noch einmal die Position 69, also leckte ich wieder ihre Klit. Es war komisch. Elizas Spalte war ganz nass. Ich konnte es nicht fassen, aber sie machte das Ganze wirklich an. Wir leckten und leckten uns, bis Bill sagte: »Täuscht einen Orgasmus vor, dann seid ihr fertig.«

Wir stöhnten heftiger, mal lauter und mal leiser und hatten das Gefühl, dass das alles mindestens eine Viertelstunde dauerte, aber in Wirklichkeit waren es wohl nur fünf Minuten. Dann war diese Quälerei vorbei. Gott sei Dank kamen wir damit durch, nur so zu tun als ob. Auf eine weitere Runde Rumgemache ohne das kleinste Bisschen Erregung hatte ich nun wirklich keinen Bock mehr.

Eliza und ich kletterten aus dem Bett. Es hatte wenig Sinn, sich wieder anzuziehen – schließlich hatte jetzt sowieso schon jeder alles gesehen –, aber ich suchte meine Sachen zusammen, damit nichts verloren ging, schlüpfte aus hygienischen Gründen wieder in meine Unterwäsche und ging in das große Zimmer zurück. Ich war erschöpft und hungrig.

Es war schon zehn. Zeit abzuhauen. Schließlich hatte ich nur bis zehn zugesagt. Das war unser Deal. 200 Dollar bis 22 Uhr. Jetzt wollte ich mein Geld, und dann nichts wie nach Hause und unter die Dusche. Jeffs kleines Buffet riss da auch nichts mehr heraus.

Leider schien sonst niemand davon auszugehen, dass meine Schicht schon vorbei war.

Eliza ließ sich neues Make-up auflegen, während Nathan die Scheinwerfer für die nächste Session einstellte. Ich suchte Jeff und erinnerte ihn an unsere Vereinbarung. Jeff erklärte angespannt und nervös, er müsse das mit Nathan besprechen. Sie berieten sich, während ich ein bisschen Obst aß. Zwar hatte ich Jeff gesagt, dass ich Vegetarierin war, aber die Sandwichs waren alle mit Corned Beef belegt. Ansonsten konnte ich mich nicht beklagen – es gab jede Menge frisches Obst, sie hatten mir Kaffee gekocht, und Jeff versorgte mich mit Mineralwasser. Das war bei einem Amateurpornodreh sicherlich nicht die Regel.

Es war klar, dass Nathan weiterarbeiten wollte, deswegen war ich mir nicht sicher, zu welchem Schluss er und Jeff kommen würden, was mich anging. Ich musste wirklich nach Hause, aber Nathan wollte weitere Aufnahmen in der Suite machen und dann noch einen kleinen Dreh draußen am West Side Highway dranhängen. Die Suite war riesengroß, daher konnte ich schon verstehen, dass er die Räumlichkeiten so lange ausnutzen wollte wie möglich. Sie bestand aus einem großen Wohnzimmer, einem Salon, einer kleinen Küchenzeile, zwei Bädern mit Badewanne und einem Schlafzimmer. Jeff hatte zudem entdeckt, dass die Tür, die unsere Räume mit der angrenzenden Suite verband, nicht abgeschlossen war, und dadurch hatten wir noch mehr Platz. Außerdem war die Küchenzeile nebenan komplett mit Spiegelkacheln gefliest. Es war einzusehen, weshalb sie wollten, dass ich so lange wie möglich blieb, aber ich hatte um Mitternacht ein wichtiges Treffen, ich war müde, und wenn ich hier mehr Zeit opfern sollte, dann nur für mehr Geld.

Schließlich kam Jeff von seiner Beratung mit Nathan zurück, um mir zu sagen, dass die 200 Dollar für die Zeit bis Mitternacht galten. Wenn ich länger blieb, würde ich mehr bekommen. Ich sagte, ich könnte nicht länger bleiben. Es ärgerte mich, dass ich zwei Stunden zusätzlich bleiben sollte, ohne dafür mehr zu bekommen. Das war überhaupt nicht fair, schon gar nicht, wenn man bedachte, dass ich, wie Nathan selbst beifällig gesagt hatte, echt scharf war. Ich wurde hier verarscht, und ich konnte überhaupt nichts dagegen machen. Leider hatte ich das Geld nicht im Voraus bekommen, also würde ich vermutlich mit leeren Händen abziehen, wenn ich jetzt ging. Und die zweihundert Mäuse verdiente ich schließlich.

Verärgert tigerte ich hin und her und fühlte, wie meine Anspannung sich im ganzen Zimmer ausbreitete, während Nathan Eliza auf der Frühstückstheke der verspiegelten Küche fotografierte. Dann zog ich mich um. Da mir niemand sagte, was ich anziehen sollte, entschied ich mich für das Lederkleid mit dem Reißverschluss und hochhackige Schuhe. Ich ließ mir von Sarah mein Make-up »auffrischen«. Und wartete.

Nach einiger Zeit erinnerte ich Jeff daran, dass ich um halb zwölf los musste. Es tat mir ein wenig Leid, dass ich so sehr mit ihm herumzickte, vor allem, da ich wusste, dass er nichts dafürkonnte, aber ich musste hier raus, und wir hatten schließlich nur bis zehn vereinbart. 200 Dollar waren für den Job, den ich da machte, wirklich nicht viel, schon gar nicht, wenn man überlegte, wie viel diese Leute später mit mir verdienen würden.

Ich suchte schon mal mein ganzes Zeug zusammen, damit ich gleich abhauen konnte, wenn ich fertig war. Es ärgerte mich, dass ich mir nichts vorab hatte auszahlen lassen. So hatte ich überhaupt nichts in der Hand – ich musste ihnen meine Muschi zeigen, bis sie mich entließen. Auch verstand ich nicht, weswegen sie erst Eliza fotografierten, wo ich doch dringend losmusste, während sie es überhaupt nicht eilig zu haben schien. Aber natürlich wagte niemand – Jeff und ich am allerwenigsten – Nathan zu sagen, was er zu tun hatte.

Gegen elf war ich dann schließlich dran. Nathan und Peter taten ganz offenkundig ihr Bestes, um sich zu beeilen, also lenkte ich ein und versuchte, mich kooperativ zu zeigen. Sie bauten die Leuchten und Kameras im Foyer auf. Bei dieser Session sollte ich auf einer kleinen Bank sitzen. Man sah zwar meine Muschi, aber mir erschien das trotzdem nicht besonders erotisch oder pornografisch. Ich saß auf dieser Bank, und Nathan verschoss mehrere Rollen Film, wobei mein Reißverschluss mal weiter geschlossen und mal weiter offen war. Bill erschien immer wieder und machte Vorschläge, in welche Pose ich mich noch begeben konnte (»Sie könnte mal auf allen vieren gehen! Sie könnte mal die Beine hochlegen! Sie könnte mal ...«). Nathan erklärte ihm, dass alles toll aussah, so wie es war, oder ignorierte ihn einfach.

Ich saß da und lehnte mich nach vorn oder nach hinten und sah nach oben oder nach unten, und nach einer Stunde war ich endlich fertig! Endlich war es vorbei. Ich hatte nun keine Zeit mehr, nach Hause zu gehen, bevor ich mich mit meinen Freunden traf, also zog ich das respektabelste Outfit an, das sich in meiner Pornosammlung befand, wischte so viel von dem Make-up ab, wie Sarah und ich auf die Schnelle herunterbekamen, ohne dass ich komplett ungeschminkt aussah, dann schnappte ich mein Geld und haute ab.

Im Fahrstuhl auf dem Weg nach unten betrachtete ich mein Spiegelbild – ein dürres Mädchen in hochhackigen Schuhen und mit riesiger Sporttasche. Wir hatten den größten Teil des Make-ups entfernt, und Sarah hatte mir sogar noch das Haar gekämmt, sodass es nicht völlig steif vor Haarspray war, aber ich hatte immer noch das Gefühl, dass mir »PORNO« in Großbuchstaben auf der Stirn stand. Ich fühlte mich verdammt sexy, obwohl ich müde, verschwitzt und mit den verschiedensten Flüssigkeiten verklebt war: Wenn man sieben Stunden lang Sex ausstrahlt, kann einem das ganz schön zu Kopf steigen, und ich fühlte mich ganz high davon.

Würden die Leute merken, was ich gerade hinter mir hatte? Mir kam es so vor, als würde ich überall nach Elizas Muschi riechen. Ich wusste, dass ich noch Überreste des Gleitmittels zwischen den Schenkeln hatte. Meine Lippen waren wund und geschwollen, und ich sah aus, als ob ich gerade stundenlang heftigst geknutscht hätte. Ich beschloss, frischen Lippenstift aufzutragen, und hoffte darauf, dass in einem dunklen, verräucherten Club niemand würde erraten können, wo ich gewesen war oder was ich getan hatte.

Nicht, dass irgendwas daran verkehrt gewesen wäre.

Ich wollte nur nicht, dass es jemand wusste.

23. AUGUST

Ich ging auf Jeffs Webseite und schaute nach, ob meine Fotos hochgeladen waren. Und tatsächlich. Wie komisch – sie hatten mich Jacqueline genannt. Keine Ahnung, ob das gut zu mir passte, obwohl ich mit diesem ganzen Make-up tatsächlich irgendwie französisch aussah. Ich hatte ihnen Karla vorgeschlagen, aber darauf waren sie nicht eingegangen. Aus irgendeinem Grund hielten sie Jacqueline wohl für passender.

Es war ausgesprochen seltsam, mich selbst auf meinem Computerbildschirm nackt zu sehen, mit gespreizten Beinen und in Porno-Posen, aber nicht so komisch, wie man hätte erwarten können. Wahrscheinlich vergisst man, wenn man sich auf so eine Sache einlässt, wie »normale« Leute darauf reagieren. Meinem Freund John hatte ich kurz von der Geschichte im Delmonico erzählt, und er konnte gar nicht glauben, dass ich so nonchalant damit umging, aber mir kam es gar nicht wie so eine große Sache vor. Ich hatte mich ausgezogen und eine andere Frau geküsst, während man mich gefilmt und fotografiert hatte. Na und?

War irgendwas mit mir nicht ganz in Ordnung, dass ich so dachte? Hatten sich meine Moralvorstellungen komplett verflüchtigt – und meine Selbstachtung auch? Suchte ich nur nach etwas, das andere Leute schon längst hatten, oder brauchte ich etwas ganz anderes als sie?

25. AUGUST

Bei Lionel meldete ich mich nie wieder. Diese Webcast-Geschichte hatte sich ganz verlockend angehört, vor allem die Sache mit den regelmäßigen Schichten und dem ebenso regelmäßigen Einkommen, aber da die Seite ohnehin erst Ende August im Netz sein sollte, hatte ich es nicht zu eilig damit, mich für das eine oder andere zu entscheiden. Lionel hatte deutlich gemacht, dass es ihnen lieber wäre, wenn ihre Mädchen nicht für andere Anbieter arbeiteten, aber das war mir ziemlich egal. Ich dachte, ich sollte erst ein paar unterschiedliche Webseiten testen, bevor ich mich für eine bestimmte entschied – deswegen antwortete ich auch auf die Anzeige im *Village Voice*, in der Modelle für Nacktfotos gesucht wurden, 75 Dollar die Stunde.

Larry rief mich zurück, fragte nach meinen Maßen und ob ich schon Erfahrung hätte. Dann machten wir einen Termin für die Aufnahmen aus. Einfach so, ohne dass er vorher ein Foto von mir gesehen hätte. Wir verabredeten uns für einen Nachmittag noch in derselben Woche. Ich würde mich bei meinem Alltagsjob kurz entschuldigen, zu unserer vereinbarten Location kommen und dann gleich nach den Aufnahmen wieder ins Büro zurückkehren. Bei dem Telefongespräch versuchte ich mich selbst noch ein wenig zu beschreiben, weil ich mir gar nicht vorstellen konnte, dass er so wenig wissen wollte. Er wollte mich fotografieren, ohne je etwas von mir gesehen zu haben oder mich etwa erst einmal zu einem Vorstellungsgespräch einzuladen.

Zu unserem Treffpunkt sollte ich nichts weiter mitbringen als irgendeinen Ausweis, aus dem mein Alter hervorging, und verschiedene Dessous. Die Aufnahmen sollten etwa eine Stunde dauern. Wenn dabei gute Fotos herauskamen, würde ich wieder eingeladen werden. Ein Fotograf hatte dabei nichts zu verlieren. Die Pornoindustrie diskriminiert wirklich niemanden – egal, welche Figur man hat, es wird immer jemanden geben, den ausgerechnet diese Formen anmachen. Selbst wenn ich klein und fett gewesen wäre, irgendjemand hätte für das Vergnügen, meinen feuchten, nackten Körper zu sehen, gern bezahlt.

25. AUGUST (AM NACHMITTAG)

Ich fühlte mich wie in einem verworrenen Hollywoodfilm, als ich um halb eins mit einem schicken, schwarzen Aktenkoffer unter dem Arm meine Arbeitsstelle verließ und zur Suite 3B in der Nähe des Times Square fuhr. Vor der Tür packte mich der vertraute Adrenalinstoß. War das der Grund, aus dem ich so bewusst alle Regeln missachtete, die man mir seit meiner Kindheit eingebläut hatte? Der Adrenalinrausch? Der Kick des Unartigseins? Die Anzeige im *Village Voice* hätte ohne weiteres von irgendeinem Psychopathen stammen können, der nur darauf aus war, gut aussehende Frauen in seine Wohnung zu locken und dann über sie herzufallen. Bisher hatte ich Glück gehabt, aber je mehr ich riskierte, desto früher würde mich mein Glück vielleicht verlassen. Ich hatte im Büro einen Zettel mit Larrys Adresse und Telefonnummer hinterlassen. Falls ich nicht wieder auftauchte, würde man ihn zumindest dingfest machen können.

Bis dahin konnte er mich natürlich schon umgebracht oder verstümmelt haben.

Während ich auf die Klingel drückte, fragte ich mich, wieso ich mir das eigentlich immer wieder antat.

Ich hatte angenommen, Suite 3B würde ein Fotostudio oder ein Büro sein. Falsch gedacht. Dahinter verbarg sich Larrys kleine Studiowohnung, und er allein war das Fototeam, das bei dieser Session zugegen war. Er trug seine braunen Locken mit Gel zurückgekämmt und sah mit seiner kleinen Goldrandbrille ein bisschen aus wie eine jüngere Ausgabe von Geoffrey Rush. Die Aufnahmen fanden unglaublicherweise in seiner vollgestellten Einzimmerwohnung statt, mit einer kleinen Digitalkamera und ein paar Spots, die er oben an sein Regal klemmte.

Ich legte mich aufs Bett. Die Bücherregale und sein Schreibtisch standen auf der linken Seite. Rechts waren zwei Fenster. Dann gab es noch ein kleines Bad, und das war's auch schon so ziemlich. Larry quetschte sich irgendwo dazwischen. Das war schon etwas anderes als das Delmonico-Hotel.

Mir waren die beengten Verhältnisse aber egal, weil Larry so ein Netter war. Er war nicht annähernd so linkisch oder halbseiden wie Jeff, aber auch reichlich aufgeregt. Angesichts der Umstände war es überraschend, wie normal er wirkte – jedenfalls so normal, wie ein Typ überhaupt sein konnte, der ein nacktes Mädchen in seiner Mittagspause für eine Internet-Pornoseite fotografierte, die er selbst programmierte und betrieb. Ich fragte mich, ob er schon viele Frauen abgelichtet hatte, oder ob ich die erste war. Seiner Nervosität nach hatte er noch nicht allzu viele vor der Linse gehabt.

Ein paar Minuten lang versuchte er sich in zögerlicher Konversation, bis ich beschloss, die Sache ganz professionell voranzutreiben.

»Also, was soll ich anziehen?«, fragte ich glatt. »Welchen Vibrator soll ich benutzen?«

Meine Güte, es war zwar erst meine zweite Session, aber ich fühlte mich schon wie eine Veteranin. Ich klappte mein schwarzes Köfferchen auf, und wir sprachen über Unterwäsche und G-Strings. Als Erstes wählte er den schwarzen Slip aus und fragte, ob ich mich im Bad umziehen wollte.

Etwas verblüfft erwiderte ich: »Das ist wohl unnötig. Schließlich wirst du sowieso gleich alles zu sehen bekommen.«

Er lachte etwas verlegen, während ich ihn nach seinen Vorstellungen bei Make-up und Frisur fragte – ganz gelassen und ohne rot zu werden. Dafür lief er ein wenig rosa an.

Im Gegensatz zu Jeff und Nathan wollte Larry, dass alles ganz natürlich aussah und ich mich nur ganz wenig stylen sollte. Kein Problem – das machte die Session und vor allem meine anschließende Rückverwandlung in eine Bürokraft deutlich leichter. Ich fragte nach Musik, wir legten ein bisschen Bowie auf, und dann ging es los.

Für mich war das inzwischen ein alter Hut. Ich aalte mich auf dem Bett und machte auf verführerisch und katzenhaft, während Larry um mich herumsprang und ein Foto nach dem anderen schoss. Dabei ließ er mich größtenteils tun, was mir vorschwebte; er machte nur gelegentlich Vorschläge oder bat mich, in einer bestimmten Pose zu verharren. Ich sah süß und sexy aus, strich mir mit den Fingerspitzen über Brust, Schenkel und Hüfte, tat so, als würde ich mich befriedigen, leckte mir die Lippen, legte aufreizend meine Kleidung ab und so weiter. Das Übliche. Nach einer Weile schlug ich vor, das Outfit zu wechseln, und wir entschieden uns für das beliebte Lederkleid mit Reißverschluss. Danach machten wir weitere Nacktaufnahmen, und als Letztes kam mein schwarzes, fellverbrämtes Bustier dran. Alles in nur einer Stunde – ratz fatz, Pornostar Klappe die zweite.

Es erschien so einfach. Der Raum heizte sich durch die Spots ziemlich auf, aber das Posieren an sich war eine ganz lockere Übung. Etwas bizarr und komischerweise auch irgendwie nervig war hingegen die Unterhaltung, die Larry mir währenddessen aufdrückte. Während der ganzen Session redete er mit mir über Computer, Filme, html, Romane, Musik oder Politik. Vielleicht nahm es für ihn etwas von der Spannung, und er fühlte sich weniger wie ein ausbeuterischer Fotograf und mehr wie ein Kollege oder Mitarbeiter, aber mir war das zunehmend unangenehm, da es für mich immer schwerer wurde, seine Fragen zu beantworten und dabei meiner Rolle treu zu bleiben.

Ich musste schließlich ein erotischer Pornostar sein, der aus jeder Pore Sex verströmte. Wenn ich Karla war, hielt ich damit Dahlia gewissermaßen auf Abstand. Es ist gar nicht so einfach, eine sexy Ausstrahlung aufzubauen, wenn man über Computerprogrammierung spricht, aber irgendwie schaffte ich es. Karla und Dahlia wurden eins, was für mich nur ein wenig mentale Anstrengung erforderte, und er zahlte wirklich gut dafür. Wir hatten 75 Dollar vereinbart, aber er gab mir 90. Um halb drei war ich wieder an meinem Schreibtisch, ein bisschen verschwitzt zwar, aber nicht so sehr, dass irgendjemand was gemerkt hätte.

An solche Jobs konnte sich ein Mädchen gewöhnen.

Nach diesen Erfahrungen dachte ich darüber nach, wie es wohl wäre, Fotos für eine bereits etablierte Seite zu machen. Larry stand wie Jeff und Lionel erst am Anfang. Er war noch nicht so weit wie die anderen beiden, aber er rechnete damit, dass er mit seiner Homepage auch in etwa einem Monat am Start sein würde – ein 26-jähriger Bursche, fest entschlossen, übers Internet Geld zu verdienen. Wenn es für ihn so ähnlich lief wie für die vielen anderen in der Welt der Online-Pornografie, dann hatte er gute Chancen, ein Vermögen zu machen.

Es war schon unglaublich: Ein einziger Typ, allein in seiner Studiowohnung und ausgestattet mit nichts weiter als einer Digitalkamera und ein paar Spots zum Anklemmen, reichte völlig aus – mehr brauchte man nicht. Das, und eine große nasse Muschi, die bereit war, alles von sich zu zeigen.

Was hatten die für ein Glück, dass es Mädchen wie mich gab.

25. AUGUST (ABENDS)

Allmählich merkte ich nun aber, wie erledigt ich mich fühlte. Wahrscheinlich war das nur normal, schließlich hatte ich in den letzten Tagen extrem viel gearbeitet, und es war ja auch viel passiert, was mich körperlich und auch mental sehr gefordert hatte. Diese ganze Pornogeschichte war irgendwie verdammt anstrengend, ohne dass ich wirklich sagen konnte, wieso. Vielleicht, weil ich gerade erst damit anfing? Die Belastung war wirklich sehr groß, und man musste sich anstrengen, um seine Batterien rechtzeitig wieder aufzuladen. Aber es war schon komisch – nach der Session im Delmonico hatte ich vor nervöser Energie geradezu vibriert und hatte kaum still stehen können. Aber jetzt, nach Larry, fühlte ich mich ausgepowert. Körperlich war ich nur ein wenig müde, aber emotional war es, als hätte ich im großen Stil verloren.

Ich konnte mir allerdings nicht vorstellen, dass alle Pornostars einen gedrosselten Sexualtrieb hatten. Wäre das nicht die reine Ironie, wenn das Mädel mit 90 DD, zu deren Bild du dir einen abwichst, weniger Lust hätte als deine Frau? Na klar, vielleicht sieht sie total sexy aus, aber sie würde dir lieber eine reinhauen, als deinen Schwanz anzufassen.

Zumindest ging es mir so. Schwanzgesteuerte Typen machten mich krank.

Aber ich machte weiter.

Domina

In dem ich etwas über die Begierde erfahre und meine eigenen Grenzen erkennen lerne.

30. AUGUST

Mein Freund John stellte mich einer Frau namens Jessie vor – einer süßen, blassen Rockerbraut aus dem East Village, die unter anderem nachts als Domina arbeitete.

»Du solltest wirklich mal für eine Session mit mir mitkommen und dir die Sache ansehen«, schlug sie vor und grinste mich an.

Dann erzählte sie mir ein bisschen von dem, was sie so machte. Intensiv war gar kein Ausdruck für ihren Service. Sie bot natürlich die typischen Sachen – Dildos, sanfte Sack- und Schwanzfolter, Peitschen, Spanking, Beschimpfungen –, aber das alles war natürlich Pflichtprogramm für eine professionelle New Yorker Domina. Ich hatte erwartet, von solchen Praktiken zu hören, und war darauf vorbereitet. Es gab jedoch eine beliebte »Standard-Praktik«, die mich wirklich schockierte – offenbar machte es einige Männer geil, wenn man ihnen irgendwas in die Harnröhre schob. Die Vorstellung, dass jemand das bei mir tat, fand ich dabei genauso grässlich wie die Überlegung, dass jemand eine solche Aktion von mir erwartete.

Jessie versicherte mir, dass man nicht die ganze Palette anbieten müsste, aber je weniger Dinge man zu tun bereit war, desto weniger Kunden hatte man natürlich.

Das war ziemlich nachvollziehbar. Trotzdem musste ich immer daran denken, dass einige Forderungen der Kunden wirklich abseitig sein würden – und letzten Endes hatte ich ja gerade versucht, den persönlichen Kontakt so gering wie möglich zu halten. Deswegen hatte ich mit dem Strippen aufgehört. Es wäre völlig bescheuert gewesen, es jetzt mit so etwas zu versuchen. War das nicht ein todsicheres Rezept, um völlig durchzudrehen?

Dabei musste ich an etwas denken, das mir einer meiner Freunde, ein ehemaliger Heroinsüchtiger, erzählt hatte – dass man zum Teil von der Jagd nach dem Stoff, vom Bewusstsein des Verbotenen, high wird. Vielleicht mochte ich es einfach nicht, wenn das Leben zu einfach und sicher wurde?

31. AUGUST

Ich überlegte hin und her, was Jessies Angebot anging, und versuchte mich zu überzeugen, dass sich das Hereinschnuppern nicht lohnte, weil ich so etwas sowieso nicht ernsthaft tun wollte – so viel Geld verdiente man da nun auch wieder nicht, der Job war vermutlich härter, als ich aushalten konnte, und ich konnte mir nicht vorstellen, ganze Nächte durchzuarbeiten – aber ich wusste nur zu gut, weswegen ich sie tatsächlich nicht anrief. Das hatte nichts mit dem Geld zu tun. Ich wusste, dass die Nachtarbeit kein Problem war. Ich zögerte vielmehr, weil ich schlicht Angst hatte. Angst, dass ich die Grenze meiner emotionalen Belastbarkeit möglicherweise überschreiten würde. Bis an diese Grenze heranzugehen, das war natürlich ein beliebter Trick, um an den Adrenalin-

Kick heranzukommen, der mich aus meiner Langeweile befreite. Aber dieser Job ... dieser Job ging eventuell zu weit.

Dennoch war Angst kein guter Grund, um etwas nicht zu tun. Ich konnte mir nicht gestatten, hier zu kneifen, wenn ich keine bessere Erklärung hatte als das. Ich würde keinen dauerhaften körperlichen Schaden davontragen. Es würde nichts in meinen Körper hineingesteckt. Man würde mich nicht peitschen oder schlagen. Sicher, mir standen womöglich ein paar Stunden enthüllender Gefühlsdramen bevor – aber kein dauerhaftes Leiden. Dass ich davor zurückscheute, an den Abgrund heranzutreten, war kein ausreichender Grund, um zu Hause zu bleiben. Hätte ich meinen Ängsten immer so nachgegeben, dann hätte ich es nie bis auf die Bühne des Valentino's geschafft. Dann hätte ich Jeff niemals angerufen und nicht an Larrys Tür geklopft.

Ich war so weit gekommen. Jetzt konnte ich mich nicht einfach vor dieser Herausforderung drücken. Stattdessen hatte ich das Gefühl, als sei ich endlich auf der richtigen Spur, als käme ich endlich voran und könne nun Gebiete erobern, in denen ich noch nie zuvor gewesen war. Ich lernte einen Teil meines Ichs kennen, den ich erst noch genauer erforschen musste, und ich wollte die unbekannte Frau, die da in mir steckte, nicht wieder loslassen, bevor sie sich nicht ganz gezeigt hatte.

Ich musste weitermachen. Aufhören war nicht möglich. Ich musste wissen, wie weit ich mich zu gehen traute. Noch war ich nicht fertig. Ich erinnerte mich, wie es sich angefühlt hatte, bevor ich zum Strippen auf die Bühne gegangen war – ich war hin- und hergerissen gewesen. Ein Teil von mir wollte unbedingt beweisen, dass ich es schaffen würde, und ein anderer Teil hatte eine Scheißangst, hätte sich am liebsten in seinem Zimmer verkrochen und hasste mich dafür, dass ich nicht in der Lage war, es mir leicht zu machen und einfach aufzuhören.

Was war überhaupt so falsch daran, mit sich selbst zufrieden zu sein? Wieso hatte ich dieses unstillbare Bedürfnis, mich immer wieder zu fordern, mir mehr und mehr abzuverlangen, bis es nicht mehr ging? Ich zermarterte mir das Hirn nach einer legitimen Entschuldigung, um nicht gehen zu müssen. Dann richtete ich mich auf und sagte mir: »Atme tief durch, das bringt dich nicht um.« Ohne Schwierigkeiten stürzte ich mich selbst immer wieder in traumatische Situationen, solange keine Gefahr bestand, dass ich körperlichen Schaden nahm. Wenn ich wusste, dass ich nicht dabei draufgehen würde, konnte ich mich selbst zu allem möglichen Blödsinn überreden.

Letzten Endes war es immer so: Wenn ich wieder sicher und sauber geduscht, mit etwas mehr Geld auf dem Konto zu Hause saß, dann war ich froh, dass ich mich überwunden hatte. Also atmete ich auch dieses Mal tief durch und beschloss, dass ich mir ja zumindest mal ein Outfit überlegen könnte. Wenn ich erst einmal angezogen war, dann würde ich vielleicht auch den Mut haben, Jessie anzurufen und ihr für heute Abend zuzusagen. In der nächsten Stunde grübelte ich dann über die richtigen Klamotten nach und versuchte, den Gedanken daran möglichst wegzuschieben, wozu ich sie vielleicht tragen würde.

Ich entschied mich schließlich für mein schwarzes Lackbustier, meinen kurzen, schwarzen Lackminirock, den

Bondage-Gürtel, ein Paar neue hochhackige Schuhe, die ich am Tag zuvor gekauft hatte (es waren zwar keine echten Stöckelschuhe, sahen aber doch schon ziemlich heftig aus), dicken schwarzen Eyeliner und dunkelroten Lippenstift. Unanständig, glamourös und voller Macht. Schließlich musste ich den Manager, die anderen Mädchen, die Kunden und natürlich auch Jessie beeindrucken.

Nach einem Blick auf mein Domina-Spiegelbild traute ich mich endlich auch, Jessie anzurufen. Wenn ich schon wie ein ganz anderer Mensch aussah, dann konnte ich mich auch so benehmen. Ich hatte mir Karla übergestreift und Dahlia dabei eine ordentliche Portion Mut verpasst.

Eigentlich hatte ich gehofft, Jessie vorher noch in einer Bar oder sonst wo zu treffen, aber sie sagte, ich solle gleich zum Kerker kommen. »Das ist im neunten Stock. Drück auf den Knopf, dann lässt man dich rein.«

»Okay.« Ich notierte mir das alles. Wenn ich ganz methodisch und organisiert vorging, würde die Unternehmung vielleicht weniger Angst einflößend und surreal wirken.

»Genau um Mitternacht. Du weißt Bescheid?« Sie klang durch und durch professionell. In ihrer Stimme schwang keinerlei Angst mit.

»Ja. Wir sehen uns dann dort.« Ich versuchte, selbst auch völlig ruhig zu klingen.

»Was die Klamotten angeht, ist alles in Lack oder PVC perfekt. Leder ist manchmal auch gut. Hochhackige Schuhe natürlich und dunkler Lippenstift.«

Das war der Teil, der mir die wenigsten Schwierigkeiten machte. »Ich bin schon angezogen«, sagte ich ihr.

»Das ist alles schon erledigt. Ich bin von Kopf bis Fuß in Lack.«

»Großartig. Bis später dann.« Sie wirkte völlig geschäftsmäßig, und ich versuchte mich ebenso zu fühlen.

Allerdings konnte ich in diesem Aufzug nicht durch die Stadt laufen. In meiner Gegend ging das vielleicht noch durch, aber ich wusste, dass mich die Leute anstarren würden, wenn ich derartig gestylt irgendwo nördlich der 14th Street auftauchte. Ich hatte keine Lust, mich schon vorzeitig zu outen, daher packte ich die neuen Schuhe einstweilen in meine Tasche, zog ein langärmliges Hemd über das Lack-Bustier und eine weite Hose über den Rock. Noch war ich nicht bereit, Karla der Öffentlichkeit zu präsentieren – sie sammelte ihre Kräfte für später.

Ich nahm die U-Bahn und war um Punkt Mitternacht an dem Haus, das man mir genannt hatte. Als ich zum Eingang hinaufging, stand dort schon ein Mann, der offenbar darauf wartete, dass die Tür aufsprang. Ich fragte mich, was er wohl vorhatte und in welches Stockwerk er mit seinen Khakihosen und dem unauffälligen Rugby-Shirt um diese Tageszeit wohl wollte.

Die Gegensprechanlage knisterte, und eine Frau war zu hören.

»Wer ist da?«

»John.«

»John, du bist spät dran.« Sie schien verärgert.

»Ich weiß«, gab er verlegen zurück.

Er hatte keine Tasche dabei, war also kein Lieferant oder Bote. Vielleicht arbeitete er in dem Gebäude? Die Tür ging auf. Ich überlegte, ob ich mit hineinschlüpfen sollte oder nicht, ob ich einfach bis zum neunten Stock hochfahren sollte, oder ob ich besser draußen wartete, beim Kerker klingelte und sie so darauf vorbereitete, dass ich im Anmarsch war. Ich wusste nicht, ob es ein Problem gewesen wäre, unangemeldet zu erscheinen, aber ich konnte mir das gut vorstellen, deswegen wartete ich und ließ den Typen allein reingehen.

In diesem Moment hörte ich, wie jemand meinen Namen rief. Ich drehte mich um. Jessie kam über die Straße gelaufen. Gott sei Dank musste ich nicht allein da rein. Ich umarmte sie. Sie trug ein enges grünes T-Shirt zu engen, schwarzen Lederhosen und sah unglaublich süß aus. Einerseits konnte man sich vorstellen, dass sie eine knallharte Domina war, aber andererseits wirkte sie auch, als könne man einfach nur viel Spaß mit ihr haben. Sie hielt mir ein paar Käse-Mais-Snacks hin, und an ihren Fingerspitzen klebte noch ein bisschen von dem orangen Gewürzzeug. Dann gingen wir rein.

Die Fahrstuhltüren wollten sich gerade wieder schließen, aber wir schlüpften noch schnell herein zu dem Mann, den ich vorhin an der Tür gesehen hatte.

»Fahren Sie auch in den neunten?«, fragte Jessie kauend.

»Ja. Arbeiten Sie heute Nacht?«

»Yepp«, sagte sie und wischte sich einige Krümel von den Lippen. Es breitete sich ein unbehagliches Schweigen aus. Der Fahrstuhl setzte sich noch immer nicht in Bewegung, obwohl Jessie auf den Knopf mit der Neun gedrückt hatte.

»Der Fahrstuhl fährt nicht«, sagte ich verwirrt.

»Der fährt auch nicht einfach hoch. Man muss ihn von oben erst rufen.«

»Wieso das denn?«

»Weil sonst alle möglichen Vollidioten im Studio auftauchen.« Ich nickte. Das hätte ich mir denken können.

Wir schwiegen weiter. Und dann ruckte der Fahrstuhl und glitt nach oben.

Im neunten Stock öffnete sich die Tür. Uns begrüßte eine hoch gewachsene Latina in einer Korsage und mit hochhackigen Schuhen, die auf unseren Mitfahrer gewartet hatte.

»Du kommst zu spät«, sagte sie verärgert. »Du musst wirklich zusehen, dass du hier pünktlich erscheinst.«

Er ließ den Kopf hängen und beeilte sich, ihr zu folgen.

Jessie und ich standen nun in einem dunklen Flur, der nur mit orangefarbigen Glühbirnen in Kerzenform erleuchtet war. Es sah aus, als wären wir in einem sehr hübsch dekorierten Geisterhaus. Gegenüber vom Fahrstuhl hing ein Spiegel mit Goldrahmen, und entlang der Wände standen auf alt gemachte Holzstühle. Jessie wollte mich Rick vorstellen, der das Studio während der Nächte leitete, und daher gingen wir ins Büro, das mit einer langen, schwarzen Ledercouch, einer künstlich aussehenden Topfblume, einem Computer, einer kleinen Musikanlage und ein paar Aktenschränken ausgestattet war. Die Wände waren grün gestrichen, die Decke wirkte niedrig. Rick war nicht da, also gingen wir in den Aufenthaltsraum der Dominas.

Im starken Gegensatz zu den dämmrigen orangen Lampen und der gediegenen Atmosphäre des Flurs beleuchtete hier helles, fluoreszierendes Licht ein winziges Fernsehgerät, einen Wasserspender, einige abgewetzte Sofas und mehrere schmale, weiße Schränke, die vermutlich als Spinde dienten.

Eine der Frauen wandte sich gerade zum Gehen, als wir eintraten. Vermutlich eine von der Tagschicht. Eine andere legte gerade letzte Hand an ihr Make-up. Sie hieß Isabella, und sie sah überwältigend aus. Üppiges, schwarzes Haar, blaue, von dickem Eyeliner umrahmte Augen und blassrosa Lippenstift. Sie trug einen schwarzen, ärmellosen Lack-Einteiler mit dazu passenden, spitzenbesetzten Lack-Handschuhen, die bis über den Ellenbogen reichten, und Lackstiefel. Sie hatte noch einen späten Kunden. Sie gehörte auch zur Tagschicht, aber sie blieb heute wegen ihm länger, weil sie ansonsten nur einen weiteren Termin gehabt hatte.

Isabella arbeitete erst seit wenigen Wochen für das Studio. Jessie fragte sie, wie es lief.

»Eigentlich ziemlich gut«, sagte Isabella, »obwohl heute nur wenig los war. Normalerweise macht man hier gutes Geld.«

Mir fiel dabei auf, dass in der Erotikbranche alle, ich eingeschlossen, ihre Beschäftigung stets sofort mit dem Hinweis auf das Geld rechtfertigen. Niemand sagt je etwas anderes, zu Anfang schon gar nicht. So war es bei den Stripperinnen, die ich kennen lernte. So war es bei Jeff. Bei Lionel. Bei Jessie. Und auch bei Isabella.

Wenn man mit Anwälten oder Ärzten spricht, wird man kaum hören, dass sie ihren Job deshalb machen, weil man so gut dabei verdient, obwohl sie vermutlich mehr erwirtschaften als die meisten dieser Frauen. Jedenfalls löste diese Bemerkung bei Jessie und Isabella eine Diskussion darüber aus, ob die Nachtschicht lukrativer war als die Tagschicht. So war es offenbar.

Jessie fragte Isabella, wie sie mit dem Job an sich zurechtkam.

»Es ist ziemlich einfach. Wie Schauspielerei. Man muss nur herausfinden, was sie wollen.«

»Man übernimmt ein bisschen die Rolle eines Therapeuten«, erläuterte Jessie mir das. »Man gibt ihnen, was sie brauchen. Dafür muss man ein bisschen in ihren Kopf hineinsehen. Das kann manchmal schon ziemlich hart werden.« Sie hielt eine Sekunde inne. »In der ersten Zeit träumt man manchmal davon, aber man gewöhnt sich daran.«

Ich wusste nicht, was ich dazu sagen sollte, daher nickte ich einfach nur. Davon träumen? Dieser Job konnte meinen Kopf auf eine Weise beeinflussen, die ich nicht kontrollieren konnte?

Isabella ging nun zu ihrem Termin, und Jessie und ich zogen uns in der Garderobe um.

Auch in dieser Umkleide fanden gelegentlich Sessions statt. Man nutzte ihn zusätzlich auch zum Umziehen, weil er sehr hell erleuchtet war und riesige Spiegel hatte. Außerdem gab es eine überdimensionale Wiege, ein paar Babyspielsachen, eine Reihe von Regalen mit Perücken, einen hohen Tisch mit Schminkutensilien und einen großen Ständer voller Klamotten. Wie ich später erfuhr, wurde nicht nur die Wiege für die Sessions genutzt, auch die Perücken und Kleider waren für Kunden und Angestellte gleichermaßen.

Während Jessie in ihr Domina-Outfit schlüpfte, zog auch ich meine legere Straßenkleidung aus. Dabei bekamen wir Gesellschaft von zwei weiteren Damen von der Nachtschicht, Lady und Kira. Keine Ahnung, ob die beiden wirklich so hießen oder sich für den Job nur so nannten.

Die Frauen gingen miteinander sehr locker um, es wurde viel geredet und gelacht. Ich war zuerst fertig, daher half ich Kira in ihre Korsage und schloss die Schnallen an Jessies Stiefeln. Kira war von Jessies Lederhosen absolut begeistert.

»Oh, die wollte ich bei der Session aber nicht tragen!«, lachte Jessie überrascht.

»Nicht?« Kira schien verwundert.

»Auf keinen Fall. Meinst du, ich sollte?«

»Sie sehen ziemlich scharf aus. Du würdest wahrscheinlich damit durchkommen.« Kira schien das wirklich ernst zu meinen.

»Ich weiß nicht recht.« Jessie betrachtete sich prüfend im Spiegel. »Will ich das?« Nach einer Pause sagte sie: »Wenn da Gleitmittel rauftropft, ist das Leder versaut!«

Die Frauen lachten. Man hätte meinen können, dass wir uns für eine Kostümparty fertig machten. Ich spürte dieselbe Kameraderie wie im Valentino's.

Auf Kira wartete einer ihrer Stammgäste, daher hatte sie es etwas eilig. Sie beklagte sich, dass dieser Typ ziemlich fordernd sei und sie stets viel Energie kostete. Lady hatte ebenfalls einen Gast, daher frisierte und schminkte sie sich schnell und eilte davon, wobei sie witzelte, dass sie aus Rache einen ziemlich großen Dildo für ihn aussuchen würde, weil er ihr nicht genug Zeit ließ, ihren Salat aufzuessen.

Jessie und ich gingen ins Büro, um Telefondienst zu machen und zu warten. Die Anrufer fragten häufig nach einer Beschreibung der verfügbaren Herrinnen, und ich hörte überrascht, dass Jessie sich selbst als Einundzwanzigjährige beschrieb.

»Bist du wirklich erst einundzwanzig?«, fragte ich.

Sie sah ein bisschen verlegen aus. »Ich bin eigentlich erst zwanzig, aber damit gehe ich nicht so gern hausieren.«

Ich konnte das gar nicht glauben. Ich wusste, dass sie in dem Laden, wo sie tagsüber arbeitete, schon stellvertretende Geschäftsführerin war, dass sie in der Erotikbranche gearbeitet hatte und außerdem eine voll ausgebildete Domina und bekennender Hardcore-Punk war. Es war unglaublich, dass sie so tough und doch erst zwanzig war. Im Vergleich kam ich mir sehr behütet und unerfahren vor. Wie viel würde ich wohl erleben müssen, bevor ich mit ihr gleichziehen konnte?

Die Nächte verliefen in etwa nach diesem Muster: Man wartete und wartete, dann kam ein Kunde vorbei, und wenn er dich wollte, hatte man eine Session; wenn nicht, wartete man weiter. Bei einer Sechsstundenschicht kam man im Durchschnitt auf zwei, vielleicht auch auf drei Sessions. In einer superguten Nacht wurden es vielleicht auch mehr, aber das war eher ungewöhnlich. Zwei waren die Norm. Jede Session dauerte in etwa eine Stunde, obwohl es auch kurze von nur 30 Minuten gab. Das bedeutete, dass man etwa vier Stunden nur herumsaß und wartete und wartete und wartete – und genau das taten wir bis etwa zwei Uhr morgens.

Um zwei kam Rick, der Nachtschicht-Manager, aus seinem Büro, und mir klappte der Unterkiefer herunter. Von Jessie hatte ich nur erfahren, dass er ein »Motorrad-Typ« war, und dass es zur Ausbildung gehörte, eine Session mit ihm zu machen und ihn zu einem Orgasmus zu bringen, bevor man als Domina in seinem Kerker arbeiten durfte. Das enge schwarze T-Shirt mit dem weißen Motorrad-Logo auf der Vorderseite ging ja noch. Sie hatte allerdings vergessen, die dicke Brille, das lange, dünne Haar (das ganz oben schon licht wurde), die Lederarmbänder, den breiten Ledergürtel mit der Schnalle in Schädelform und die braunen und/oder fehlenden Zähne zu erwähnen.

Ich musste eine Session mit *dem da* machen, um angenommen zu werden? Wenn ich etwas nicht sehen wollte, dann seinen Schwanz, und schon gar nicht wollte ich miterleben, wie der kam. Aber letzten Endes war diese Art von Prüfung natürlich auch recht sinnvoll: Wenn man Rick geschafft hatte, dann konnte man vermutlich mit allem umgehen, was hier oben aus dem Aufzug kletterte.

Lady hatte zuvor bereits gesagt, dass die meisten Männer, die hier auftauchten, fett und alt und eklig waren. Rick war da perfekt zum Üben ... theoretisch jedenfalls. Ich wusste, dass ich das nicht bringen würde. Schon der Versuch allein würde bei mir vermutlich einen Albtraum auslösen, in dem ich vermutlich auch wieder über meiner Kloschüssel hängen würde.

Rick und Jessie und ich hingen im Büro mit einer Frau herum, die Maria hieß. Sie war mit Jessie befreundet und wollte sich die Arbeit hier ebenfalls einmal ansehen. Sie war groß und hatte langes rotes Haar. Ihr kurzärmliges Lackkleid war vorn mit Schnallen geschlossen und zeigte ein Stück von einem grellroten Satin-BH, der gut zu ihren roten hochhackigen Schuhen und dem roten Halsband passte. Sie hatte bereits Erfahrungen im S/M-Bereich, aber als Domina hatte sie sich noch nicht versucht. Wir würden beide noch einiges lernen müssen – aber nicht heute Nacht.

Wir saßen einfach nur ein bisschen da und bekamen gegen eins Gesellschaft von einer sehr hübschen Frau namens Razor. Sie war umwerfend, mit weißblond gefärbtem Haar, das ein wenig über ihre Schultern fiel, großen, warmen, braunen Augen und einem schön geschnittenen, sexy Gesicht. Ich fragte mich, wie lange sie das hier wohl schon machte, und was sie tat, wenn sie nicht hier arbeitete.

Die Frauen, die ich in dieser Nacht traf, hatten mich bisher alle sehr beeindruckt, wesentlich mehr als die Stripperinnen oder die anderen Pornomodelle. Sie erschienen alle klug, witzig und wahrhaftig, waren aber gleichzeitig auch nett und aufmerksam. Jeder wurde hier mit dem Bühnennamen angesprochen, selbst während der Wartezeiten. Jessie wurde zu Mistress Valentina. Razor war natürlich Mistress Razor Sharp, obwohl wir viel Wert drauf legten, dass wir bei diesen Gesprächen nicht in unserer Rolle steckten. Wir redeten über ganz alltägliche Themen, während wir auf den nächsten Kunden warteten, der einer von uns etwas zu tun geben würde.

Die Herrinnen Lady und Kira waren die Einzigen, die im Moment eine Session hatten.

Ein paarmal klingelte das Telefon, und meistens lauteten die Fragen: »Wer arbeitet heute Nacht?«, »Wie sehen sie aus?« und »Bis wann haben Sie geöffnet?«

Valentina übernahm die meisten Anrufe, während Razor etwas aß und Rick in der Gegend herumstand und versuchte, wichtig auszusehen, was ihm jedoch nicht recht gelang. Ich fing langsam an, ziemlich unruhig zu werden. Mir war klar geworden, dass ich mich auf keinen Fall in dieser Art von Job versuchen würde, da ich den Anforderungen vermutlich weder geistig noch körperlich gewachsen war. Selbst wenn ich hier wirklich viel verdienen sollte, war es die Zeit und auch die mentale Anstrengung nicht wert. Und fast eben so schlimm fand ich, dass mir niemand garantieren konnte, dass ich nicht vielleicht fünf Stunden herumsaß und nur eine Session bekam. Bei meiner notorischen Ungeduld und ständiger Zeitknappheit war das einfach nicht drin.

Ich wusste, dass Valentina in manchen Nächten 600 Dollar verdiente, aber ich wusste auch, dass es Nächte gab, in denen sie nur eine oder zwei Sessions hatte. Allein vom Zeitaufwand war Internet-Erotik, bei der es für einigermaßen lockere Arbeit solide, gute Verdienstmöglichkeiten gab, viel eher mein Stil.

Aber bevor ich jetzt ging, wollte ich von diesem Abend noch so viel mitnehmen wie möglich. Daher beschloss ich, noch bis drei zu bleiben, und wenn bis dahin kein Kunde kam, hatte ich Pech gehabt. Dann hätte ich aber immerhin schon mal eine gewisse Orientierung bekommen und trotzdem noch ein paar Stunden geschlafen, bevor ich morgens wieder zur Arbeit musste. Ich wollte mir so viel wie möglich von diesem Studio ansehen und so viele Fragen stellen, wie man mich ließ, und dann würde ich gehen.

Als Erstes bat ich um eine Führung.

Rick zeigte mir und Maria die Kerkerräume. Es gab drei verschiedene. Zwei davon konnten wir uns ansehen; der dritte wurde benutzt. Sie waren unglaublich. In jedem Film hätte man sie für alberne, übertriebene Hollywood-Erfindungen gehalten. Einen solchen Detailreichtum hatte ich nicht vermutet, aber sie waren offenbar mit viel Überlegung eingerichtet worden, wenn auch fantastisch überzogen gestylt. Den Boden bedeckten große Orientteppiche, es gab Holzstühle mit Lederfesseln für Knöchel, Handgelenke, Brust und/oder Hals und an den gemauerten Wänden hingen verschiedene Arten von Peitschen. In einem Raum stand ein Regal mit den verschiedensten Masken: Gasmasken, S/M-Masken (so eine wie bei dem peinlichen Typen in *Pulp Fiction*), Tiermasken. Besonders eklig fand ich die mit dem Hahnenkopf, und ich musste mich auch zusammenreißen, als Rick mir erzählte, dass die Schweinekopfmaske besonders stark gefragt war.

In diesem Raum gab es auch einen schmalen Spind aus Holz, gerade groß genug, dass ein Mann aufrecht darin stehen konnte. Er hatte oberhalb des unteren Drittels ein kleines Fenster, das entweder aufgeklappt oder verschlossen werden konnte. »Das ist für Sack- und Schwanzfolter«, erklärte Rick.

Ich nickte und machte ein Gesicht, als ob ich mir so etwas jeden Tag ansah.

Die Zimmer waren alle mit Flaschenzügen ausgestattet, die mit Ketten oder dicken Seilen betrieben wurden.

»Die sind alle funktionstüchtig«, sagte Rick. »Damit kann man Leute hochziehen, kein Problem.«

Ich nickte wieder, als ob dieses Wissen für mich ausgesprochen nützlich sei. Es gab noch eine Apparatur, die wie ein Trapez aussah, aber an jeder Seite noch eine lederne Handfessel hatte. Im gleichen Zimmer gab es zudem einen überdimensionalen Vogelkäfig, einen roten, ledernen Zahnarztstuhl sowie eine ominöse schwarze, lederbezogene Bank mit Fesseln und einer Metallplatte an einer Seite. Man konnte sie so neigen, dass ein Ende den Boden berührte und der Kunde im peitschenfreundlichen Winkel von 45 Grad positioniert wurde.

Dann führte uns Rick in das Arztzimmer. Es war genau so, wie man es sich vorgestellt hätte – ziemlich extrem und zugeschnitten auf jede Fantasie und jeden

Albtraum. Es gab sogar einen gepolsterten Gynäkologenstuhl mit Fußstützen aus Metall, einen Plastikvorhang, ein Waschbecken und eine Theke mit lauter glänzenden Apparaturen, die perfekt zum schwarz-weiß karierten Fußboden passten. Alles sah perfekt poliert, steril und angemessen bedrohlich aus.

»Der Raum hier wird nicht so oft benutzt«, sagte Rick. »Ich weiß nicht, wieso. Ich finde ihn am besten. Den würde ich auswählen, wenn ich hier Gast wäre.« Er hielt kurz inne, wie in Gedanken, aber vielleicht wollte er auch nur die Wirkung seiner Worte verstärken. »Vielleicht haben sie nur Angst.«

Mit dieser Bemerkung und einem machohaften Nicken setzte er sich auf die Untersuchungsliege und gab uns einen Überblick über unser potenzielles neues Betätigungsfeld.

Zunächst erläuterte er, weshalb die Nachtschicht lukrativer war.

»Am Tag werden 175 Dollar für eine Session verlangt, aber die werden 60 zu 40 geteilt. Nachts kosten die Sessions 150 Dollar, aber davon könnt ihr die Hälfte behalten.«

Dann erklärte er, wie es mit der Werbung lief.

»Wer tagsüber arbeitet, muss 125 Dollar für Werbung beisteuern. Von denen, die nachts kommen, verlangen wir nur 80. Es wird niemand gezwungen, Geld für Werbung auszugeben, aber wir finden es besser, und es ist auch wirklich von Vorteil. Ein paar der Frauen hier haben massenweise Stammkunden ohne jegliche Werbung, aber das sind Ausnahmen. Wenn dein Foto irgendwo zu sehen ist, dann steigt automatisch die Chance, dass jemand nach dir fragt.«

Ich hatte mich bereits bei Valentina erkundigt, wie die Kunden überhaupt vom Kerker erfuhren, da das Studio vermutlich nicht in den Gelben Seiten zu finden war. Sie sagte, dass in verschiedenen S/M- und Bondage-Magazinen entsprechende Anzeigen geschaltet wurden.

Rick erklärte nun, was die Männer verlangten.

»Die meisten Typen wollen es nicht zu hart. Sie stehen meist auf ein bisschen S/M, peitschen, Spanking, Kerzen, Sack- und Schwanzfolter, vielleicht auch sicheren Sex. Manchmal wollen sie sogar nur Gesellschaft. Aber ihr solltet auf alles vorbereitet sein. Viele der Typen stehen auf Dildos und sind nicht begeistert, wenn ihr das nicht macht. Manche stört es nicht, wenn ihr jemand anderen dazuholt für diese Sache, aber die meisten wollen, dass sie bei der ganzen Session dieselbe Frau haben. Ich habe hier schon ein paar Mädels, die keine Insertion machen. Davon kann ich nicht noch mehr gebrauchen.«

Er machte eine Pause und sah uns beide an. Wir sagten nichts. Dann blickte er wieder auf den Boden und informierte uns über die Arbeitszeiten.

»Wir haben von Montag bis Freitagnacht geöffnet, und ich suche Frauen, die mindestens drei Nächte die Woche machen wollen. Wenn sie weniger oft da sind, wird es schwer, einen Stammkundenkreis aufzubauen. Neue Girls haben meist viele Kunden, eben, weil sie neu sind, aber sie müssen sie auch halten können.«

Wieder machte er eine bedeutungsvolle Pause. Selbst wenn ich mir die Arbeit zugetraut hätte, wusste ich jetzt, dass damit eine Zukunft als Domina in diesem Kerker für die nächste Zeit außer Frage stand. Ich konnte neben meinem normalen Job unmöglich drei Nächte von

Mitternacht bis sechs Uhr früh durchmachen, und dass das hier mein zukünftiger Hauptberuf wurde, daran war nicht zu denken.

Endlich gab es eine unüberwindbare Grenze zwischen mir und der New Yorker Sexindustrie. Es überraschte mich, wie sehr mich das erleichterte. Nun konnte ich diesen Job ausschlagen, ohne dabei das Gefühl zu haben, dass ich es aus Angst tat.

Rick redete währenddessen übers Geld.

»Normalerweise habt ihr zwei Sessions die Nacht, wenn es gut läuft, drei. Manchmal noch mehr, aber das ist selten. Manchmal möchte ein Kunde zwei Frauen gleichzeitig, dann zahlt er 250 Dollar, aber davon bekommen die Mädels nur jeweils 70, weil man da ja nicht so hart ranmuss.«

Maria und ich tauschten einen verständnislosen Blick.

»Da bin ich mir nicht so sicher!«, rief Maria lachend.

Rick sah sie nur an und versuchte, ein strenges Gesicht zu machen. Ich konnte nicht anders, ich musste dauernd an seine schlechten Zähne denken.

»Das kommt auch nur selten vor. Normalerweise kann man hier gutes Geld verdienen«, fuhr er fort. »Vielleicht hat man hin und wieder mal eine schlechte Nacht, aber eine schlechte Woche ist schon extrem selten. Manchmal gibt es sehr gute Trinkgelder, aber man verdient beim Strippen natürlich mehr. Deswegen stelle ich nur ungern Stripperinnen ein, weil die meist zu hohe Vorstellungen von ihrem Verdienst haben.«

Wieder hielt er inne. Ich musste unaufhörlich seine Zähne anstarren und fragte mich, was mit denen nicht stimmte. Es war in seinem Mund zu dunkel, um das mit Sicherheit sagen zu können. Und ich konnte auch nicht begreifen, wieso eine Frau lieber als Domina arbeiten als Strippen gehen würde. Strippen schien viel leichter und auch verdammt lukrativer zu sein.

Dann kam Rick über Umwege auf den New Yorker Bürgermeister Guiliani zu sprechen.

»Manche Typen kommen hier mit sehr genauen Vorstellungen an. Das ist immer am Einfachsten, da müsst ihr nicht nachdenken. Ich hatte früher mal Akten über all unsere Stammgäste – was sie mochten und was nicht –, aber jetzt muss ich wegen diesem Guiliani viel vorsichtiger sein. Der hat es sich zum Ziel gesetzt, uns alle dicht zu machen. Wir hatten hier noch nie eine Razzia, aber wir müssen vorsichtig sein. S/M ist im Staat New York legal, deswegen hat er keine Handhabe, etwas zu tun. Aber es gibt viele verschiedene Nuancen.«

Rick sah vom Boden auf und blickte Maria und mir ins Gesicht.

»Das Einführen eines Dildos ist illegal. Wenn ein Typ hier aufkreuzt und wie ein Cop aussieht, dann verweigern wir das. Wenn er neu ist und wir uns unsicher sind, dann verlangen wir, dass er es zuerst einmal selbst macht. Wenn er das tut, stehen die Chancen gut, dass er kein Bulle ist. Ich möchte wetten, dass kein Bulle gern bei Gericht, vor all seinen Kumpels, bezeugen möchte, dass er sich einen Dildo in den Arsch geschoben hat. Würden wir hier keine Insertion anbieten, würden die Kunden woanders hingehen und sich einen anderen Kerker suchen. Wir könnten die Miete nicht mehr zahlen. Deswegen riskieren wir das.«

Rick machte ein ernstes Gesicht. Er erwartete offenbar, dass Maria und ich geschickte Dildo-Schwingerinnen werden würden, und ich kam zu dem Schluss, dass es wohl nicht der beste Moment war, ihm zu sagen, dass ich nicht die Absicht hatte, dabei mitzuspielen.

»Frauen und Sex sind kein Thema«, fuhr er fort. Ich hatte das Gefühl, als säße ich in der Schule. »Frauen kommen nie allein her. Sie rufen an und machen Termine, aber dann erscheinen sie zusammen mit ihrem Mann. Manchmal möchte sie zusehen, manchmal er. Manchmal wollen sie es beide. Zwischen zwei Frauen kommt es dann schon schneller mal zum Sex. Das ist aber okay. Ich glaube nicht, dass sie uns eine Polizistin schicken würden, also müsst ihr euch deswegen keine Sorgen machen.«

Dann kam er auf den Orgasmus zu sprechen.

»Die meisten Typen kommen. Manche nicht. Die denken vielleicht, dass sie ihre Frau oder Freundin betrügen, wenn sie es tun. Vielleicht wurden sie von ihrer Herrin hergeschickt, die ihnen befohlen hat, nicht zu kommen. Vielleicht glauben sie auch, sie seien es nicht wert, dass sie vor euren Augen losspritzen dürften; die gehen dann nach Hause und holen sich einen runter. Meistens aber kommen sie. Wenn sie allerdings für eine Stunde bezahlt haben und nach zehn Minuten kommen, ist die Session nicht vorbei, es sei denn, dass der Kunde danach gehen will. Vielleicht will er aber auch mehr. Vielleicht will er auch nur reden. Manche Typen kommen einfach, weil sie sich einsam fühlen. Es ist euer Job, herauszufinden, was sie wollen.«

Und die meisten Männer wollten wohl offenbar dominiert und erzogen werden. »Das ist ja klar. Manchmal aber will auch der Mann, dass ihr euch unterwerft. Ob ihr das tut, liegt ganz an euch. Es kommt nicht häufig vor. Aber wenn, dann haben wir strenge Regeln. Ein paar leichte Peitschenhiebe sind in Ordnung, sie sollten allerdings keine Spuren hinterlassen. Eine rote Strieme, die nach zehn Minuten wieder verblasst, geht noch durch, aber nichts Härteres. Manche mögen es auch, wenn sich das Blatt wendet – wenn erst ihr die Unterwürfigen seid und dann, etwa nach der Hälfte der Zeit, das Ruder herumreißt und ihn bestraft. Manche Mädels sind dazu bereit, andere nicht. Auch das liegt ganz bei euch.«

Er betrachtete eine Zeit lang sinnend den Fußboden, und damit war unser Einführungsvortrag zu Ende. Er meinte, wir sollten nun noch bleiben und vielleicht bei einer Session zusehen. Maria wollte das auch. Ich nutzte jedoch die Gelegenheit, um Rick zu erklären, dass ich eigentlich losmüsste, aber an einem anderen Abend wiederkäme, um die Praxis zu testen. Rick war überrascht, meinte aber, das sei in Ordnung. Wir gingen ins Büro zurück, und ich zog meine tarnenden Alltagsklamotten über. Valentina sagte ich, dass ich mich noch mit anderen Leuten verabredet hätte, aber an einem andern Abend wiederkäme, um ihr bei einer Session zu helfen.

Sie war etwas bestürzt, aber sie konnte ja nichts dagegen sagen. Ich fragte mich, wie lange sie in dieser Nacht wohl noch auf einen Kunden würde warten müssen. Als ich wieder angezogen war, verabschiedete ich mich von Rick und Razor. Maria und Valentina begleiteten mich zum Aufzug.

»Hey, bevor du gehst, musst du aber noch das Bastille-Zimmer sehen«, sagte Valentina.

Für den Fall, dass es belegt war, klopften wir an die Tür. Kira öffnete und streckte ihren Kopf heraus. Sie war eine Asiatin und trug einen ähnlichen Haarschnitt wie

Uma Thurman in *Pulp Fiction*. Zwar konnte ich ihr Alter nicht einschätzen, aber sie schien hier die Älteste zu sein.

Sie hatte einen kleinen grauen Plastikkoffer, ähnlich wie jene, in denen normalerweise Bohrmaschinen aufbewahrt werden, in dem hier steckten aber bedrohliche Werkzeuge aus Stahl, mit Klemmen, scharfen Klingen oder gezackten Kanten. Wenn sie nicht im Dienst war, wirkte sie, wie all die anderen Frauen, süß, freundlich und witzig. Seufzend beklagte sie sich, dass manche Männer wirklich sehr viel Arbeitseinsatz fordern würden. Ich fragte mich, wie sie in den Sessions wohl drauf war – und was sie mit diesem Koffer machte.

Die Frauen gingen so warm und gefühlvoll miteinander um, dass ich mich unwillkürlich fragte, wie es ihnen gelang, diese Herzlichkeit bei der Arbeit abzuschalten. Wie viele von ihnen wohl funktionierende Beziehungen zu Männern hatten, obwohl sie in ihrem Job richtig gut waren? Ich würde beides nicht vereinbaren können, dachte ich für mich.

Ich wusste, dass die wenigen Erfahrungen, die ich beim Strippen gesammelt hatte, mein Verhältnis zum anderen Geschlecht bereits grundlegend verändert hatten. Ich sah Männer mit anderen Augen, und ich wertete es nun auch anders, wenn sie mir nachblickten. Es ist einfach unmöglich, Männer noch genauso wahrzunehmen wie zuvor, wenn man sie dabei erlebt hat, wie sie dich, gar nicht mehr sie selbst, mit Dollarscheinen überschütten, nur um einen kurzen Blick auf deine Muschi werfen zu können. Die Arbeit in diesem Studio war sicher noch wesentlich intensiver.

Wie gut konnten die Frauen diese beiden Welten wohl voneinander trennen? Mir war das zuvor ganz offensichtlich nicht allzu gut gelungen. Jessie hatte von Träumen gesprochen. Ich hätte sie gern gefragt, wie intensiv die waren und wie lange sie anhielten. Schon jetzt hatte ich das Gefühl, dass ich allein durch die Besichtigung dieser Räume seltsame Träume bekommen würde – und dann sollte ich inmitten der ganzen Ledersachen und dem schweren Holz noch Männer dazu bringen, dass sie schrien, winselten und bettelten? Dem ganzen Studio haftete etwas sehr Surreales, Verdrehtes und Extremes an. Hier haarige, übergewichtige Männer zu foltern, würde meine Probleme nur größer machen.

Kira sagte, dass sie das Bastille-Zimmer in ein paar Minuten räumen würde, dann könnte ich es sehen. Ich nutzte diese kurze Zeit, um mich von den anderen Mädchen zu entfernen und ein Foto nach dem anderen zu machen. Heimlich schoss ich Bilder von den Zimmern, dem Aufenthaltsraum und den Spinden der Frauen; dann war Kira fertig, und wir betraten die Bastille.

Der Raum war absolut unglaublich. Auf einer Plattform lag eine riesige, breite, schwarze Ledermatratze. Überall glühten geschmackvoll angeordnete orangefarbige, kerzenförmige Glühbirnen. Auf einer Seite stand eine große Bank mit einer Fesselvorrichtung und zwei Rädern. Ich war mir nicht sicher, wofür man sie benutzte, vielleicht für irgendeine Streckfolter frei nach der spanischen Inquisition. Peitschen, Ketten und Haken waren an die Wände geschraubt, die vom Boden bis zur Decke verspiegelt waren. Der Boden war mit einem hochflauschigen roten Teppichboden ausgelegt.

In einer Ecke stand ein kleiner Stuhl, wie man ihn in der Schule hat, mit kombinierter Tischplatte. Er passte nicht zur restlichen Ausstattung, schien aber zu der großen Tafel zu gehören, die an einer anderen Wand lehnte und auf der mit Kreide geschrieben stand: »Ich werde alles tun, was meine Herrin verlangt.«

Der Raum für den Sinnesentzug ging direkt von der Bastille ab. Auch hier steckte ich kurz den Kopf hinein. Er war klein, und die Wände waren schalldicht isoliert. An einer Wand hing ordentlich ein Ganzkörperanzug mit Fesseln. Durch ein Fenster konnte man in das Bastille-Zimmer sehen. Wie in den anderen Kerkern gab es auch hier eine Suspensionsvorrichtung.

Kira entschuldigte sich für das Durcheinander in dem Raum und für den Uringeruch. »Er wollte Wasserspiele. Sorry, das stinkt ein bisschen.«

Ich lachte. Es war einfach zu surreal.

Etwas von seinem Urin war noch in einem kleinen Pappbecher. Lady, die auf das Zimmer wartete, half Kira nun dabei, die Instrumente, Latexhandschuhe, Papierhandtücher und die übrige Ausrüstung wegzuräumen. Ich schlenderte durch den Bastille-Kerker und den angrenzenden Sinnesentzug-Raum.

Als Lady ging, um sich auf ihren Gast vorzubereiten, nutzte ich die Gelegenheit für ein Gespräch mit Kira, die weiter aufräumte. Ich wollte mehr über sie wissen, und ich wollte erfahren, wieso sie in diesem Furcht einflößenden Studio ihrem Job nachging.

»Ich arbeite schon seit vier Jahren als Domina. Zwei Jahre bin ich schon in diesem Studio. Hier gibt's das beste Geld, die besten Zimmer, die besten Leute. Es ist wirklich ziemlich leicht. Kompliziert wird es immer nur, wenn ein Kunde sagt, mach, was du willst. Meist wollen die dann was Bestimmtes, aber man soll es erraten. Das nervt manchmal ganz schön. ›Nein, das nicht.‹ ›Nein, mach was anderes.‹ ›Das gefällt mir nicht.‹ Dann verliert man die Kontrolle. Aber sonst ist es wirklich einfach.«

Ich fragte sie nach ihren Werkzeugen.

»Rick sagt den Leuten, ich sei medizinisch erfahren«, lachte sie. »Ich habe keine Ahnung, was ich eigentlich tue. Meist verwende ich die Sachen gar nicht. Heute Nacht habe ich sie nur mitgebracht, weil mich einer meiner Stammkunden darum gebeten hat.«

Lady kehrte zurück und sagte, ihr Gast sei auf dem Weg nach oben. Wir schlüpften ins Arztzimmer, damit er uns nicht sah, als er vorüberging. Als sie die Tür hinter sich schlossen, nahm ich den Fahrstuhl nach unten. Es war drei Uhr früh. Ich war zwar noch nicht richtig müde, wusste aber, dass ich bald schlafen gehen würde.

Wie lange wohl Valentina noch auf einen Kunden warten würde? Gott sei Dank war ich da raus. Ich hätte keine Sekunde länger bleiben mögen. Aus irgendeinem Grund hatte ich Lust auf Apfelsaft. Ich kaufte welchen in einem kleinen Lebensmittelladen um die Ecke und ging nach Hause – froh, diese Nacht hinter mir lassen zu können.

17. SEPTEMBER

Jessie rief an und erzählte mir, Rick wollte, dass ich wiederkäme – und sie berichtete von Justin.

»Justin kommt ungefähr einmal die Woche in den Kerker. Er hat ... eine Dentalfixierung.« Sie lächelte ein ganz klein wenig. »Er findet es geil, wenn die Frauen mit seinen Zähnen rumspielen und ihm Novocain spritzen.«

»Novocain? Im Ernst?« Ich konnte mir nicht vorstellen, dass ich jemanden freiwillig dazu auffordern würde, mir eine örtliche Betäubung zu verpassen. »Wo kriegt ihr das Zeug denn her?«

»Das bringt er mit.«

Ich nickte verständnisvoll.

»Die Sache ist, er hätte gern jede Woche eine andere Frau.« Sie hielt inne.

Ich sah ein, dass das ein Problem sein konnte.

»Rick dachte, du könntest vielleicht noch mal wieder kommen und dich um Justin kümmern ...?«

Sie zögerte. Ich noch viel mehr.

»Ich kann dir helfen«, fügte sie nun hinzu. »Ich kann dir zeigen, was du machen musst.«

Zusammen mit Jessie würde es vielleicht gar nicht so übel werden. Ich konnte dort aufkreuzen, ihm das Novocain spritzen, das Geld einstreichen und wieder verschwinden, bevor dieses Erlebnis die Möglichkeit haben würde, sich in meine Träume einzuschleichen. Dann fragte ich mich, was eigentlich kaputter war – die Tatsache, dass Justin dafür zahlte, dass ihm immer wieder eine andere Frau eine örtliche Betäubung verpasste, oder dass ich ernsthaft drüber nachdachte, diesen Service anzubieten?

Ebenso wie Justin brauchte wohl auch ich unbedingt neue Adrenalinquellen.

Nein, sagte ich daher zu Jessie, und beschloss, mich nach einem anderen Arbeitsfeld umzusehen.

27. SEPTEMBER

Nach dem Erlebnis mit dem Kerker brauchte ich eine Weile, um mir einen neuen Sexjob zu suchen, und die Beschäftigung fehlte mir. Ich brauchte das. Ich sehnte mich danach. Die Gefahr zog mich an, und gleichzeitig lockte mich das Geld – aber bevor ich wusste, wie mir geschah, spielte mir der Zufall einen Sklaven zu.

Es war wirklich völlig ungeplant. Nachdem ich eine Weile zur Untermiete gewohnt hatte, musste ich mir eine neue Bleibe suchen, und wie wohl jeder weiß, gibt es wenig Dinge, die in Manhattan schwerer zu finden sind als ein billiges Apartment. In der Hoffnung, mir den Albtraum von Zeitungsanzeigen und Maklergebühren ersparen zu können, plakatierte ich mein Viertel mit Zetteln, auf denen stand, dass ich ein nettes Mädchen sei, das eine WG suchte.

Daraufhin riefen einige Leute an, darunter auch ein freundlich klingender Typ namens Mark. Schon am Telefon unterhielten wir uns eine halbe Stunde. Er wirkte sehr nett, als er mir von seinem Job erzählte; er verkaufte Merchandise-Artikel für bekannte Bands. Und nicht nur, dass er selbst ziemlich gut drauf zu sein schien – seine Wohnung lag ganz in der Nähe und war billig.

Also fuhr ich hin und sah sie mir an. Sie war recht klein, aber die Miete war so niedrig, wie ich nie zu träumen gewagt hätte. Er sagte mir, dass er viel reiste und dass ich daher die meiste Zeit die ganze Wohnung für mich haben würde. Das klang äußerst verlockend.

Den Futon, der im größeren der beiden Zimmer stand, wollte er mir überlassen. Ich fragte ihn, wo er dann schlafen würde, wenn er in der Stadt war.

»Oh, ich lege mir ein paar Decken auf den Boden des begehbaren Schranks. Der ist ziemlich groß, das geht ganz gut.«

Vermutlich guckte ich völlig schockiert, denn er versicherte mir gleich, dass es viel gemütlicher war, als es sich anhörte.

»Der Schrank ist fast schon wie ein kleines Zimmer, ein Bett passt da locker rein. Und ich bin sowieso nur ein paar Nächte im Monat hier, da macht mir das nichts aus.«

Ich sah wohl noch immer so skeptisch aus, wie ich auch war, und er wechselte daraufhin die Taktik.

»Ich möchte, dass du dich so fühlst, als ob es deine Wohnung wäre«, sagte er. »Als ob ich mich *dir* aufdrängen würde, wenn ich zu Hause bin. Das hier ist dein Zuhause. Wir richten es genauso ein, wie du es willst. Ich lasse meine Sachen einlagern.«

Das alles konnte ich gar nicht glauben. Er wollte seine Sachen einlagern lassen *und im Schrank schlafen?*

»Bist du sicher, dass du eine Mitbewohnerin suchst?«

»Na ja, ich hatte das nicht geplant, aber als ich deinen Aushang sah, kam mir das so in den Sinn und schien irgendwie ... *richtig*. Weißt du, was ich meine?« Er sah mich zögernd an, als ob er nach Bestätigung suchte. Ich nickte zuvorkommend. »Meine letzte Mitbewohnerin ist vor ein paar Monaten mit ihrem Freund zusammengezogen. Ich wollte eigentlich gar nicht unbedingt jemand Neues suchen, aber warum nicht? Ich finde es schön, wenn eine Frau in der Nähe ist. Und ich spare im Monat ein paar hundert Mäuse. Ich bin ja sowieso kaum hier – da ist das doch sinnvoll.«

Ich hielt mich eine Weile in seiner Wohnung auf und versuchte ein besseres Gespür dafür zu bekommen, was er für einer war. Ich hatte keine Ahnung, was ihm durch den Kopf ging. Was war das für ein Typ, der auf den Gedanken kam, in einem Schrank zu pennen, nur um ein paar Hunderter im Monat zu sparen? So allmählich begann ich aber zu begreifen, als er mir weitere Fragen stellte.

»Hast du in Beziehungen meist die Hosen an?«, wollte er zum Beispiel wissen. »Hast du gern alle Fäden in der Hand?«

Mark sagte mir auch, dass er gern alles Mögliche für mich tun würde, wenn er in der Stadt war. »Ich bin der Meinung, dass Frauen verehrt werden sollten«, sagte er. »Du musst hart arbeiten, da möchte ich dir helfen. Und wenn ich hier bin, habe ich sowieso nicht viel zu tun. Da würde ich gerne deine Wäsche aus der Reinigung holen, für dich einkaufen, sogar für dich kochen ... ich mag Frauen wirklich sehr. Sie sind wundervolle Geschöpfe ... Damit hast du doch kein Problem, oder?«, fragte er nun wieder ganz zögerlich.

Ich nickte vorsichtig.

»Ich möchte für dich die Wohnung sauber machen. Ich will für dich kochen und einkaufen. Dir Tee aufgießen. Wenn dir das recht ist.«

Theoretisch klang sein Vorschlag gar nicht so übel – ein bisschen bizarr, aber okay. Welche Frau würde sich schon darüber beschweren, wenn ein Mann für sie Tee machen und für sie kochen will?

»Wäre es dir recht, wenn man dich anbetet?«

Ich sagte, das sei in Ordnung.

»Wäre es dir recht, wenn man dir die Füße massiert?«

Ich sagte, das sei in Ordnung.

»Wäre es dir recht, wenn ich deine Füße küsste?«

Ich sagte, das sei in Ordnung.

»Wäre es dir recht, einen Sklaven zu haben?«

Was ich darauf antworten sollte, wusste ich nicht.

»Ich möchte, dass du mich für dich arbeiten lässt. Ich möchte dich anbeten. Ich möchte, dass du mir sagst, was ich tun soll.«

Dazu fiel mir zunächst mal nichts ein.

»Ich hole deine Kleider aus der Reinigung, ich hole sonntags die Zeitung und mache alles, was sonst noch anfällt. Ich möchte dir das Leben einfach leichter machen. Was hältst du davon? Ich möchte dir nur die Füße küssen.«

Er machte einen ganz normalen Eindruck. Seine Stimme klang etwas feminin und zögerlich, aber ich ging davon aus, dass sie einen tieferen und aggressiveren Ton annahm, wenn er sich nicht gerade mit seiner potenziellen Herrin unterhielt. Er sah auf seine eigene softe Art sogar ganz gut aus. Ich vermutete, dass ich damit zurechtkommen würde, aber ganz sicher war ich mir nicht. Würde das zu schräg sein? Oder würde es mir das Leben wirklich leichter machen? Vielleicht konnte ich in diesem Arrangement bizarrerweise gleichzeitig meine Fantasien ausleben und Miete sparen.

Ich sagte, ich würde ihn anrufen.

»Versprichst du das? Bitte versprich es. Uns hat das Schicksal zusammengeführt. Ich bin mir sicher.« Er klang fast verzweifelt. Eigentlich sah er recht kräftig aus, er war gut gebaut und hatte breite Schultern, aber seine Stimme vermittelte ein komplett anderes Bild. Ich hatte beinahe das Gefühl, als müsste ich ihn ermahnen, sich die Schuhe zuzubinden und sein Gemüse zu essen.

Es wäre sicher ein interessantes Projekt geworden, seine Herrin zu sein, aber ich war nicht sicher, ob ich das konnte. Vielleicht war das die Grenze, an der ich mich selbst enttäuschen und aufgeben musste.

Wieder sagte ich ihm, dass ich darüber nachdenken müsse und mich wieder bei ihm melden würde.

Mark kam mir zuvor. Er rief am Nachmittag des nächsten Tages an, bevor ich Gelegenheit gehabt hatte, zu einer Entscheidung zu finden. Er wollte wissen, ob es etwas gab, das er für mich tun konnte. Am Tag darauf meldete er sich wieder und fragte dasselbe.

»Bei mir ist alles okay, ich brauche nichts. Ich rufe morgen an.«

Natürlich war er wieder schneller als ich; schon um zehn Uhr morgens hatte ich ihn in der Leitung. Da ich an diesem Tag allerdings zufällig etwas krank war, passte sein Anruf tatsächlich ganz gut.

»Kannst du ein bisschen Brot und eine Flasche Sprite für mich einkaufen? Mir geht es heute nicht so gut.«

Er war außer sich vor Begeisterung. »Natürlich. Ich bin in ein paar Minuten da. Brauchst du sonst noch etwas? Kann ich noch etwas anderes besorgen?«

»Nein, das ist alles.« Ich versuchte, streng zu klingen. Außerdem wollte ich nur was zu trinken und ein paar Scheiben Brot. »Und ich bin müde, du kannst also nicht bleiben.«

»Das ist in Ordnung. Ich bleibe nur ein paar Minuten.« Er war so froh, dass er sich endlich nützlich machen durfte.

Wenig später erschien er mit den Einkäufen und gab mir noch dazu zwanzig Dollar als Geschenk. Ich erlaubte ihm, mich zu küssen und mir ein paar Minuten lang die Füße zu massieren, und dann verschwand er wie versprochen.

Ich wusste eigentlich nicht so recht, was ich von der ganzen Situation halten sollte. Dazu kam, dass ich sie tatsächlich auf gewisse Weise erotisch fand. Ich dachte daran, wenn ich mich befriedigte, und bekam einige schöne Orgasmen zu der »Sklave-und-Herrin«-Fantasie. In meinem Sexleben hatte ich es noch nie mit wirklichen Domina-Tendenzen versucht, aber ich fand es schon immer erotisch, mit Männern Sex zu haben, denen ich im Gesicht ablesen konnte, wie sehr sie mich brauchten, wenn sie kamen. Ich wollte sehen, wie sehr sie mich wollten.

Der Gedanke an meinen »Sklaven« ging mir nicht mehr aus dem Kopf. Konnte es mit mir und Mark wirklich klappen? Mir war klar, dass ich nicht mit ihm zusammen wohnen konnte – ich musste Karla abstreifen können, wenn ich nach Hause kam –, aber als rein berufliches Arrangement war diese Sache vielleicht denkbar. Und möglicherweise konnte sie mir sogar eine unerwartete Quelle der Befriedigung eröffnen.

Aber dann rief er immer wieder an, jeden Tag, um mir zu sagen, dass er mich liebte, wie gern er mein Sklave war, und dass er sich jetzt nur noch mit Männern treffen würde, damit ich die einzige Frau in seinem Leben blieb. Er bat mich sogar um Erlaubnis, anderen Typen einen blasen zu dürfen.

»Ist es okay für dich, wenn ich mich von anderen Männern vögeln lasse? Ich will sie nicht vögeln, das wäre nicht fair dir gegenüber, aber ist es okay, wenn ich mich rannehmen lasse?«

Und: »Wie stehst du dazu, wenn ich anderen Männern einen blase? Ist das fair? Hast du auch kein Problem damit? Ich muss das nicht tun, wenn du meinst, es wäre nicht in Ordnung.«

Und: »Du weißt, dass ich dich liebe, oder? Denn das tue ich. Ich liebe dich. Du bist meine Königin.«

Und: »Du machst den glücklichsten Mann aus mir. Ich kann dir gar nicht genug dafür danken. Du weißt das, oder? Du machst mich so glücklich.«

Er rief jeden Tag an, und irgendwann hielt ich es nicht mehr aus. Es war zu viel. Als ich schließlich wirklich in eine andere Wohnung zog und eine neue Telefonnummer bekam, gab ich sie nicht an Mark weiter.

Video Star, 2

In dem ich lerne,
mein sexuelles wahres Ich
zu präsentieren.

30. SEPTEMBER

Mein nächster Job war ein Videodreh. Ich war die einzige Darstellerin, und ich sollte für vier oder fünf Stunden dreihundert Dollar erhalten. Hinter der Kamera stand Lance, ein Kunstfotograf, der beschlossen hatte, seine Fähigkeiten nun einmal im Bereich der Pornofilmerei zu erproben. Auch ihn hatte ich über einen Aushang in meinem Viertel aufgetan: Er hatte nach Exhibitionistinnen gesucht, die Interesse an Nacktfotos und Nacktvideos hatten. Ich rief an, und wir machten einen Termin zum Kennenlernen aus.

Wir saßen dann auf dem Futon in seinem Studio, und er zeigte mir Videos von den anderen Frauen, die er bisher gefilmt hatte. Seine Spezialität waren Nahaufnahmen – von Brüsten, Schließmuskeln und Muschis. Er spulte von einem Close-up zum nächsten und erzählte dabei lustige Anekdötchen von den Mädchen, während ich versuchte, ihnen nicht bis in den Darm zu gucken.

Während wir so dasaßen und uns nackte Frauen anguckten, über die er frei und locker redete, merkte ich, dass ihm das Wort Möse irgendwie nicht über die Lippen ging. Arschloch war kein Problem für ihn, und er konnte sich auch die Nahaufnahmen eben dieser Körperregion ansehen, aber statt Möse sagte er immer »das M-Wort«. Ich musste mich beherrschen, um nicht laut loszulachen. Muschi war scheinbar in Ordnung, aber Möse sagen konnte er nicht – ein Pornograf mit prüden Momenten.

»Wie sieht es aus, willst du einen Termin mit mir machen?«, fragte ich munter, als ich aufstand und meine Sachen zusammensuchte, weil ich fand, dass es an der Zeit war, die Dinge auf den Punkt zu bringen.

»Ich müsste mir dazu deinen Body genauer angucken.«

Ah, klar. Das hatte natürlich was. Wenn er bildfüllende Nahaufnahmen machen wollte, war ja logisch, dass er sich vorher überzeugen wollte, dass ich keine Warzen, Beulen oder sonstige Deformierungen an den entscheidenden Stellen hatte.

Ohne mit der Wimper zu zucken, zog ich mich vor ihm aus und versuchte dabei, nicht an den schnurrbärtigen Kerl zu denken, der mit meiner Muschi und meinem Arschloch gleich Frauenarzt spielen würde. Er berührte mich dabei nirgendwo, er sah sich nur alles gründlich an. Sein Gesicht war nur wenige Zentimeter von meinen intimsten Körperstellen entfernt.

»Du eignest dich ganz gut dafür«, sagte er nachdenklich, als er sich wieder aufrichtete und seine Augen von meinem Schoß über die Taille und die Brüste bis zu meinem Gesicht empor gleiten ließ.

Wir vereinbarten einen Termin für den kommenden Dienstag um 18:30 Uhr.

5. OKTOBER

Ich verließ das Büro mit meiner soliden schwarzen Aktentasche in der Hand. Sie sah so geschäftsmäßig aus, dass wohl niemand auf den Gedanken gekommen wäre, was sich wirklich darin befand – Vibratoren, knappe Kleidung, Gleitmittel und ein zusätzlicher G-String.

Lance hatte eine professionelle Visagistin angeheuert, und so saß ich eine Stunde da, ließ mich zurechtmachen und fühlte mich dabei wirklich »offiziell im Geschäft«. Ich war ein echter, richtiger Pornostar. Ich war ein Profi. Ich war mehr Modell – na ja, sicher, ein Nacktmodell, aber wer wollte das bewerten – als Schlampe. Genau, ich war ein Aktmodell. Da spielte es doch keine Rolle, wenn ich beim Posieren einige batteriebetriebene Spielzeuge einsetzte. Ich war ein Model, das mit speziellen Fähigkeiten und Erfahrung an die Sache heranging. Ich erledigte hier einen Job. Ich würde gute Arbeit leisten und dann mit einem ehrlich verdienten Scheck nach Hause gehen.

Als die Make-up-Dame endlich fertig war, bezahlte Lance sie schnell, und sie verabschiedete sich. Er wollte vermutlich nicht, dass sie einen Einblick in unsere »Arbeit« bekam. Wir begannen mit den »Milchshakes«. Alle Mädchen müssten das machen, sagte Lance. Es war sozusagen ein Thema, aus dem er später eine Video-Compilation zusammenschneiden wollte, auf der dann verschiedene Frauen einen »Milchshake« nach dem nächsten machten.

Dabei stand ich eigentlich nur in einer Ecke des Studios, bekleidet mit einer weißen Strumpfhose und einer lila Sweatshirt-Jacke mit Reißverschluss, die Lance mir zuvor gekauft hatte, und hüpfte auf und ab. Etwa eine halbe Stunde lang hüpfte ich. Hüpfen hieß in diesem Fall, mich gerade genug auf und ab zu bewegen, dass meine Brüste zu schwingen begannen, während Larry mit der Kamera heranzoomte. Er filmte auch meinen Arsch beim Auf- und Niederwackeln, aber meist wurde ich von vorn aufgenommen, während ich mich detailliert dokumentiert nach und nach der lila Jacke entledigte.

Lance hatte mir bei meinem Vorstellungsgespräch ein paar der »Milchshake-Aufnahmen« gezeigt, daher wusste ich genau, was ich zu tun hatte – nicht, dass es eine Tätigkeit war, die besonderes Training oder sehr viel Übung erfordert hätte. Es kam vor allem auf die Knie an. Der Trick bestand darin, die Knie leicht zu beugen, den Brüsten genau den richtigen Schwung zu geben – nicht zu viel –, und dabei auch nicht zu schnell müde zu werden.

»Männer und Lesben«, erklärte er grinsend, »sind total fasziniert von wackelnden Brüsten.«

Das erschien ziemlich logisch. Außerdem zahlte er, also tat ich, was mir geheißen war.

Die Hüpfnummer fand in einer Ecke desselben Zimmers statt, in dem Lance und ich uns erstmals besprochen hatten, zwischen der Wand und dem Futon, wo ich geschickt von zwei großen, gerahmten Fotos eingefasst wurde. So viele Auswahlmöglichkeiten gab es davon abgesehen auch nicht, da Lances Studio nur aus zwei Räumen bestand. Der größere davon war ein bisschen wie ein Wartezimmer gestaltet: Vor einer Wand stand lediglich ein weißer Futon mit weißen Kissen, die mit asiatischen Schriftzeichen geschmückt waren.

Ich musste mich zusammenreißen, um nicht zu lachen, als ich dieses Arrangement sah. Futons wirken sowieso nie besonders stilvoll, und die asiatischen Schriftzeichen machten es nur noch schlimmer. Die Kissen waren aufdringlich prominent im Hintergrund vieler der Aufnahmen zu sehen, die Lance mir gezeigt hatte. Ich fand es ziemlich lustig, auch wenn es vielleicht nicht so beabsichtigt war – dieses immer wiederkehrende Motiv kitschiger Kalligrafie auf einem billigen Futon, das die wachsende Sammlung pornografischer »Kunstfilme« prägte. Das gab der ganzen Sache noch einen etwas absurderen Touch.

Ich fragte mich, wieso Lance einen Futon hier stehen hatte und kein Sofa. Schlief er vielleicht manchmal darauf? Nutzte er ihn als Bett für seine Pornofilme? Oder hatte er ihn nur deshalb, weil er vielleicht billiger und praktischer war als eine normale Couch?

Eine Couch hatte er allerdings auch noch; sie stand gegenüber vom Futon an der Wand. Diese Couch, erzählte er, habe er von seinen Eltern bekommen, als sie ihr Haus renovierten. Es war ein hübsches Möbelstück, weiß und ordentlich, das genauso wirkte, wie es sollte – als ob es in seiner stolzen Wuchtigkeit perfekt in ein Vorstadt-Wohnzimmer in New Jersey passen würde. Lance war aus New Jersey, also kam das Sofa vermutlich auch von dort.

An den Wänden des größeren Zimmers hingen viele große, gerahmte Fotos, die Lance gemacht hatte. Über die Jahre hatte er sich eine spezielle Technik erarbeitet, die seine gesamte nicht-pornografische Arbeit der letzten Zeit prägte. Soweit ich das begriff, schuf Lance Fotos, die aussahen, als seien sie mithilfe digitaler Bildbearbeitung entstanden. Das Besondere an ihnen war, dass das nicht stimmte. Sie waren komplett ohne Computer gemacht. Ich konnte nicht ganz verstehen, worin der Reiz dabei war, Bilder zu schaffen, die nur die Illusion erzeugten, am PC erstellt worden zu sein, aber Lance hatte viel Zeit und Mühe investiert, um seinen Stil zu perfektionieren, und war mit den Ergebnissen sehr zufrieden.

»Komplett computerfrei!«, erklärte er stolz.

Lance selbst war ein ziemlich interessanter Typ. Ich beobachtete ihn gern dabei, wie er mich ansah, und ich fragte mich, wie sehr er die Show wohl genoss, die ich für ihn abzog. Es war klar, dass er sich zu sehr darauf konzentrierte, die richtige Einstellung zu finden, als dass er an Ort und Stelle einen hoch bekommen hätte, aber vielleicht nutzte er die Aufnahmen später für seine eigenen Fantasien. Er baute sich allmählich eine beneidenswerte Videosammlung mit ziemlich hübschen Damen auf, die in den Clips spezielle Dinge taten, von denen er willkürlich beschlossen hatte, dass sie »dem Massengeschmack entsprachen«. Dabei konnte er sie natürlich all seine Fantasien erfüllen lassen und dann anschließend überlegen, ob er als lukrative Dreingabe einige dieser Aufnahmen auch zu Geld machte.

Vielleicht war er aber auch einfach ein abgefuckter Fotograf, der all das schon so oft gesehen hatte, dass es ihn überhaupt nicht mehr erregte? Vielleicht langweilten ihn die ganzen speziellen Geschichten, und er stand nur noch auf guten, sauberen Sex mit guten, sauberen Mädchen. Es amüsierte mich unwillkürlich jedes Mal, wenn er von den »Recherchen« erzählte, bei denen er hatte herausfinden wollen, was den Durchschnittsamerikaner anmachte, und wenn er dann Posen und Aktionen vorschlug, die laut dieser Erkenntnisse besonders gut ankommen sollten. Ich fragte mich, was das für »Recherchen« gewesen waren und wie er sie wohl durchgeführt hatte.

Diese Gedanken gingen mir durch den Kopf, während ich die Schweißperlen auf Lances kahler hoher Stirn und seinen beachtlichen Schnurrbart musterte. Das Hüpfen erforderte nicht gerade geistige Schwerstarbeit – ein großer Teil meines Kopfes konnte sich dabei ausgiebigen Überlegungen zu Lances nebenberuflichen Tätigkeiten hingeben.

Aber was ich auch immer denken mochte, in einer Hinsicht war ich mir ziemlich sicher: Das Letzte, woran Lance dachte, als er meine hüpfenden Brüste angestrengt durch die Linse beobachtete, war Sex. Er schwitzte und war rot im Gesicht, während er seinen massigen Körper von einer unbequemen Haltung in die nächste schob, um die perfekte Einstellung zu finden. Mit seinem Schnurrbart, dem dünnen, licht werdenden Haar und seiner Vorliebe für Sweatshirts mit abgeschnittenen Ärmeln wirkte Lance nicht gerade wie der typische Erotikfotograf. Allerdings war ich auch nicht gerade der typische Erotikstar – bei meiner minimalen Erfahrung konnte ich eigentlich auch gar nicht sagen, wie der typische Erotikfotograf aussah. Eins wusste ich aber genau, selbst wenn meine Darbietung oder mein Körper Lance erregt hätten – das Gefühl erwiderte ich auf keinen Fall.

Während mir all diese Gedanken durch den Kopf schwirrten, merkte ich allmählich, dass meine Oberschenkel und Knie müde wurden. Meine Brüste wollten so langsam auch nicht mehr wackeln. Unter den Scheinwerfern wurde es sehr heiß. Lance wischte sich immer wieder den Schweiß von der Stirn. Ich versuchte mein Bestes, um weiter lebhaft und energiegeladen zu wirken. Lance hatte zwei Fotoscheinwerfer auf mich gerichtet, einen sehr hellen und einen zweiten als »Füller«. Musik wäre nett gewesen, aber weil Lance unsere ganze Unterhaltung aufnahm (wiederum für irgendeine Marktnische, die er damit bedienen wollte), mussten wir die Hintergrundgeräusche so leise wie möglich halten.

Nach einer anstrengenden halben Stunde »Milchshake« bat mich Lance dann hinüber zum Sofa, und nun begann die richtige Arbeit: Er fotografierte meinen Arsch, meine Brüste, meine Möse. Diese »Standard-Sexaufnahmen« unterschieden sich von meinen bisherigen Sessions mit Jeff und Larry, weil es hier auch um verbale Anmache ging. Lance wollte ein bisschen Dirty Talk: Ich sollte sexy und verführerisch klingen und einen improvisierten erotischen Monolog halten.

Dabei fühlte ich mich zunächst sehr ungeschickt und hölzern – wie ein Vorstadt-Girl aus gutem Hause, das ein gutes College besucht hat und nun nackt vor einem kahl werdenden Sexfotografen sitzt, gestützt von ein paar kleinen Kissen mit kryptischen asiatischen Schriftzeichen aus irgendeinem großen Futonladen, und das nun versucht, erfahren und sexy, süß und verführerisch zu klingen. Ich kam mir vor wie ein Vollidiot, als ich versuchte, mich auf diesem mir absolut fremden Gebiet zurechtzufinden, und hatte das Gefühl, völlig ins Schwimmen zu kommen. Aber es dauerte nur ein paar Minuten, dann bekam ich den Dreh heraus. Ich musste meine erfundene Identität nur etwas weiter ausbauen. Ich versuchte nicht mehr nur, wie Karla auszusehen, sondern Karla zu *sein*, um so zu vergessen, dass Lance, ein kahl werdender, schwitzender, untersetzter Mann mit Schnurrbart, mich durch die Linse seiner Kamera anstarrte. Ich tat mein Bestes, ihn auszublenden und seine Anwesenheit in diesem Raum willentlich zu verdrängen.

Stattdessen sah ich direkt in die Kamera und hindurch bis zur anderen Seite, direkt in die Augen schwacher, geifernder Männer, die mehr auf mich scharf waren als je auf ihre Freundinnen, Frauen oder Nachbarinnen. Ich wurde ein überlebensgroßes, erotisches Wesen, das nicht von dieser Welt stammte. Ich wurde Fantasie und Traum und verströmte Sex und Macht. Ich wurde zu einer kleinen sexy Domina, erfahren und cool. Ich versuchte, Marlon Brando heraufzubeschwören. Ich wurde Karla.

Lance sagte, ich solle die Männer, die den Clip später sehen würden, direkt ansprechen. Wenn sich Pausen in meinen Monolog einzuschleichen begannen, versuchte er mich anzufeuern, indem er sein Bestes tat, um mich geil und scharf zu machen. Dabei ahnte er wohl nicht, dass seine kleinen Stichwörter überhaupt keine Wirkung zeigten. Nachdem ich einmal angefangen hatte, zog ich mein Ding immer weiter durch und hielt nur gelegentlich inne, um Luft zu holen und neue Ideen einzuflechten.

»Ich wette, du sitzt jetzt da und siehst mir zu, und du wünschst dir, du könntest mich anfassen, mich fühlen, mit deiner Hand über meine Haut streichen und spüren, wie weich sie ist. Stell dir vor, dass du mich mit einer Hand berührst, während die andere auf deinem harten Schwanz liegt, und dass du meine weichen Brüste, meinen Bauch, meine Schenkel, meine nasse Möse anfasst, und er steht dir immer mehr und du wünschst, du könntest mich anfassen ... jetzt kommst du ganz nah an den Bildschirm, siehst mich an, träumst, denkst an deine Wünsche, streckst die Hände aus ... aber du fühlst nur den Bildschirm. Du kannst mich nicht anfassen. Du wünschst dir, dass du es könntest, aber du kannst nicht. Du kannst nur dich selbst anfassen und so tun, als wäre ich da.«

Weil wir mit Ton filmten, hielt Lance das Band alle paar Minuten an, um mir neue Anweisungen zu geben. Das lila Sweatshirt war zwar schon lange zu Boden geglitten, aber ich trug noch immer die komischen weißen Strumpfhosen (offenbar hatten Lances Recherchen ergeben, dass so etwas gut ankam). Nach den ersten paar Monologen sagte er, ich solle so tun, als würde ich in meinen Strumpfhosen geil und feucht und wolle sie mir, von Lust besessen, herunterreißen.

Es war ein bisschen dämlich. Ich meine, es war einfach albern. Klar, Männer stellen sich solche Sachen wohl gern vor, und Larry und ich bedienten lediglich ein paar spezielle Fantasien, auf die er bei seinen sorgfältigen »Recherchen« gestoßen war, aber die ganze Geschichte war so konstruiert, dass es absurd wirkte. Theoretisch war es vielleicht nicht mehr gestellt als ein vorgetäuschter Orgasmus, aber mir kam es doch ein bisschen zu extrem vor, mir in rein künstlicher Geilheit eine weiße Baumwollstrumpfhose vom Leib zu reißen.

Ich meine, wer würde mir so was abkaufen?

Aber die besten Pornostars sind die, die auch schauspielern können. Allmählich kam ich zu dem Schluss, wenn man wirklich gute Arbeit machen wollte, dann war ein gewisses Schauspieltalent wichtiger, als beispielsweise einen großen Busen zu haben. Sicher, es half natürlich, wenn man einen großen Busen hatte, aber schließlich ging es in den Filmen darum, etwas vorzugeben – im Grunde nichts anderes als eine perverse Variante der harmlosen Mädchenspiele, bei denen man sich verkleidete.

»Diese Strumpfhose ist so warm. Ich halte das nicht mehr aus. Ich kriege keine Luft. Ich muss da raus. Ich will mich anfassen. Ich hasse dieses Ding. Ich hasse es. Ich will da raus.« Ich stöhnte und keuchte, und dann riss ich heftig an dem Kleidungsstück, sodass meine Schenkel und meine frisch rasierte Muschi für Lance und seine Nahaufnahmen schön im Bild waren.

Lance stand total auf Close-ups. Und zwar so richtig. Wesentlich mehr als Nathan oder Larry. Die Kamera kam so nahe, dass sie meine Nippel, mein Arschloch und meine Muschi beinahe berührte. Es war schon ein bisschen unangenehm. Andererseits konnte ich, wenn die Kamera so nah heranzoomte, mein Gesicht entspannen und sogar die Augen zumachen. Die Scheinwerfer waren sehr hell, und ich war erschöpft.

Zwischendurch schaffte ich es, ein paar kleine Pausen einzulegen, und Larry gab mir Gelegenheit, ein paar Brezel zu essen und Wasser zu trinken, aber auch während dieser Momente lief die Kamera, sodass die Arbeit eigentlich nie so richtig aufhörte. Lance ermunterte mich zudem stets, wirklich viel Wasser zu trinken, damit meine Blase für die spätere »Pinkelszene« ausreichend gefüllt war.

Bis ich aber wirklich pinkeln musste, hakten wir die anderen Sachen ab, die noch auf Lances Programm standen. Als Nächstes waren die Vibrator-Aufnahmen dran. Ich hatte Lance zuvor bereits angekündigt, dass ich seine

Gerätschaften nicht benutzen wollte – hinsichtlich der Hygiene hatte ich meine Grundsätze. Selbst wenn die Dinger so gut gereinigt worden waren, wie er sagte, zog ich meinen eigenen rosa Stick vor. Außerdem vermittelte er mir ein Gefühl der Vertrautheit – ein kleines Stück Zuhause.

Zu Beginn der Vibrator-Sequenzen lag ich mit aufgestützten Beinen auf dem Rücken, den rosa Plastikschwengel zwischen den Beinen, ohne ihn anzufassen, während ich ein kleines Kissen (natürlich mit asiatischen Schriftzeichen) unter dem Hintern hatte, damit er etwas nach oben zeigte und der Vibrator nicht so schnell herausrutschte. Da ich so schön nach hinten geneigt dalag, hätte das einer der entspannendsten Momente unseres Drehs sein können. So gemütlich war es allerdings doch nicht, denn ich hatte mir den Vibrator mit so wenig Gleitmittel wie möglich reinstecken müssen, weil Lance der Meinung war, das sähe natürlicher aus.

Ich lag mit geschlossenen Augen da, während Lance seine Nahaufnahmen machte. Dabei musste ich auch ein wenig erzählen, aber ich ließ nur das Übliche aus meinem Mund strömen:

»Ich liebe meinen Vibrator. Es fühlt sich so gut an, wenn ich ihn mir reinschiebe und er mich ganz ausfüllt. Ich wünschte, es wäre dein Schwanz. Ich wünschte, du würdest mir deinen harten Schwanz richtig tief reinstecken. Aber das geht ja nicht. Was bleibt einer Frau also anderes übrig? Gott sei Dank habe ich meinen rosa Vibrator. Ich kann ihn mir reinstecken und mir vorstellen, dass du es wärst, der sich so geil groß in mir anfühlt und meine ganze nasse Möse ausfüllt. So richtig tief drin. Wie dein Schwanz.«

Dann schalteten wir den Vibrator an, bewegten ihn aber noch immer nicht mit den Händen. Lance zoomte wieder richtig ran.

»Oh, ich finde es so geil, wie sich das anfühlt, so ganz und gar ausgefüllt. Ich will ihn tiefer und härter und schneller spüren. Ich will fühlen, wie er richtig kraftvoll reingesteckt wird, ganz, ganz tief drinnen. Ich will dich ganz tief in mir haben. Ich merke richtig, wie ich ganz nass werde und wie meine Muschi anschwillt. Fühl doch mal, wie nass und angeschwollen ich da bin. Steck ihn mir richtig tief rein, in meine nasse und angeschwollene Muschi.«

(Da Lance das Wort Möse nicht mochte, sollte ich es nicht benutzen. Muschi war okay. Ich glaube, dazu ermutigte er mich sogar. Muschi, fand er, klang »geil«.)

Dann begann die Rein-raus-Serie. Das wurde ziemlich schnell ermüdend. Eine Vagina mag es nicht, wenn man immer wieder etwas hineinschiebt und wieder herauszieht, schon gar nicht ohne genügend Gleitmittel. Es tat nicht weh, aber ich fühlte mich schnell erschöpft und wund. Es kam mir vor, als müsste ich meinen ziemlich großen Vibrator endlos lang immer wieder vor- und zurückbewegen, während ich unaufhörlich vor Lust und Geilheit stöhnen und seufzen sollte. Außerdem tat ich mein Bestes, meinen erotischen Monolog wie gewünscht weiterzuführen. Allerdings merkte ich, dass ich mich schon bald zu wiederholen begann; meine Geduld und auch meine Energie ließen allmählich nach.

»Ich will ihn tiefer und härter und schneller spüren. Ich liebe meinen Vibrator. Oh Gott, es fühlt sich so gut an, wenn er tief drin ist. Ich wünschte, es wäre dein

Schwanz. Ich wünschte, du würdest mir deinen harten Schwanz reinstecken. Gott sei Dank habe ich dieses Ding, um es mir reinzuschieben. Schneller, tiefer, härter. Genau, wie dein Schwanz es tun sollte. Ich weiß, du willst es. Ich weiß, du würdest mir jetzt am liebsten dein Ding in meine nasse Muschi stecken. Ich weiß, du würdest sie jetzt am liebsten berühren und lecken und mir deinen Schwanz reinschieben.«

Als Nächstes wollte Lance, dass ich mir eine Gurke einführte. Das lehnte ich rundweg ab. Zwar behauptete er, auch die Gurke sei richtig sauber, aber ich sagte trotzdem Nein. Von der Größe her war der Unterschied zu meinem Vibrator zwar gar nicht so groß, aber das ging mir trotzdem einen Schritt zu weit. Es machte mir die ganze Sache unnötig kompliziert; ich war langsam genervt, und außerdem war ich mir nicht sicher, ob sein Hygienestandard auch dem meinen entsprach. Dreihundert Dollar waren es nicht wert, dass ich mir eine Infektion einfing. Dank meiner bisherigen Porno-Erfahrungen fiel es mir inzwischen auch immer leichter, zu sagen, was ich zu tun bereit war und was nicht. Außerdem entwickelte ich ein besseres Gespür dafür, bei welchen Spielereien ich mich unbehaglich fühlen würde, und ich wollte nichts Exotischeres als ein Kondom oder meinen Vibrator in mir drin.

Lance war ein bisschen enttäuscht, aber das war mir egal. Ich glaubte ihm sogar, als er sagte, dass es für solche Sachen einen großen Markt gäbe. Dennoch – wenn es um meinen Körper ging, hatte ich das letzte Wort, und ich wusste ziemlich gut, wie viele Pestizide und Keime auf so einem Stück Gemüse lauern konnten. Von der Größe mal ganz abgesehen.

Die Rein-raus-Nummer musste ich natürlich trotzdem machen, wenn auch nur mit dem Vibrator. Darüber konnte ich mich nicht beschweren – das war erwartungsgemäß ein Teil des Jobs. Dennoch kam irgendwann der Punkt, wo meine Vagina deutlich genug hatte. Ich bestand schließlich darauf, so viel Gleitmittel benutzen zu können, wie Lance mir durchgehen ließ.

Wir machten alle möglichen Rein-raus-Aufnahmen. Es kam mir endlos vor. Beine hoch, Beine runter, Beine auseinander. Wir machten sogar ein paar, bei denen der Vibrator auf dem Bett ausgerichtet wurde und ich mich in der Hocke darauf auf und ab bewegte. Bei den meisten Sequenzen war ich völlig nackt, von den »Jeans-Shorts«-Aufnahmen abgesehen. Lance hatte mich speziell darum gebeten, ein Paar Jeans-Hotpants mitzubringen. Er filmte mich auf dem Bett, mit den Shorts um die Knöchel, mit tief reingestecktem Vibrator.

»Das sieht so natürlich und klasse aus!«

Na ja, ich war mir nicht sicher, ob diese Pose – auf einem Bett, die Beine in der Luft, mit einem dicken rosa Vibrator drin und Jeans-Shorts um die Knöchel – für mich tatsächlich natürlich war, aber ich war hier ja nicht der Regisseur. Ich arbeitete schließlich nur auf Anweisung.

Es überraschte mich, dass er meine Erfahrung als Tänzerin nicht weiter nutzen und mich beim Strippen oder überhaupt in Bewegung filmen wollte. Die einzigen Bewegungen bei dem ganzen Dreh waren die »Milchshakes« und das Rein und Raus des Vibrators. Das war's. Alles andere war völlig statisch. Ich bewegte mich kaum weg vom Bett. Es erschien mir eine Verschwendung, dass ich die Shorts nicht wenigstens auch mal im Stehen tragen sollte, aber sie schafften es bei diesen Aufnahmen nicht höher als bis zu meinen Knöcheln.

Endlich musste ich pinkeln. Lance war begeistert. Wir verlegten den Dreh nun aus dem großen Raum ins »Hinterzimmer«, in dem kaum mehr stand als ein bisschen Fotoausrüstung und ein paar große Spiegel, die an einer Wand lehnten. Davon abgesehen gab es noch ein großes Industriewaschbecken und eine Reihe von Regalen, auf denen sorgfältig beschriftete Tupperware-Behälter standen, aber immerhin keinen kitschigen Futon mit kitschigen asiatischen Schriftzeichen.

Lance wuselte herum und schob eifrig die Fotosachen und die Behälter hin und her, bis er einen großen Teil des Betonbodens freigeräumt hatte, und lehnte dann einen Spiegel gegen die Wand. Wie befohlen ging ich nun davor auf alle viere und pinkelte – eine lange, lange Zeit. Meine Blase war ziemlich voll, und Lance war echt beeindruckt.

Es war ein komisches Gefühl. Nicht nur, dass ich in der »Öffentlichkeit«, vor einem beinahe Fremden, pinkelte, sondern auch, dass ich es nicht auf einem Klo tat. Ich war noch nicht mal in der Nähe einer Toilette. Stattdessen kniete ich auf Lances Estrich und ließ alles raus. Die Pisse lief meine Beine hinunter und quer durchs Zimmer. Es gab auch keine Papiertücher oder dergleichen, um sie aufzufangen. Sonst hätte es ja nicht »natürlich« und »spontan« ausgesehen.

Wasserspiele hatten mich bisher noch nie fasziniert, aber als ich mich selbst im Spiegel dabei sah, musste ich zugeben, dass ich irgendwie sexy wirkte. Keine Ahnung, was meinen Sinneswandel auslöste – aber ein Blick in den Spiegel, wie ich da wie ein Hund auf allen Vieren hockte, mir die Flüssigkeit die Beine runterlief und wie ich dabei so unbeleckt, ursprünglich und verdammt sexy aussah – und ich war überzeugt. Ich hätte das nie erwartet, aber es war etwas wirklich Erotisches daran, so enthemmt auf den Boden zu pinkeln, und es machte einfach Spaß – vielleicht, weil es aufregend war, den Anstand so einfach in den Wind zu schießen und die warme Pisse aus der Muschi am Bein herunterlaufen zu lassen. Es ergab ja auch Sinn – jede Flüssigkeit, die dort herauskam, musste eine gewisse sexuelle Assoziation erwecken, die mir bisher entgangen war. Außerdem war es irre, so eine Sauerei zu machen.

Als ich endlich fertig war, säuberte ich mich mit etwas Wasser und ein paar Küchentüchern, während Lance den Boden aufwischte. Er war so beeindruckt vom Fassungsvermögen meiner Blase und meinem Geschick beim Pinkeln, dass er mir sagte, er würde mir jederzeit 20 Dollar dafür zahlen, wenn ich Lust hätte, auf eine »Pinkelpause« in seinem Studio vorbeizuschauen.

»Pinkelszenen sind echt geil«, erklärte er mir. »Ich brauche so viele wie möglich. Wir können es ja mit den verschiedensten Szenerien versuchen. Ich würde mit dir gerne eine ganze Serie drehen. Vielleicht könnte ich mit dem Film schon beginnen, wenn du zur Tür reinkommst. Ich meine, du könntest dann schon gleich mit dem Reden anfangen.«

Den improvisierten Monolog konnte ich mir schon wunderbar vorstellen: »Oh Gott, ich muss so dringend pinkeln. Meine Blase platzt gleich. Ich muss unbedingt pissen«, und so weiter. Gefolgt von der obligatorischen Entkleidungsszene und dem Ablassen der Flüssigkeit.

Die letzten Aufnahmen waren vielleicht am bizarrsten. Ich sollte den langen Flur auf der Etage entlanggehen, wieder in einer weißen Strumpfhose und mit dem lila Sweatshirt von vorhin. Dabei kam es darauf an, dass ich schnellen Schrittes auf das entfernte Ende des Ganges zuhielt und dann zu Lance und der Kamera zurückgerannt kam. Für das zweite Mal musste ich den Sweater ausziehen und dann laufen. Dann sollte ich die Strumpfhose runterschieben und die Sache noch ein paarmal wiederholen. Lance sagte, die Bewegungseinschränkung sei »ein echter Aufgeiler«.

Wie auch immer. Ich tat, was er sagte, und ich wusste, dass ich dafür Geld bekam. An diesem Punkt zögerte ich nicht im Geringsten. Ich tat es, weil ich dafür bezahlt wurde. Erotisch war für mich daran gar nichts. Es besaß weder einen sexuellen noch einen intellektuellen Reiz. Ich war erschöpft und ausgepowert. Ich wollte mein Geld. Ich wollte nach Hause.

Beim letzten Dreh war ich ganz nackt, als ich den Flur entlanglief. Es gingen einige andere Studios und Büros von diesem Gang ab, aber glücklicherweise kam niemand aus einer der Türen. Wahrscheinlich spekulierte Lance darauf, dass das Gebäude so spätabends so gut wie ausgestorben sein würde und man das riskieren konnte. Um ehrlich zu sein, mir wäre es wahrscheinlich peinlicher gewesen, wenn man mich mit der Strumpfhose um die Knöchel erwischt hätte, als später, als ich ganz nackt war.

Dann warf ich mir schnell wieder meine Kleider über und verabschiedete mich eilig. Nach fünf Stunden Arbeit war ich völlig kaputt. Lance wollte, dass ich noch eine Stunde blieb, weil die Zeit mit der Visagistin angeblich nicht gezählt hätte, aber ich blieb dabei, dass wir dreihundert Dollar für vier bis fünf Stunden vereinbart hatten und bei mir um 23:30 Uhr absolut Schluss war. Punkt.

Wenn er auch nur ein kleines bisschen Verstand besaß, konnte er mit mir ein kleines Vermögen machen. Ich hatte keinen Bock, sechs Stunden zu bleiben. Als er merkte, dass ich hart blieb, zahlte er und ließ mich gehen. Seltsamerweise fühlte ich nach dem Ende des Drehs eine große Sehnsucht nach körperlicher Zärtlichkeit. Dieses Mal wollte ich mich bei jemandem in die Arme kuscheln. Suchte ich Trost? Suchte ich Bestätigung? Ich weiß es nicht. Ich war zu müde zum Nachdenken. Ich fuhr geradewegs zu meinem Freund Brian. Ich wollte nur eins: im Arm gehalten werden.

Es wäre Schwachsinn gewesen, hätte ich behaupten wollen, dass mir der Job gar nicht an die Nieren ging, aber ich verstand nicht, auf welche Weise das eigentlich passierte. Es war nicht so, dass ich mich billig fühlte. Ich verdiente verdammt gutes Geld, und das steigerte mein Selbstwertgefühl entscheidend. Es war beruhigend zu wissen, dass ich, wenn nötig, locker meine Miete und noch mehr finanzieren konnte – ganz allein mit meinem Körper. Hundert Dollar die Stunde ist ein ziemlich gutes Honorar für eine Runde Rein-raus-Spiel mit dem Vibrator. Natürlich war es harte, anstrengende Arbeit, das wusste mein schmerzender Körper nach Lance und Jeff und Larry nur zu gut, aber ich fühlte mich nicht zum Objekt herabgewürdigt oder gar billig – dazu verdiente ich auch viel zu viel Geld. Ich wurde für meine Dienste ebenso bezahlt wie jeder andere Profi.

Was spielte es für eine Rolle, dass diese Dienste unter der Gürtellinie ausgeführt wurden? Ich hätte mich vielleicht darüber beklagen können, dass ich nicht meinem

Intellekt entsprechend bezahlt wurde, aber das wurden Drogeriefachverkäuferinnen auch nicht, und da behauptete schließlich auch niemand, dass *sie* zum Objekt gemacht wurden. Sicher, ich war keine Anwältin oder dergleichen. Aber auch beim Job als Pornodarstellerin war ein bisschen Hirn durchaus hilfreich – ebenso, wie eine Verkäuferin mit etwas mehr Köpfchen wohl auch besser darin war, Shampoo oder Feuchtigkeitscreme an den Mann oder die Frau zu bringen. Es kam darauf an, dass man seinen Verstand einzusetzen versuchte – überall.

Als Lance für die Nahaufnahmen an meine Vagina oder mein Arschloch heranzoomte, klar, da fühlte ich mich schon ein wenig zum Objekt degradiert, aber dass ich diese Position überhaupt einnahm, das war ein Verdienst meines Verstands. Lance hätte nicht so schnell eingewilligt, mir eine große Summe zu zahlen, wenn ich nicht klug gewesen wäre, wenn ich nicht gewusst hätte, wie man ein gutes Gespräch führt, wenn ich nicht meinen ganzen Charme ausgepackt hätte und überhaupt erst mal so organisiert gewesen wäre, Telefonanrufe zu erwidern und zum vereinbarten Zeitpunkt an Ort und Stelle zu sein. Große Brüste und nasse Muschis sind sicher hilfreich in diesem Business, aber letzten Endes war es ein Geschäft wie jedes andere auch. Was zählt, ist ein kluger Kopf und eine professionelle Einstellung. Das bringt die Leute dazu, dich zurückzurufen.

Aber weswegen brauchte ich dann jetzt so dringend eine Umarmung? Wieso fühlte ich mich so einsam? Weil ich, wie jeder andere Mensch auch, Bestätigung und Zuwendung brauchte, und das umso mehr, da ich mir den Arsch für Sachen aufriss, über die die meisten Leute nicht reden können und die sie schon gar nicht tun, noch nicht mal, wenn das Licht aus ist. Weil ich wusste, dass ich mich – ganz gleich, wie viel ich dabei verdiente – auf einer bestimmten Ebene zu billig verkaufte. Ich wusste, dass ich das besser konnte, dass ich andere Wege finden konnte, um mich mächtig und erfolgreich zu fühlen.

Und das würde ich eines Tages auch.

26. OKTOBER

Meine erste »Pinkelsession«: Ich kam rein, zog meine Sachen aus, machte etwa dreißig Sekunden lang den »Milchshake« und dann pisste ich auf die Couch. Lance hatte alles vorbereitet und Plastik unter den Stoff gezogen, daher musste ich mich nur hinsetzen und lospissen. Dann wischte ich mich sauber, zog mich an und ging wieder, um zwanzig Dollar reicher. Lance nahm alles auf Video auf, und wie versprochen redete ich die ganze Zeit über.

Obwohl Lance andauernd Sachen filmen wollte, die mir fürchterlich gestellt erschienen, bemühte er sich dennoch darum, mein wahres Ich auf eine Weise einzufangen, für die sich meine früheren Auftraggeber nie interessiert hatten. Er begann mit der Aufzeichnung, sobald ich zur Tür hereinkam. Es war schwer genug, in Karla hineinzuschlüpfen, wenn ich mit einem Vibrator tief in mir drin auf einem Bett lag, aber es war noch viel schwieriger, wenn ich gerade erst von draußen reinkam, meine Jacke und meine Tasche ablegte und an nichts anderes denken konnte als an meine volle Blase, und wie dringend ich pinkeln musste. Er wollte all das, samt dem dussligen Gerede.

Auch, wenn die Kamera nicht lief, fragte mich Lance nach allen möglichen Einzelheiten aus meinem Privatleben. Aus verschiedenen offensichtlichen Gründen war ich bestrebt, meinen Alltag hübsch vom Pornogeschäft zu trennen. Ich wollte, dass meine Beziehung zu Lance ganz klar rein geschäftlich blieb, wie zuvor auch meine Beziehung zu Jeff. Aber Lance löcherte mich dauernd nach meinem Job oder meiner Band und lud mich zu Partys ein. Außerdem rief er dauernd wegen irgendwelcher Computerfragen an; meist endete das dann damit, dass er mich wieder zu irgendeiner Fete locken wollte. Ganz offensichtlich mochte er mich, denn er bot mir auch andere Jobs an und bat mich zum Beispiel, ihn bei einer Party mit anderen Leuten in Kontakt zu bringen oder ihm beim Videoschnitt und bei der Einrichtung seines Computers zu helfen. Ich sagte Nein, Nein und wieder Nein. Bei meinen regelmäßigen Pinkelsessions sah ich ihn so oft, dass wir einen angenehm familiären Umgang miteinander entwickelten, aber ich wollte das dennoch auf ein Minimum beschränken.

Ich fühlte mich wohl in seiner Gegenwart, und er *war* völlig unbedrohlich und nett, daher rutschten mir doch immer mal wieder Details zu meinem Leben raus, obwohl ich das zu vermeiden versuchte. Vielleicht lag es an der zwanglosen, spontanen Atmosphäre der Pinkelsessions, aber ich fing tatsächlich an, bei laufender Kamera auch von mir selbst zu erzählen. Es passierte wirklich rein zufällig, und allmählich verriet ich immer mehr Einzelheiten über mich – bis zu dem Moment, an dem ich erschreckt realisierte, dass Lance gerade vorgeschlagen hatte, meine Band für einige seiner Videos bei einem Auftritt zu filmen. Das ging mir zu weit, und ich achtete nun wieder sehr darauf, was ich sagte.

Mir war klar, dass es darauf ankam, das Gleichgewicht zu wahren. Um meine geistige Gesundheit zu erhalten, musste ich eine gewisse Unabhängigkeit bewahren und mein Privatleben für mich behalten, während ich gleichzeitig genug von meinem wahren Ich enthüllte, um Lance glücklich zu machen und von ihm bezahlt zu werden. Was seine Frage nach der Band anging, zog ich mich aus der Affäre, indem ich sagte: »Ich muss das mit den anderen abklären, ich weiß nicht, wie sie dazu stehen.« Dabei war mir völlig klar, dass ich nie zulassen würde, dass es dazu kam.

4. NOVEMBER

Bei meiner nächsten Session mit Lance wurde weiter gepisst – und er machte ein Interview mit mir.

So langsam fing ich an, mich für die Piss-Geschichte zu erwärmen. Vorher hatte ich nie begriffen, was jemand an Urin erotisch finden konnte, aber inzwischen verstand ich es. Seit ich zum ersten Mal auf allen vieren vor dem Spiegel auf den Boden gepinkelt hatte, war ich davon fasziniert. Es hatte nichts damit zu tun, dass ich etwas Besonderes tat. Das Loslassen, die Intimität, der Voyeurismus und die Hemmungslosigkeit hatten einfach etwas Erotisches. Ich liebte es, mir beim Pinkeln zuzusehen, und ich wollte unbedingt jemanden auftreiben, der sich trauen würde, vor meinen Augen zu pinkeln.

Natürlich kam es auch drauf an, wie man es tat. Wenn man einfach so wie nebenbei pisst, dann bringt das natürlich nichts, aber wenn man sich richtig reinhängt, dann kann das ganz faszinierend sein. Man durfte sich nicht bescheiden geben. Man musste sich dem ganz und gar hingeben, dastehen und loslassen. Das Pinkeln vor der Kamera war ein Teil davon, aber eigentlich ging es um den Spiegel, und darum, es nicht in einer Toilette oder in einem Badezimmer zu tun. Man sollte allgemein viel öfter an anderen Orten pissen als in Toiletten.

Bei dem Interview war die Sache ganz anders. Lance wollte MICH filmen. Ich denke, das war wohl auch der Grund dafür, weshalb ich bei meinen Drehs mit ihm immer allein war, solo. Er filmte mich, während ich mich auszog, und er filmte mich, wenn ich mich nach der Session wieder anzog. Die Nacktheit vermittelte eine gewisse schützende Anonymität. Wenn er mich mit meiner ganz normalen Kleidung filmte, dann hielt er mich im Bild fest, nicht Karla. Dazu konnte ich zwar nicht so viel sagen, weil er schließlich zahlte, aber ich mochte es nicht. Und dann wollte er, dass ich vor der Kamera redete – und zwar richtig ausführlich.

Nach ein paar Minuten Schwatzerei ist es unweigerlich so, dass sich dein echtes Ich vor der Kamera öffnet und du dich von deiner angenommenen Rolle verabschiedest. Aber es gab keine Möglichkeit, das zu vermeiden. Mich störte das sehr, vor allem, da ich ja schließlich mit dem Strippen aufgehört hatte, weil ich mit dem persönlichen Kontakt nicht zurechtgekommen war. Obwohl diese Sache jetzt in eine andere Richtung ging, denn die Kunden im Valentino's hatten nichts von Dahlia hören wollen. Denen wäre es egal gewesen, ob da vor ihnen Karla oder Candi oder Crystal stand und mit dem Arsch wackelte.

Damals hatte es mich vielmehr erschöpft, *ihnen* zuhören zu müssen. Ich wollte nichts über ihr deprimierendes Leben wissen. Bei der Arbeit mit Lance wurde das Spotlight auf mich und mein Leben gerichtet. Das Interview führte das sogar noch weiter. Lance nannte diese Clips »oben offene Interviews«. Ich wünschte mir, dass man mir jeden Tag hundert Dollar dafür zahlen würde, dass ich so etwas tat. Ich saß auf dem Sofa (mit offener Bluse und gut sichtbaren Brüsten, aber in Rock und Stiefeln), und er stellte mir ziemlich persönliche Fragen. Ich gab es auf, die beiden Welten voneinander getrennt zu halten – es wäre zu schwierig gewesen, jetzt lauter passende Antworten zu erfinden.

Eine Stunde lang beantwortete ich Fragen zu meiner Lieblingsfarbe, meinen Fantasien, meinem Traumhaus, meiner Musik, meiner Band und generell zum Thema Exhibitionismus. Es war unmöglich, dabei nicht etwas über mich selbst zu verraten. Es ging alles um MICH. Wer auch immer später dieses Video sehen würde, er würde mehr über mich wissen als die meisten Leute, mit denen ich in meinem Alltag zu tun hatte. Also ließ ich mich darauf ein, mich zu zeigen. Ich, Dahlia. Karla war nirgendwo zu sehen.

Mit diesem Interview, meiner neuen Piss-Begeisterung und der Tatsache, dass ich zu Domina-Fantasien masturbierte, gab es nun nicht mehr so viel, das mich von meiner Arbeit trennte. Die Geschichte mit Mark, dem Sklaven, war zwar ziemlich nervig gewesen, aber sie hatte dazu beigetragen, dass ich einiges mehr über mich selbst und meine erotischen Neigungen erfahren hatte. Ich war wirklich sehr gern dominant und genoss es, zu erleben, wie Männer schwach wurden und sich von mir beeinflussen ließen. Ich fand es geil, Macht zu haben. Es gefiel mir, wenn ich sehen konnte, dass sie mich begehrten und mich brauchten. Es machte mich an.

Nach und nach entwickelte ich viele neue Fantasien und erschloss mir neue Bereiche, die ich ausprobieren wollte, sobald ich einen Geliebten finden würde, der ebenso experimentierwillig war wie ich. Ich mochte keine Langeweile, weder auf der Arbeit noch in meinem Sexleben. Sobald ich das Gefühl bekam, dass alles zu sehr in geordneten Bahnen lief, musste ich ausbrechen, um mein Adrenalin wieder hochzuputschen. Mein Sextrieb und mein Verstand waren nicht leicht zufrieden zu stellen.

Callgirl

In dem ich lerne,
zur lebenden Fantasie
zu werden.

19. DEZEMBER

Ich musste mehr Geld verdienen. Lance konnte sich nur einen Dreh mit mir pro Monat leisten, und manchmal schien es, als ob selbst das für ihn schon knapp wurde. Für Lionel wollte ich nicht arbeiten, und ich hatte auch keine Lust auf irgendwelche gelegentlichen, halb ausgegorenen Fotosessions. Mit Typen wie Jeff oder Larry wollte ich keine Zeit mehr verschwenden. Ich war darüber hinausgewachsen und wollte mich nicht mehr auf Betten rumwälzen, mir Vibratoren reinstecken und mit Jeans-Shorts um die Knöchel dahocken. Das alles erschien mir hoffnungslos öde und langweilig.

Aus diesen Erfahrungen hatte ich alles herausgeholt, was mir von Nutzen sein konnte. Es war an der Zeit, etwas Neues zu probieren, auf der nächsten Ebene weiterzuarbeiten, auf einer Ebene, die gewissermaßen den natürlichen Höhepunkt all dessen darstellen würde, was ihr vorausgegangen war. Nun endlich würde ich auf eine dieser Job-Anzeigen antworten, die ich schon so lange in der *Village Voice* studierte:

»Gepflegte, attraktive Damen mit Niveau gesucht für etab. Begleitservice. Bis zu 6000 Dollar pro Woche!«

102

SYN

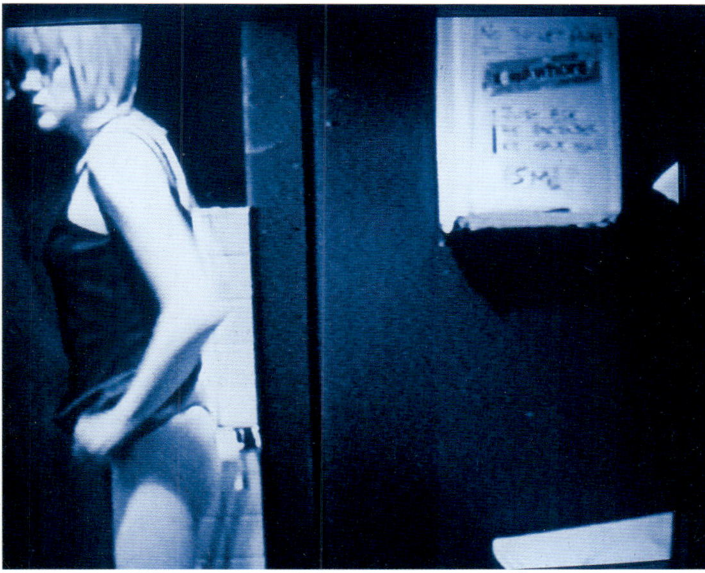

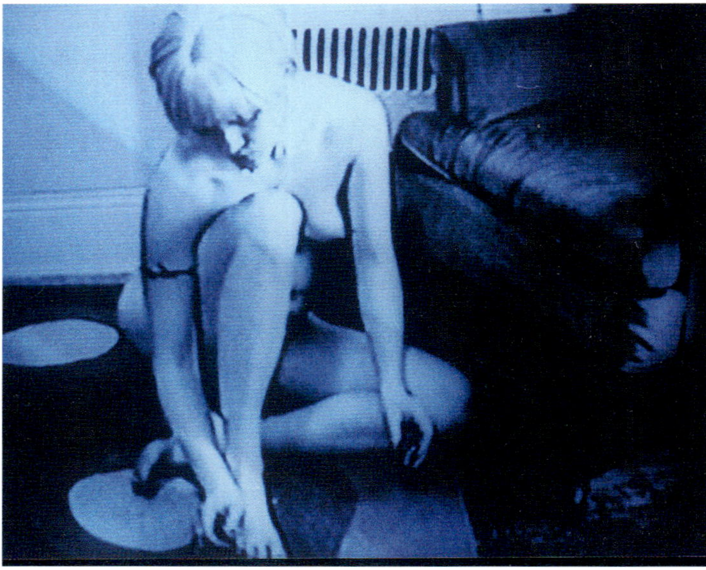

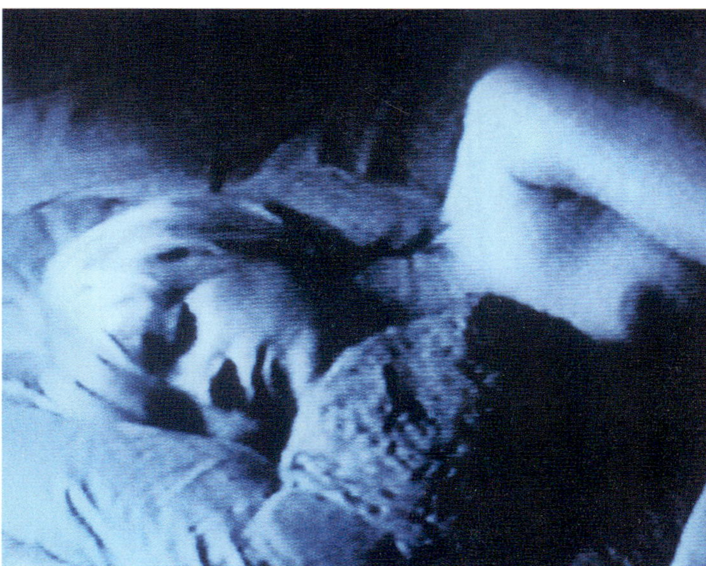

»Erfolgreicher Escortservice sucht Blondinen, Rothaarige und Asiatinnen mit Modelmaßen. Gute Verdienstmöglichkeiten garantiert.«

»Aufgeschlossene Damen für etablierte Begleitagentur gesucht. Alle Typen von 18–40, nur mit Erf.«

»Stammkunden suchen attraktives und niveauvolles Girl für Hausbesuche.«

Wer einmal in die Anzeigenspalten für Erotikkontakte geguckt hat, kennt diese Texte.

Ich würde ins Callgirl-Geschäft wechseln.

Ich würde eine Hure werden.

Was das eigentlich bedeuten würde, machte ich mir dabei zunächst gar nicht richtig klar. Ich wusste nur, dass ich mich zwang, die nächste Stufe zu erklimmen – und dabei mehr Geld zu verdienen. Ich musste das tun. Ich musste herausfinden, wie weit ich gehen konnte. Links und rechts begannen die Grenzen zu verschwimmen – das war alles ich. Jetzt würde ich damit aufhören, nur etwas vorzuspielen, während ich mich gleichzeitig rundum mit clever errichteten Barrieren schützte. Ich würde den entscheidenden Schritt tun, nach dem es kein Zurück mehr gab.

21. DEZEMBER

Aus den Sexseiten hinten in der *Village Voice* suchte ich die Anzeigen heraus, die am niveauvollsten klangen, schrieb sie auf einen Notizblock, warf die verräterische Zeitungsseite weg, schloss meine Bürotür und begann mit den Anrufen.

Es dauerte nicht lange, und ich merkte, dass die Gespräche alle einem gewissen Muster folgten:

1. Die Leute von der Agentur bestehen immer darauf, dich zurückzurufen. Zuerst sprichst du nur mit einer Zentrale und gibst die ersten grundlegenden Informationen an, dann wartest du auf den Rückruf. Es kommt nie sofort ein Gespräch zustande.
2. Bei dem besagten Rückruf beschreibst du, wie du aussiehst, welche Erfahrung du schon hast und so weiter, und erst danach kannst du ein persönliches Vorstellungsgespräch vereinbaren.
3. Wenn der Termin feststeht, nennt man dir eine Straßenecke in der Nähe, an der eine öffentliche Telefonzelle steht.
4. Du gehst schließlich zur verabredeten Zeit eben dorthin, rufst von dem besagten Telefon aus an und erfährst dann erst die genaue Adresse.

Für den ersten Tag vereinbarte ich gleich drei Vorstellungsgespräche, ich wollte schließlich keine Zeit verschwenden. Das erste hatte ich um ein Uhr mittags auf der Upper East Side. Das zweite war um 18 Uhr, in der Stadtmitte. Das dritte war um 19:30 Uhr in der Nähe des UNO-Gebäudes in Manhattan. Dass ich es so eilig hatte, lag daran, dass ich jetzt ohne Umschweife wissen wollte, worauf ich mich eigentlich einließ. Außerdem baute ich darauf, dass ich, wenn ich so schnell vorging wie möglich, weniger Zeit haben würde, um darüber nachzudenken, was ich da eigentlich tat.

Meinen ersten Termin hatte ich mit Kelly. Die Agentur nannte sich Manhattan Escort Service oder so was, aber auf dem Klingelschild stand lediglich eine Buchstabenfolge (BLBNR). Über die Gegensprechanlage wies eine Frau mich an, in den vierten Stock zu kommen und dort an die einzige Tür zu klopfen. Das Treppenhaus war dunkel und eng mit nur einem Büro auf jedem Stockwerk. Als ich im vierten angekommen war, machte ich wie vereinbart auf mich aufmerksam, und wenig später öffnete mir Kelly.

Sie trug kein Make-up, ihr langes dunkles Haar war zu einem Pferdeschwanz zusammengebunden, und sie hatte ein Lippenpiercing. Ich schätzte sie auf Ende dreißig. Sie gab sich locker und war ganz leger mit Jeans und T-Shirt bekleidet. Ich folgte ihr um eine Ecke zu ihrem Arbeitsplatz. Der Raum war mit typischem Büroteppichboden ausgelegt, und entlang der Längswand stand ein langer Tisch, auf dem drei Computer und mindestens sechs Telefone thronten. Kelly nahm an einem Ende Platz, ich am anderen; zwischen uns saß eine Frau, die gerade zur Anrufannahme ausgebildet wurde. Wir hockten dabei auf billigen Klappstühlen, die so standen, dass wir uns ansehen konnten.

Der Raum war dunkel. Komischerweise gab es zwei Monitore, von denen einer den Eingang des Gebäudes zeigte und der andere den Raum selbst. Ich hatte keine Ahnung, wozu dieser Monitor da war oder wer ihn nutzte, aber irgendwo saß wohl jemand, der sich mein Vorstellungsgespräch ansehen wollte.

Die Wand war über und über mit angepinnten oder angeklebten Zetteln bedeckt, auf denen die Namen verschiedener Frauen, ihre Mobil- oder Pagernummern standen, oder auch die Namen bestimmter Straßen, die der Begleitservice nicht mehr bediente. Außerdem hingen dort Straßenkarten der Umgebung, auf die Notizen gekritzelt waren, aber so klein, dass ich sie nicht lesen konnte.

Als Erstes füllte ich ein Bewerbungsformular aus. Wie bei anderen Jobs auch wurde ich nach meinem Namen, meiner Adresse und meiner bisherigen Berufserfahrung gefragt, und es unterschied sich von herkömmlichen Formularen nur insoweit, dass ich hier auch meinen »Wunschnamen« und meine Maße angeben sollte.

Brav füllte ich die Felder aus und gab Kelly den Zettel zurück. Sie erkundigte sich, ob ich Fragen hätte, und ich legte los. Dass ich diesen Job noch nie gemacht hatte, hatte ich ihr bereits erzählt, daher hatte ich kein großes Problem damit, eventuell naiv zu erscheinen – lieber wirkte ich jetzt naiv, als dass ich später dumm dastand.

»Wie viele Frauen arbeiten hier?«

»Wir haben im Moment nur noch fünfzehn; vor kurzem gab es bei uns eine große Abwanderungswelle. Du weißt ja, wie das läuft – ein Mädchen haut ab, und prompt läuft eine ganze Gruppe hinterher. So ist das immer. Wir sind gerade wirklich knapp. Deswegen suche ich dringend neue Girls.«

Ich nickte, als wüsste ich tatsächlich genau, wie das lief. »Wann könnte ich denn anfangen?«

»Ich könnte dich für diesen Freitag eintragen.«

Daraufhin musste ich erst mal schlucken.

»Du siehst ja, ich brauche wirklich dringend frisches Blut!« Sie lachte. »Da du ja tagsüber arbeitest, würde ich dich mit größeren Abständen eintragen, damit du Zeit hättest, dich auszuruhen.« Kelly dachte einen Augenblick nach. »Ich würde dich auf alle Fälle Freitag und Samstag brauchen. Dann würde ich dich noch einmal unter der Woche einsetzen, vielleicht Dienstag oder Mittwoch. Ich hätte dich gern mindestens drei Tage die Woche.«

Einerseits schien sie dieses Gespräch zu langweilen, andererseits war sie aber offenbar auch verzweifelt genug, um sich für meine Fragen Zeit zu nehmen.

»Was hätte ich für Arbeitszeiten?«

»Die meisten arbeiten von sieben Uhr abends bis morgens um fünf oder sechs. Ich würde dir ab vier Uhr frei geben, wenn es sein muss. Wenn du willst, könntest du auch erst um acht anfangen, damit du dich nach der Arbeit noch ein wenig ausruhen kannst.« Sie schlug einen verschwörerischen Ton an. »Aber du darfst den anderen nicht sagen, dass ich dich kürzere Schichten machen lasse, sonst kommen sie alle an und fragen, warum sie das nicht auch dürfen. Das bleibt also unbedingt unter uns.«

Sie lächelte ein wenig darüber, schien aber dennoch entweder hoffnungslos angeödet oder hoffnungslos übermüdet.

Wieso sie wohl bereit war, mir so weit entgegen zu kommen? War ich anders als die anderen Mädchen, die sonst bei ihr auftauchten? Ich fragte mich, ob ich wohl sehr gefragt sein würde. Männer, die auf Blondinen mit 90 DD scharf waren, würden sich wohl nicht um mich reißen, aber ich würde vielleicht denen gefallen, die auf ein niedliches Gesicht und eine gepflegte Unterhaltung Wert legten. Oder auch nicht.

Vielleicht eröffnete sich mir hier auch gerade eine ganz neue Karriere? Für einen Moment gab ich mich meinen Träumen hin und sah Stretchlimos, Abendkleider und schimmernden Schmuck. Die fetten, schmierigen Kerle, die auch dazugehörten, waren nur ganz verschwommen im Hintergrund zu entdecken. Über sie wollte ich nicht nachdenken, lieber noch etwas über die funkelnden Juwelen und VIP-Eingänge in den Diskotheken.

Ich lächelte Kelly entgegenkommend an. Das würde vielleicht klappen. »Wie viel verdienen die Frauen hier denn?«

»Das hängt von ihnen selbst ab. Das Honorar wird halbe-halbe mit der Agentur geteilt. Du fängst mit 200 oder 250 Dollar die Stunde an, also bekommst du mindestens 100 bis 125 raus. Das Trinkgeld, das du bekommst, kannst du behalten. Du wirst wahrscheinlich mehr pro Stunde verdienen«, sagte sie mit einem Blick auf mein Gesicht und meine Figur. »Die Telefongirls bekommen eine Kommission, also ist es für sie von Vorteil, wenn sie für dich einen möglichst hohen Preis aushandeln.«

Hundert Dollar die Stunde war schon fantastisch, und wenn es mehr sein würde, war das ja noch besser.

»Und wie viele Sessions hat man so im Durchschnitt pro Nacht?«

»Das ist immer schwer zu sagen«, erklärte Kelly. »Das ist wie beim Kellnern. Man hat gute Nächte und schlechte. Ich würde mal schätzen, dass du es so auf vier bis fünf bringen würdest.« Sie beugte sich etwas zu mir hinüber, als wolle sie mir eine wertvolle Information anvertrauen. »Der Trick ist aber eigentlich, eine Session in die Länge zu ziehen. Darauf kommt es eigentlich an. Du legst es darauf an, dass es länger dauert. Bring sie dazu, dass sie dich für mehrere Stunden buchen wollen. Dann kommt richtig Geld rein. Und du verschwendest keine Zeit damit, kreuz und quer durch die Stadt zu fahren. Du musst sie überzeugen, dass sie dich möglichst lange behalten wollen.« Sie nickte, um das Gesagte noch einmal zu betonen, und lehnte sich dann auf ihrem Stuhl zurück, als habe diese Information sie sehr ermüdet.

»Nehmt ihr Aufträge aus der ganzen Stadt an?«

»Ja. Allerdings fahren wir nicht bis raus nach New Jersey.« Sie lächelte. »Oder nach Long Island.«

Gott sei Dank. Da wollte ich auch nicht hin.

»Wie sind die Männer denn so?«

»Die Frage kann ich ganz genau beantworten!«, lachte Kelly. »Unsere Kunden sind Ärzte, Anwälte, Börsianer, Leute aus der Unterhaltungsbranche und auch mal der eine oder andere Promi.«

Ich dachte unwillkürlich an Charlie Sheen und Rob Lowe. Ob sie wohl je die Manhattan Escort Agency bemühten? Oder welche Promis meldeten sich sonst hier?

»Die meisten Männer sind zwischen 24 und Mitte vierzig«, fuhr sie fort. »Viele kommen von der Upper East Side. Oft sind es jüdische Männer. Die haben definitiv Geld. Wenn die Frauen wieder hierher zurückkommen, können sie manchmal gar nicht aufhören, von den tollen Apartments zu schwärmen.«

Bei meinen letzten Fragen gab ich mir keine Mühe mehr, weiterhin wie ein Profi zu klingen. Mir war klar, dass ich bei der Arbeit als Callgirl mehr als bei allen anderen Jobs in der Sexindustrie mein Glück herausforderte. Ich mochte naiv sein, aber ich wusste, dass die Arbeit gefährlich sein konnte und es keine Sicherheiten gab. Klar, man konnte hier viel Geld verdienen, aber dafür gab es auch einen Grund.

»Wie sicher ist es?«, fragte ich also.

»So sicher, wie man es überhaupt machen kann.« Sie klang gleichzeitig nüchtern und beruhigend. »Wir schicken unsere Frauen nur in Wohnungen oder Hotels. Es wird nie verlangt, dass du einen Kunden in einem Büro oder sonst wo triffst. Unsere Telefongirls sind ziemlich gut. Sie überprüfen alle Details, vor allem bei Neukunden.«

Sie hielt einen Augenblick inne. Ich hätte gern gefragt, was »überprüfen« bedeutete, aber ich wollte auch nicht zu sehr bohren.

»Die meisten Kunden kommen allerdings regelmäßig«, setzte Kelly hinzu, wohl um die Besorgnis zu verscheuchen, die auf meinem Gesicht vermutlich deutlich abzulesen war. »Du wirst dich sehr sicher fühlen, wenn du dich mit den Frauen unterhalten hast, die hier die Anrufe entgegennehmen. Es ist ihr Job, auf dich aufzupassen.«

Kelly hatte eine wirklich warme, freundliche Art, und ich hatte den Eindruck, als ob sie wirklich meinte, was sie sagte. Allerdings fragte ich mich, wie viel mir das nützen würde, wenn ich allein in der Wohnung eines völlig fremden Mannes war.

»Wenn du dich mit dem Kunden triffst, sieh dir als Erstes seinen Führerschein an. Wenn er ihn dir nicht zeigen will oder du ein komisches Gefühl hast, dann zieh dich zurück. Das ist für uns in Ordnung. Wenn du dich unwohl fühlst, dann solltest du gehen. Benutze deinen Kopf. Wenn es Unstimmigkeiten gibt, hau ab und ruf mich an. Wenn du das allerdings ein paarmal jeden Abend tust, dann weiß ich, dass das Problem bei dir liegt.« Sie lachte. »Aber dennoch gilt: Wenn du meinst, dass es gefährlich sein könnte, dann geh bitte unbedingt.«

»Also gibt es normalerweise keine Probleme?« Das mit der Sicherheit war der einzige Teil der Arbeit, der mich nervös machte. Ich hoffte, von ihr eine eindeutige Antwort zu bekommen, obwohl ich vermutete, dass mir die wohl niemand geben konnte.

»Ich bin seit zwei Jahren hier, und wir haben nur einmal einen solchen Vorfall gehabt. Später fand ich heraus, dass sie in ein Bürogebäude gegangen war, obwohl ihr klar war, dass sie damit gegen die Regeln verstieß, und er hat sich dann geweigert, ihr seinen Führerschein zu zeigen. Man braucht natürlich ein bisschen gesunden Menschenverstand, aber du siehst aus wie eine intelligente Frau.«

Ich fragte mich, worum es bei dem »Vorfall« wohl gegangen war. Wenn etwas passierte, würde ich überhaupt eine Anzeige machen können? Konnte ich dann zugeben, warum ich dort gewesen war und was ich tat? Ich war mir immer noch nicht ganz sicher, was dieser Job von mir fordern würde. Ich konnte es nur vermuten.

»Wir kümmern uns hier sehr um die Frauen und passen gut auf sie auf. Viele, die einmal gegangen sind, kommen später wieder, und ich denke, das sagt schon einiges aus. Wir achten sehr darauf, dass ihnen nichts passiert. Sie sparen oft ihr Geld und wenden sich dann anderen Dingen zu. Wir haben hier viele Malerinnen, Künstlerinnen, Frauen, die gerne reisen. Sie kommen immer wieder, wenn sie Geld für die Miete brauchen.«

»Und die Männer sind in Ordnung? Sie sind nicht komisch oder pervers?« Ich wollte wirklich, dass sie mir die Wahrheit sagte. Ich brauchte etwas, woran ich mich klammern konnte, bevor ich mich entschloss, sie zu meinem Zuhälter zu machen.

Unbehagliches Schweigen. »Was meinst du damit?«

»Wie ist das mit Sachen wie Analsex?«

Kelly zögerte. »Ich glaube, ich weiß, was du wissen möchtest. Nein, darüber brauchst du dir keine Sorgen zu machen.«

Sie dachte, sie wüsste, was ich meinte? War denn meine Frage irgendwie unklar gewesen? Oder gab es für sie einen Grund, weshalb sie sich so unklar ausdrücken musste? Vorsichtig bohrte ich weiter, um das herauszufinden.

»Was gehört denn zu einer typischen Session?«

»Wir bieten Begleitung an«, antwortete Kelly bestimmt.

Entschiedene Stille breitete sich aus. Ich zermarterte mir den Kopf nach einer weiteren Frage, um sie auszufüllen. »Wie ist denn der Ablauf bei so einem Abend? Kommen die Mädchen hierher und bekommen dann ihre Aufträge?«

»Wenn du anfängst, ziehen wir es vor, wenn du von diesem Büro aus arbeitest. Dann kommst du auch nach jedem Termin wieder hierher. Nach einiger Zeit solltest du jedoch selbstständig sein. Du besorgst dir ein Handy oder einen Pager, und wir melden uns, sobald du einen Kunden hast. Dann kannst du deine Einkäufe erledigen oder ein Power-Schläfchen machen, wenn du willst – solange du pünktlich zu den Terminen erscheinst.« Bei diesem Satz starrte sie mir unvermittelt in die Augen. »Wenn du meinst, dass du das nicht hinkriegst oder nur schwer wieder wach wirst, kannst du auch gern weiterhin von hier aus arbeiten.«

Das hörte sich ganz gut an. Ich versuchte weiter, mich auf die Einzelheiten zu konzentrieren, denn so konnte ich leichter über die Unfassbarkeit dessen hinweggehen, was ich gerade tat.

»Was sollte ich anziehen?«, fragte ich.

»Du solltest dich niveauvoll kleiden.« Sie dachte eine Sekunde nach. Offenbar war das eine Frage, auf die sie keine Standardantwort parat hatte. Vielleicht war das den anderen Girls völlig klar? »Jetzt, in der kalten Jahreszeit, tragen viele der Frauen elegante Hosenanzüge. Du weißt schon – sexy, aber gleichzeitig auch mit Stil.«

Damit waren all meine Fragen beantwortet. Ich stand auf und zog meinen Mantel an. »Vielen Dank«, sagte ich und gab ihr die Hand. »Ich muss darüber noch einmal nachdenken. Ich rufe wieder an.« Es war Zeit, zu meinem Bürojob zurückzukehren.

»Kein Problem. Ich melde mich bei dir, wenn ich von dir nichts höre.«

Auf dem Weg zur Tür fiel mir ein dunkler Wohnraum auf, der vom Flur abging. Schwarze Ledersofas, ein großer Fernseher. Ich fragte mich, ob sich hier wohl die Mädchen aufhielten, wenn sie auf ihren nächsten Einsatz warteten.

Kelly gefiel mir, und ich hatte den Eindruck, die Arbeit würde sicher sein, jedenfalls so sicher, wie es überhaupt möglich war, aber ich glaubte nicht, dass ich es schaffen würde, an drei Tagen in der Woche bis morgens um vier unterwegs zu sein. Schließlich wollte ich meinen anderen Job nicht verlieren ... obwohl ich natürlich auch nur einen Monat für Kelly arbeiten und mich dann verabschieden konnte. Ich dachte darüber nach, als ich zur U-Bahn hinunterging. Konnte ich diese verrückten Arbeitszeiten vier Wochen lang aushalten? Dabei würde ich sicherlich genug Geld verdienen, um eine Weile aussteigen zu können. Kelly hatte ja betont, dass die Mädchen kamen und gingen – vielleicht würde ich das auch so machen können.

Allerdings wollte ich ohnehin keine Entscheidung fällen, bevor ich nicht die anderen beiden Gespräche hinter mir hatte. Von der vereinbarten Straßenecke aus rief ich daher wenig später bei Jackie an. Sie gab mir die genaue Adresse, und als ich das Gebäude erreichte, stand auch hier wieder ein falscher Name an der Klingel; das Schildchen für den vierten Stock verkündete »L&C Moving Inc.«.

Ich zögerte unschlüssig. Während ich noch dastand und überlegte, sprang die Tür mit einem Summen auf, und ich ging hinein. Jackie hatte gesagt, es sei der einzige Eingang auf der Etage, also nahm ich den Fahrstuhl und klopfte an die erste Tür, die ich entdeckte.

Meine Gesprächspartnerin saß in einem großen Zimmer mit zwei Schreibtischen – an dem einen arbeitete sie, an dem anderen ein Mann, dessen Namen ich während unseres ganzen Gesprächs nicht erfuhr. Ich setzte mich neben Jackies Arbeitsplatz und sah mich um. Vor dem Fenster hing ein dicker Vorhangstoff, der dafür sorgte, dass nur fluoreszierendes Kunstlicht den Raum erhellte. Ein kleines Hinterzimmer war mit verschiedenem Gerümpel voll gestellt, aber ich konnte nichts Genaueres erkennen. Es machte den Eindruck, als seien sie entweder dauerhaft in der Einrichtungsphase oder schon wieder im Umzug ins nächste Büro begriffen.

Wie ich amüsiert feststellte, stand nah an Jackies Schreibtisch auch ein Monitor, der ihr zeigte, wer unten am Eingang wartete. Offenbar gehörte das bei einem Begleitservice dazu, und es erklärte, woher sie gewusste hatte, dass ich vor der Tür stand, noch bevor ich mir überlegt hatte, wo ich klingeln sollte. Davon abgesehen gab es zwei weitere Monitore – einer blickte über die

Straße, und einer überwachte das Treppenhaus. Keine Ahnung, zu welchem Zweck sie dienten, von der Erhöhung der Sicherheit abgesehen. Da hier im Haus keine Dienste angeboten wurden, verstand ich nicht, wieso sie eine derartige Überwachung brauchten, aber es wäre wohl unangemessen gewesen, danach zu fragen – ich nahm das einfach als gegeben hin.

Jackie hatte drei Computer und verschiedene Telefone auf ihrem Schreibtisch; der Mann nur einen PC und ein Telefon. Während des Gesprächs saß er lediglich da und rauchte. Ich fragte mich, ob er seine Geräte überhaupt benutzte. Jackie wiederum nahm ständig Anrufe entgegen, während ich meinen Bewerbungsbogen ausfüllte. Auch wenn die Telefone wild durcheinander klingelten, blieb ihr Kollege völlig unbewegt sitzen. Zwar verstand ich, wieso man in einer solchen Agentur Wert drauf legte, dass sich am Telefon eine Frauenstimme meldete, aber wieso war er dann überhaupt da? Er lehnte sich in seinem Stuhl zurück, hatte die Füße auf dem Tisch und rauchte seine Zigaretten. Währenddessen sprach Jackie in zwei Telefone gleichzeitig, das eine unters Kinn geklemmt, und tippte zusätzlich noch etwas in den Computer.

Es lief stets nach demselben Muster: Ein Typ rief an, gab seine Daten durch, sie bestätigte Adresse und Telefonnummer, nannte ihm den Preis und sagte dann: »Ich habe die perfekte Begleiterin für Sie.« Aus Sicherheitsgründen gehörte es zur Standardprozedur, dass sie anschließend überprüfte, ob der Name des potenziellen Kunden tatsächlich zu der angezeigten Rufnummer gehörte, und ob die Nummer mit der Adresse übereinstimmte, die er genannt hatte. Dann legte Jackie auf und rief eine der Frauen an, die »Dienst« hatten, gab ihr die Adresse und sagte ihr, wie viel Geld sie verlangen musste. Alles ganz einfach.

Ich konnte Jackie sogar beim aktuellen Krisenmanagement beobachten: Eine ihrer Hostessen war oben in der Upper East Side und sagte Jackie, dass sie es unmöglich schaffen würde, in einer halben Stunde am Broadway/Lafayette beim nächsten Kunden zu sein. Es regnete, und es war schwer, ein Taxi zu bekommen. Also machte Jackie einen Fahrer ausfindig, den sie kannte. Damit alles reibungslos lief, sagte Jackie erst dem Fahrer die Adresse, bevor sie sich bei der Lady meldete und ihr mitteilte, wo sie eingesammelt werden würde. Als der Fahrer nur noch wenige Straßen entfernt war, meldete er sich wieder bei Jackie, die daraufhin ihr Mädchen anwies, schon mal an den Treffpunkt zu gehen. Ich fand schon allein das Zuhören wahnsinnig aufregend.

(Während ich Jackie dabei beobachtete, wie sie alle Hebel in Bewegung setzte, um die Hostess doch noch rechtzeitig wieder ins Stadtzentrum zu bringen, war ich stark versucht zu sagen: »Hey, ich übernehme diesen Job.« Ich hätte wirklich gern gleich losgelegt, aber ich hatte ja um halb acht noch ein drittes Vorstellungsgespräch, also hielt ich den Mund.)

Auch auf diesem Formular sollte ich meine Maße angeben. Ich sagte Jackie, dass ich zwar meine Oberweite wüsste, aber bei meiner Taille und Hüfte nicht so sicher war. Sie bat mich, kurz aufzustehen. Ich tat das und zog mein Shirt ein kleines Bisschen hoch, damit sie meine Hüften besser sehen konnte.

»Schätzchen, du musst dich hier nicht ausziehen!«, rief sie.

»Ich dachte ja nur, damit man mehr sieht«, erklärte ich etwas verlegen. Ich hatte mich so sehr daran gewöhnt, mich auszuziehen, dass ich noch nicht einmal weiter darüber nachgedacht hatte.

»Ich sehe das auch so wunderbar«, lachte sie und erklärte: »Du hast 85-60-85.«

Ich war mir nicht sicher, ob das wirklich so stimmte, aber wenn es das war, was sie auf dem Formular sehen wollte, dann hatte ich kein Problem damit.

Auf dem Bewerbungsblatt wurde auch wieder gefragt, unter welchem Namen ich arbeiten wollte; dabei wurde darauf hingewiesen, dass der Name »echt« klingen sollte. Ich nahm an, dass Candi oder Crystal bei einer Agentur, die Wert auf Niveau und Stil legte, nicht durchgingen.

»Wäre Karla mit K in Ordnung?«, fragte ich und hoffte, dass ich mein Alter Ego würde beibehalten können.

Jackie sah ihre Liste mit den derzeit beschäftigten Mädchen durch. »Tut mir Leid, Schätzchen«, sagte sie entschuldigend. »Ich habe hier schon eine, die so heißt. Wie wäre es mit Carla mit C?«

Mir war nicht ganz klar, welchen Unterschied ein C oder ein K in diesem Fall machte, aber wenn Jackie das so wollte, dann war mir das Recht. »Okay.«

Jackie blätterte ihre Listen durch. »Wunderbar, Schätzchen, das klingt doch gut.«

Während sie in ihrer Datenbank die Namen aufrief, stürzte aus irgendeinem Grund das Programm ab, und Jackie musste den Computer neu starten. Das führte zu einer hitzigen Diskussion mit dem Typ am anderen Schreibtisch, in der es darum ging, ob sie die F1- oder die F4-Taste gedrückt hatte oder nicht. Ich saß still daneben und verfolgte diese Debatte amüsiert; jedenfalls wollte ich nicht gehen und fragte mich nur, wie lange sie sich wohl streiten würden. Es war einfach zu witzig. Ich kam mir vor, als sei ich in eine Folge von *Fawlty Towers* geraten.

»Mit F1 öffnet man das Programm«, sagte der Mann, der sich keinen Zentimeter hinter seinem Schreibtisch wegbewegte. »Du hast F4 gedrückt.«

»Hab ich nicht. Ich habe F1 gedrückt. Das mache ich doch immer.« Offenbar hatten sie diesen Streit schon endlose Male gehabt, denn beide klangen gelangweilt, als ob sie mehr aus Gewohnheit darüber diskutierten, und nicht, weil es ihnen ein Bedürfnis war.

»Warum ist das Programm dann abgestürzt?«

»Keine Ahnung. Ich habe F1 gedrückt.«

»Wenn du F1 gedrückt hättest, wäre es ja nicht abgestürzt. Was wolltest du denn überhaupt machen?«

»Ich habe F1 gedrückt, um die Liste mit den Namen zu öffnen.«

Das ging ein paar Minuten hin und her. Ich hörte zu und versuchte, mich unauffällig im Hintergrund zu halten, während ich mich fragte, wie der Streit wohl ausgehen würde. Er verebbte gewissermaßen ergebnislos, als die Telefone wieder zu klingeln begannen. Zwischen den Anrufen und verschiedenen Einträgen im PC beantwortete Jackie meine Fragen.

Frage Nummer eins: »Wie viel verdienen die Mädchen hier?«

»Die Honorare sind alle völlig unterschiedlich.« Sie dachte einen Augenblick nach. »Es hängt davon ab, was für ein Typ Frau du bist. Wir haben alle möglichen: Unschuld vom Lande, stilvolle Europäerin, New Yorker Citygirl. Ich habe ein paar Mädchen, die vierhundert Dollar in der Stunde kriegen, und es gibt welche, die bekommen tausend. Das wird dann fifty-fifty mit uns geteilt. Deine Trinkgelder kannst du komplett behalten.«

Natürlich. Das schien in diesem Business so Usus zu sein.

Frage Nummer zwei: »Also fange ich mit einem niedrigen Tarif an und arbeite mich dann allmählich hoch?«

»Nein, nein, Schätzchen, so läuft das nicht.« Jacky lachte kehlig. »Als Anfängerin verdienst du nicht automatisch weniger. Du bekommst so viel, wie du wert bist. Wenn du gut bist, kannst du von Anfang an das große Geld einstreichen. Wir würden dich auf alle Fälle mal mit vierhundert Dollar einsteigen lassen. Vielleicht könnten wir dich höher einstufen, wenn du ein Foto auf unserer Seite hättest, aber die Telefongirls werden immer versuchen, den höchstmöglichen Betrag für dich rauszuholen.« Sie lachte wieder. »Wir wollen schließlich alle Geld verdienen!«

Frage Nummer drei: »Was für ein Typ bin ich wohl? Wie sollte ich mich kleiden?« Ich musste schließlich immer noch mein neues Callgirl-Ich aufbauen.

Jackie studierte mein Gesicht und meinen Körper sorgfältig. »Ich würde sagen, du solltest stilvoll aussehen, damit du mit dem Kunden in einen Club gehen könntest, wenn er das gern möchte, oder in ein gutes Restaurant. Du solltest dich hübsch machen.«

Frage Nummer vier: »Ist es sicher?« Wieder hoffte ich auf eine eindeutige Antwort, zweifelte aber daran, dass ich sie bekommen würde.

»Sicher?« Sie starrte mich an, als sei ich völlig bescheuert, weil ich so eine Frage stellte. »Schätzchen, das ganze Leben ist ein Risiko, aber bei uns ist es ziemlich sicher. Ich bin seit einigen Jahren hier, und es gab noch nie ein Problem. Wir wollen möglichst viel Sicherheit für unsere Mädchen schaffen, damit sie auch langfristig für uns arbeiten. Wir haben über hundert Mädchen«, erklärte sie stolz, als ob ihr der Laden selbst gehörte. »Wir wollen sie auch halten. Du musst nur vorsichtig sein und deinen gesunden Menschenverstand gebrauchen. Wenn du ein schlechtes Gefühl hast, dann geh. Du kannst besser beurteilen als irgendjemand von uns, ob eine Situation für dich brenzlig ist oder nicht. Bleib nicht um jeden Preis, wenn es gefährlich erscheint. Die meisten Männer hier sind jedoch Stammkunden.«

Es hatte den Anschein, als ob all diese Agenturen vor allem Stammkunden bedienten. Es musste aber doch zumindest hin und wieder auch Neukunden geben – wie ging man mit ihnen um? Ich fragte mich, wie sorgfältig diese Neuen überprüft wurden, und wie viele Details die Akten über die Stammkunden verrieten. Wurde dort vermerkt, wenn sich jemand »komisch« aufführte? Wurde notiert, ob jemand sich gern dominieren ließ, oder ob er Blondinen oder Brünette bevorzugte? Solche Fragen, dachte ich, konnte ich aber wohl kaum stellen, also blieb ich bei den grundsätzlichen Dingen.

Frage Nummer fünf: »Welche Schichten sind denn zu besetzen?«

Jackie sah mich verständnislos an.

»Welche Nächte sollte ich denn arbeiten?«

»Na ja, wie auch immer du willst, Schätzchen.« Sie sah etwas verwundert drein.

Das war komisch. Ich verstand nicht ganz, wieso meine Frage sie so verblüffte. »Aber was wäre denn das Minimum? Müsste ich drei Nächte die Woche arbeiten? Oder vier?«

»Du kannst so viel arbeiten, wie du willst.« Jackie klang, als ob es ihr wirklich widerstrebte, jemandem, der so gar keine Ahnung hatte, alles haarklein erklären zu müssen.

»Es gibt keine festen Stunden, zu denen ich arbeiten müsste?« Ich konnte das gar nicht fassen.

»Nein. So ist das bei uns nicht.« Sie seufzte. »Du arbeitest, wann du willst und so viel du willst. Aber wir werden schon dafür sorgen, dass du etwas zu tun hast!« Sie lachte wieder ihr kehliges Lachen. »Du rufst mich einfach an, wenn dir nach Arbeit zumute ist, und sagst, ›Jackie, ich bin verfügbar.‹ Und wenn du müde wirst, rufst du mich wieder an und sagst: ›Jackie, ich geh ins Bett.‹ Ganz einfach.« Da ich aber wohl deutlich bewiesen hatte, dass ich nicht besonders clever war, fügte sie nach einem Augenblick hinzu: »Du müsstest dir allerdings ein Handy zulegen.«

»Das ist kein Problem.« Im Gegenteil, ich fand die Vorstellung, mir ein Mobiltelefon zu kaufen, ziemlich aufregend. Damit würde ich mich noch glamouröser, wichtiger und dekadenter fühlen.

Gerade wollte ich wieder von glitzerndem Schmuck träumen, als Jackie meine Fantasien unterbrach. »Hast du schon mal einen Kreditkartenleser benutzt?«

Ich verneinte.

»So was müsstest du dir kaufen. Wir zeigen dir, wie man damit umgeht. Alle Frauen brauchen so ein Ding.« Ihre Aufmerksamkeitsspanne war damit offenbar aufgebraucht. Jackie schien die ganze Diskussion zu langweilen, und ich war auch der Ansicht, dass ich erfahren hatte, was ich wissen musste. Außerdem war es an der Zeit, zum Vorstellungstermin Nummer drei zu fahren.

Ich fragte mich, wie viele solcher Gespräche sie wohl führen musste, wenn die Agentur so groß war. Kelly hatte mir ja verraten, dass die Fluktuation in dem Geschäft sehr hoch war. Stellten sie ständig Neue ein? Bauten sie ihre Agentur weiter aus, vergrößerten sie sich? Musste Jackie dauernd dieselben blöden Fragen beantworten?

»Sind diese Geräte sehr teuer?«

Jackie lachte. Offenbar hatte ich wirklich deutlich demonstriert, wie naiv ich war. »Nein, Schätzchen, die kosten bloß 25 Dollar.«

Eine letzte Frage noch: »In welchem Bereich arbeiten wir? Wo fahren die Mädchen überall hin?« Ich versuchte jetzt, wieder wie ein Profi zu klingen.

»Wir nehmen Aufträge von überall an«, sagte sie stolz. »New York, New Jersey, Connecticut. Wenn der Kunde zahlt, bringen wir ihm die Girls.«

»Wie kommen die nach New Jersey?« Oh Gott, daran wollte ich gar nicht denken. Ich wollte am liebsten gar nicht erst raus aus Manhattan.

»Dafür organisieren wir einen Fahrer. Der fährt dich da raus und wartet dann auf dich, um dich wieder nach Hause zu bringen. Das ist ganz sicher, oder?« Wieder dieses kehlige Lachen. »Ziemlich gut, nicht wahr?«

Da war ich definitiv mit ihr einer Meinung. Ich hätte auch nichts dagegen gehabt, für jeden Einsatz diese Art von Security zu haben. Das war vielleicht auch ein ganz netter Ausgleich für den Stress, so weit rauszufahren.

»Hast du denn schon ein bisschen Erfahrung, Schätzchen? Hast du so was schon mal gemacht?« Jetzt war es an ihr, Fragen zu stellen.

»Nein, aber ich habe schon gestrippt und Internet-Pornos gemacht.« Ich war sehr zufrieden, dass ich im Erotikgeschäft doch schon ein paar Erfahrungen vorzuweisen hatte. Ich hätte sogar einen kleinen Lebenslauf mit ein paar Referenzen zusammenstellen können. Es war, als ob ich mir zwei parallel laufende, aber völlig verschiedene Berufskarrieren aufbaute – lustig war daran, dass die illegitime allmählich anfing, meine hauptsächliche Erwerbsquelle zu werden.

»Das ist ja fantastisch, Schätzchen!« Sie klang sehr beeindruckt. »Wo hast du denn gestrippt?«

»Nur in so einer Bar in Connecticut.« Ich versuchte, dabei möglichst cool zu klingen, und hoffte, dass es sich für sie so anhörte, als hätte ich das richtig lange gemacht. »Mit den Pornos und den Videos habe ich angefangen, als ich nach New York gezogen bin.«

»Das ist ja so was von cool«, rief Jackie aus. Ich fragte mich, ob meine Erfahrung wirklich so ungewöhnlich war, dass sie diese Begeisterung rechtfertigte.

»Du kannst über unsere Webseite gerne deine Fotos und Videos verkaufen, wenn du willst, und einen Haufen Geld verdienen«, meldete sich jetzt auch der Typ hinter dem Schreibtisch zu Wort, der offenbar ebenso beeindruckt war.

»Ich werde mir das mal überlegen«, sagte ich höflich und überlegte, ob ich mich mit so etwas abgeben wollte.

»Wie stehen denn die Männer zu Analsex?« Es war an der Zeit, wieder zum Geschäftlichen zurückzukehren. An dieser Frage war mir wirklich gelegen, denn ich wollte durch diese Callgirl-Geschichte durchkommen, ohne in den Arsch gefickt zu werden. Hoffentlich, dachte ich bei mir und drückte insgeheim die Daumen, bekomme ich hier eine eindeutige Antwort.

Stattdessen folgte verlegenes Schweigen. Nach ein paar Sekunden antwortete der Typ hinter dem Schreibtisch, indem er sich verschwörerisch zu mir herüberbeugte: »Solche Typen bedienen wir bei uns nicht. Wer darauf aus ist, der weiß, wo er das bekommt. Es gibt viele Unternehmen in New York, die solchen Service anbieten. Das erwarten sie nicht hier.«

»Wie ist es mit Kondomen? Macht es ihnen nichts aus, welche zu benutzen?« Auch hier wollte ich eine offene Antwort, damit ich abschätzen konnte, was ich bei diesem Job erwarten musste.

Jackie und der Typ hinter dem Schreibtisch tauschten einen Blick. »So ein Unternehmen sind wir nicht«, sagte er.

»Wir bieten Gesellschaft an«, betonte Jackie zusätzlich.

»Ja, aber welche Art von Gesellschaft? Was wollen die Männer?«

»Schätzchen, wenn ich das wüsste.« Jackie seufzte und klang wirklich überfragt. »Sie sind einsam. Sie wollen jemanden, mit dem sie reden können. Sie sind geschäftlich in der Stadt, sie wissen nicht, wo sie hingehen können, und sie wollen nicht allein losziehen. Sie wissen nicht, wo sie sich sicher amüsieren können, und sie wollen nicht allein sein.« Sie machte eine Pause, um den nächsten Satz noch stärker zu betonen. »Und da kommen wir ins Spiel.«

Jackie merkte wohl, dass mir das nicht reichte. Klar, hätten sie jetzt mit offenen Karten gespielt, dann hätten sie natürlich zugegeben, dass sie etwas anboten, das nach hiesigen Gesetzen strafbar war, aber andererseits fand ich, dass sie auch verpflichtet waren, mich auf das vorzubereiten, was man von mir erwarten würde. Jedenfalls wäre es mir wesentlich lieber gewesen, wenn sie mir deutlich gesagt hätten, worauf ich mich hier möglicherweise einließ.

»Guck mal, Schätzchen«, sagte Jackie mütterlich und beugte sich zu mir herüber. »Ich war sieben Jahre lang verheiratet, und ich verstehe die Männer immer noch nicht. Ich weiß nicht, wieso sie die Dinge tun, die sie nun einmal tun. Ich kann das einfach nicht nachvollziehen.« Sie seufzte und schien damit andeuten zu wollen, dass mir das auch nicht gelingen würde.

Während unserer Unterhaltung rief ein Typ namens Joe an. Ganz genau hörte ich nicht, worum es ging, aber es war wohl irgendwie so, dass er zwei Damen bestellt hatte. Als sie bei ihm aufkreuzten, hatte er aber nur Geld für eine, also verabschiedete sich die andere wieder. Diejenige, die geblieben war, bezahlte er dann mit einem Scheck, obwohl das gegen die Regeln war. Sie hatte offenbar gesagt, sie würde wiederkommen, war aber dann nicht mehr aufgekreuzt, und deswegen rief er an. Natürlich hatte sie die Hälfte des Betrags, der für die Agentur bestimmt war, auch nicht abgeliefert. Noch seltsamer erschien die Situation, als Jackie erklärte, dass dieses Mädchen so etwas schon einmal probiert hatte.

Der Typ hinter dem Schreibtisch sagte: »Manche lernen es wirklich nie. Wir erwischen sie jedes Mal.«

Mein einziger Gedanke war: Warum lernt ihr denn nichts daraus? Wieso vermittelt ihr diese Frau überhaupt noch, wenn sie so etwas schon einmal getan hat?

Jackie riet Joe, den Scheck zu sperren, und sie vermutete, dass das Mädchen jetzt schon in einem anderen Bundesstaat war. »Sie ist eine von denen, die gerne reisen. Sie kommt und geht, wie es ihr gefällt. Sie arbeitet zwei Wochen und fährt dann nach Italien, nach Europa oder sonst wohin.«

Schließlich legte sie wieder auf und wandte mir ihre ganze Aufmerksamkeit zu. »Entschuldige, Schätzchen. Wann würdest du denn nun gern anfangen?«

Jetzt hatte sie mich kalt erwischt. »Äh, ich habe mich noch nicht entschieden, ob ich es überhaupt machen will«, stammelte ich. »Das muss ich mir noch überlegen.«

Das überraschte Jackie wiederum. »Oh, okay. Wie lange meinst du denn, dass du darüber nachdenken willst?« Ihre Stimme klang dabei honigsüß.

»Ein paar Tage vielleicht.« Schließlich wollte ich mein drittes Gespräch erst hinter mich bringen, bevor ich mich entschied, aber wegen der flexiblen Zeiteinteilung erschien mir diese Agentur hier bereits sehr interessant. »Ich rufe wieder an.«

»Okay.« Sie lächelte aufmunternd.

Bevor ich ging, fragte ich sie nach dem Verdienst. »Wenn ich mich also süß und charmant geben könnte, wie viel könnte ich dann wohl verdienen?«

»Schätzchen, du bist süß und charmant.« Sie lachte, als ob sie ein wenig mit mir flirten wollte. »Du kannst definitiv mit 400 Dollar anfangen. Ich würde gern dein Foto auf unsere Webseite bringen. Du wärst ein Hit! Außerdem würdest du so auch mehr Geld machen. Wenn das Bild dort auf der Seite ist, geht dein Honorar automatisch nach oben.«

Sie zeigte mir sogar ein paar Fotos der anderen Mädchen, die auf dem Portal der Agentur zu sehen waren. »Hier, sieh dir diese an – sie ist nicht annähernd so süß wie du, aber sie ist sehr fotogen. Du kannst dir für wenig Geld auch ein gutes Foto machen lassen. Es gibt viele Studios, die so etwas übernehmen.«

»Ich glaube, ich habe schon ein Foto, das ich verwenden könnte.« Eins aus der Session mit Jeff im Delmonico würde möglicherweise hier gute Dienste leisten.

»Oh ja? Das ist ja super!«

Der Typ hinter dem Schreibtisch merkte wieder auf. »Ruf uns an, wenn du Interesse hast, dann geben wir dir die Nummer von der Frau, die sich um die Webseite kümmert.«

Jackie gab mir die Hand. »Es war sehr nett, dich kennen zu lernen. Es wäre schön, wenn du dich wieder melden würdest. Ich hoffe, du kommst zu uns an Bord.« Sie lächelte mich wieder an.

»Falls ich wirklich hier anfangen wollte, was müsste ich dann als Nächstes tun?«

»Süße, du musst dir nur ein Handy anschaffen, und wir versorgen dich mit einem Kreditkartenlesegerät. Dann kannst du loslegen. Über die Feiertage ist immer ziemlich viel los. Ich würde mich freuen, wenn du so schnell wie möglich einsteigen könntest.«

»Und die Männer sind in Ordnung, ja?« Das wollte ich wirklich ganz genau wissen; dieser Punkt war meine größte Sorge.

»Ja, Schätzchen. Wenn jemand dabei ist, der ein bisschen komisch ist, dann sagen wir es dir vorher. Da gibt es zum Beispiel einen Burschen, der an Parkinson leidet. Ein paar der Mädchen finden das furchtbar, und sie wollen nicht zu ihm gehen. Das geht auch in Ordnung. Die meisten Typen sind aber ganz normal.«

»Das klingt toll.« Mehr Beruhigung würde ich wohl nicht bekommen. »Es war schön, euch kennen zu lernen.« Ich gab Jackie und dem Typ hinter dem Schreibtisch die Hand und machte mich auf den Weg zu Interview Nummer drei.

Mein letztes Vorstellungsgespräch hatte ich in der Nähe des UNO-Gebäudes mit Alan. Wieder rief ich, wie man mir zuvor gesagt hatte, von einer nahe gelegenen Straßenecke aus an, um mir die genaue Adresse geben zu lassen. Davon abgesehen verlief aber alles völlig anders. Erstens war es mein erstes Gespräch mit einem Mann. Zweitens hatte er – im Gegensatz zu Jackie und Kelly – bereits ein paar grundsätzliche Dinge mit mir am Telefon erörtert, bevor er sich auf einen persönlichen Termin einließ – und er war dabei gleich zur Sache gekommen.

»Hier geht es um Sex. Das ist dir klar, oder?«

Ich machte ein zustimmendes Geräusch, da mich die Richtung, die dieses Telefongespräch nahm, so überrumpelt hatte, dass ich keine intelligente Antwort zustande brachte. Ich war lediglich darauf vorbereitet gewesen, dass ich mir die Adresse eines öffentlichen Telefons in geeigneter Lage aufschrieb und einen Termin vereinbarte. Stattdessen kam er gleich auf den Punkt.

»Bei allen Anzeigen in der Rubrik für Erwachsene geht es ums Vögeln.«

»Klar, das weiß ich«, antwortete ich immer noch ganz durcheinander. Es verwirrte mich, weil ich nur eine knappe Einweisung erwartet hatte, wie ich sie die beiden Male zuvor bekommen hatte. Außerdem wusste ich schließlich aus Erfahrung, dass das nicht stimmte. Ich hatte schon einiges gemacht, bei dem es nicht ums Vögeln gegangen war, daher war ich mir nicht sicher, was Alan hier andeuten wollte, und warum er so verdammt direkt war. Die meisten Foto- und Videosessions hatte ich allein absolviert, lediglich von meinem Vibrator begleitet, aber ich wollte mich nicht mit ihm streiten. Dazu interessierte mich viel zu sehr, wo diese Diskussion hinführte.

»Also, dann erzähle ich dir mal ein bisschen von unserer Agentur«, sagte er glatt. »Wir haben eine Wohnung in der Nähe der UNO. Wir organisieren Hausbesuche, empfangen aber auch Gäste. Da du neu bist, würdest du zunächst bei uns im Haus arbeiten. Da gibt es zwar etwas weniger Geld, aber es ist sicherer.«

»Okay«, gab ich zurück. Dass es ihm so um die Sicherheit ging, wusste ich sehr zu schätzen, aber es erschien mir verglichen mit dem, was ich inzwischen für den Standard in diesem Geschäft hielt, äußerst ungewöhnlich. Ich versuchte so zu tun, als ob dieses Gespräch genau so verliefe, wie ich es erwartet hatte, und dachte über die Gefahren nach. Denn eins war klar, ich war zu keinem Preis bereit, irgendetwas zu tun, das in Richtung Analsex oder Vergewaltigung ging – egal, wie viel man mir dafür bot. Ansonsten war für mich alles über 70 Dollar die Stunde gutes Geld, und wenn meine Sicherheit dabei garantiert wurde, war das sogar noch besser. Vielleicht war Alan mit seinem System, Gäste auch im Haus zu betreuen, sogar mehr mein Fall.

»Wir bedienen nur Stammgäste. Die Frau, die unser Etablissement leitet, macht keine Werbung. Sie macht das schon seit fünfzehn Jahren und hat das nicht nötig.«

Wieder eine Agentur, die nur Stammgäste hatte. Ich wusste nicht, wer die Frau war, und Alan nannte nie ihren Namen. In meinem Kopf entstand das Bild einer geheimnisumwitterten, glamourösen, alten Dame, die über die Callgirlszene in Manhattan herrschte. War sie vielleicht so glamourös, dass sie nie selbst ins Geschäft kam, sondern nur mit ihrem kleinen schwarzen Büchlein zu Hause saß, während Alan die Drecksarbeit machen musste?

»Wie oft würdet ihr mich gern haben wollen?«, fragte ich.

»Drei Nächte die Woche, von fünf bis zwölf.«

»Wären zwei Nächte auch in Ordnung?« Zu viele Schichten würde ich nicht geregelt bekommen, und ich brauchte auch nicht *so* viel Geld. Es war mir wichtiger, diese Arbeit mit meinem Vollzeitjob irgendwie unter einen Hut zu bekommen, als mit dem Geld um sich werfen zu können.

»Wir könnten damit mal anfangen und sehen, wie es weiter läuft«, antwortete er und gab sich Mühe, flexibel und entgegenkommend zu klingen.

Das machte mich optimistisch. »Ich arbeitete bis fünf oder halb sechs in meinem normalen Job. Wäre es ein Problem, wenn ich meine Schicht erst ab sechs beginne?«

»Nein, das geht.« Die Regeln waren offenbar recht anpassungsfähig, und Alan schien bestrebt, gefällig zu wirken. »Du müsstest ohnehin einen Probetag absolvieren. Wir fangen mit nur einem Tag an, um zu sehen, wie du dich machst.«

»Okay.« Ein Probetag hörte sich gut an, da ich ebenfalls ziemlich neugierig war, wie sich die Agentur so machte.

»Was tust du denn beruflich so?«, erkundigte sich Alan und fing nun an, mich über meinen Job auszufragen. Ironischerweise stellte sich heraus, dass er ausgerechnet Mitglied im Förderverein jenes Museums war, für das ich arbeitete – jedenfalls erzählte er mir das –, und er wollte anschließend einige Details unserer Ausstellungen mit mir diskutieren.

Das war das Letzte, worüber ich gern reden wollte, aber ich hatte kaum eine Wahl, also machte ich ein paar Minuten lang mit. Den Leuten, die ich in der Pornoindustrie traf, erzählte ich normalerweise nichts von meinem normalen Leben. Alan wollte aber aus irgendeinem Grund alles darüber wissen. Ich sagte ihm, was er hören wollte, so widerwillig und zögerlich wie möglich.

Dann kam er jedoch zum Thema zurück. »Wann kannst du denn für ein Gespräch vorbeikommen?«

»Heute Abend?«

»Wow. Dir scheint ja richtig was dran zu liegen!« Er klang völlig verblüfft. »Das gefällt mir. Wie passt es dir?«

»Halb acht?« Bis dahin würde ich mit meinem Termin bei Jackie vermutlich fertig sein.

»Perfekt. Hast du ein Handy?«

»Nein.«

»Gut. Ich hasse diese Dinger!« Alan lachte. »Wir sehen sie bei uns nicht so gern. An der Ecke zwischen 48. und 3. Avenue ist ein öffentliches Telefon. Ruf von dort aus diese Nummer hier an, dann geben wir dir die Adresse.«

Da stand ich nun also, an der besagten Ecke, und sonnte mich noch in dem Gefühl, dass ich das vorhergehende Gespräch mit Bravur gemeistert hatte. Unter der Nummer, die Alan mir genannt hatte, bekam ich nun die genaue Anschrift. Es war ein sehr nobles Sandsteingebäude mit einem goldenen Adressschild an der Hausmauer. Das erste Tor war, wie ich feststellte, nicht verschlossen. Ich ging hindurch, schob eine dicke Holztür auf und drückte dann auf die Klingel an einer zweiten Tür, diesmal aus Glas.

Ein hübsches Mädchen mit kurzem blondem Haar ließ mich herein. Sie trug einen Turtleneck-Pullover und eine schmal geschnittene Hose, aber für ein Callgirl sah sie definitiv nicht glamourös genug aus. Vielleicht nahm sie hier auch nur die Anrufe entgegen? Sie führte mich über eine Treppe in einen Raum, der wie das Wohnzimmer einer wohlhabenden Familie aussah, mit zwei Sofas, einem Fernseher und einem riesigen Weihnachtsbaum, um dessen Fuß einige sorgsam angeordnete Geschenke ausgebreitet worden waren. Der Baum trug keinerlei Schmuck. Das Zimmer war dämmrig, und im Hintergrund lief leise klassische Musik. Es wirkte wie eine Filmkulisse.

Alan wartete bereits auf mich. Er hatte enorme Augenbrauen, die über die Metallfassung seiner Brille hinweglugten, und lockiges braunes Haar. Auch er trug einen engen Turtleneck-Pullover aus Baumwolle, der seine gedrungene Gestalt noch betonte. Nachdem wir uns die Hand gegeben hatten, ließ er sich tief in das eine Sofa sinken und bedeutete mir, ihm gegenüber Platz zu nehmen.

Danach wiederholte er zunächst einen Teil der Informationen, die er mir schon am Telefon gegeben hatte, beschrieb mir die Agentur und meinen potenziellen Job, bevor er mich nach meinen Erfahrungen als Stripperin fragte.

»Bevor ich nach New York kam, bin ich in Connecticut aufgetreten.«

»Wo?«

»In so einer kleinen Bar, im Valentino's.«

Er schüttelte den Kopf. »Nie gehört.«

»Kein Problem.« Mir war schon klar gewesen, dass er diesen winzigen Schuppen im tiefsten Connecticut nicht kennen würde, aber ich hatte versucht so zu klingen, als ob ihm, wenn er sich *wirklich* ausgekannt hätte, dieser Name ein Begriff hätte sein müssen. »Ich war nur ein paar Monate dort. Danach bin ich nach New York gezogen.«

»Ich bin oft mit Tänzerinnen ausgegangen«, sagte Alan in vertraulichem Ton und lehnte sich zurück. »Ich weiß, dass das harte Arbeit ist. Die wenigsten Leute erkennen das an.«

Ich konnte mir nicht vorstellen, dass eine Frau, die hübsch genug war, um zu tanzen, sich mit jemandem einlassen würde, der so aussah wie er.

»Meinen Sie, dass Striptease härter ist als das hier?«, fragte ich. Das war eine interessante Überlegung.

Er dachte einen Augenblick nach. »Vielleicht schon. Hier machen wir nichts außer Lutschen und Ficken.« Das brachte er völlig ernsthaft, und ich musste enorm viel Kontrolle aufbieten, um nicht laut loszulachen. »Mir haben schon ein paar Mädchen erzählt, dass ihnen das Ficken nichts ausmacht – es wäre ein viel größeres Problem, den Kunden zuzuhören. Das ist wohl manchmal kaum auszuhalten. Lutschen und Ficken ist leicht. Das ist reines Pflichtprogramm.«

Ich nickte wieder und kam mir vor wie in der Schule.

»Zu uns kommen viele Broker. Sie wollen jemanden, der ihnen zuhört, über ihre Witze lacht, sie möchten sich interessant fühlen. Manchmal erzählen sie so langweilige Sachen, dass man am liebsten sterben würde.« Alan lachte. »Die Frauen, die hier den größten Erfolg haben, sind die Schauspielerinnen.«

»Es kommen also viele Börsianer her?« Diese Information weckte mein Interesse. Wie kam es, dass so viele Börsenmakler Stammkunden bei diesen Agenturen wurden? Lag es an dem enorm hohen Verdienst, oder war es wegen der langen Arbeitszeiten schwierig, auf normalem Wege Frauen kennen zu lernen?

»Börsianer, Geschäftsleute, viele jüdische Männer zwischen dreißig und vierzig.«

Es war das erste Etablissement, das Kunden auch im Haus empfing, daher war ich neugierig, inwiefern es sich von einem normalen Bordell unterschied – wenn das überhaupt der Fall war. »Wie läuft denn ein Abend hier genau ab?«

»Also, du wartest in der Lobby. Da kannst du lesen, fernsehen, ein Schläfchen machen, was auch immer. Die Männer kommen dann herein und wählen dich aus. Oder du wirst vorab telefonisch reserviert. Dann gehst du in eines der Schlafzimmer und machst deinen Job. Lutschen und Ficken.« Er lachte einen Augenblick, bevor er weitersprach. »Das ist hier ein recht großes Apartment. Wir haben mehrere Schlafzimmer.«

Keine Ahnung, wieso er meinte, das betonen zu müssen, aber ich nickte. Es war klar, dass nicht alle dasselbe Schlafzimmer benutzten, obwohl das sicherlich lustig gewesen wäre: Ich stellte mir gerade die Geschwindigkeit vor, in der die Bettwäsche zwischendurch gewechselt wurde. Das Grinsen unterdrückte ich.

»Zwischen den Girls gibt es kein Konkurrenzverhalten, wie das bei anderen Agenturen häufig vorkommt. Kämpfe um die Gäste kennen wir nicht!« Alan beugte sich nach vorn, als wollte er mir seine nächste Information mit viel Nachdruck entgegenschleudern. Ich gab mir Mühe, nicht auf seine Augenbrauen zu starren. »Eine Frau hat mir mal von einem Etablissement erzählt, wo sie von anderen auf dem Klo eingesperrt wurde, weil sie zu viele Sessions hatte. So ist das bei uns nicht. Unsere Mädchen verstehen sich untereinander.«

»Was tragen die Frauen denn hier? Einfach nur Dessous?«, fragte ich.

»Nein. Wenn man sich zu offenherzig kleidet, finden die Männer das unangenehm. Du kommst in deiner ganz normalen Alltagskleidung her und ziehst dich dann um. Entweder kannst du deine Sachen hier lassen oder jedes Mal mitbringen. Du solltest etwas ›Clubmäßiges‹ anziehen.« Vermutlich sah ich etwas verwirrt aus, denn er holte gleich weiter aus, um das näher zu erklären. »Du weißt schon, äh ...«, er hielt für einen Augenblick inne, »was du auch in einem Club anziehen würdest – sexy, aber nicht zu offenherzig. Du solltest natürlich schon ein bisschen Haut zeigen, aber nicht zu viel. Oh, und du musst deine eigenen Kondome mitbringen.«

Damit hatte ich kein Problem. Solange die Männer damit einverstanden waren, sie auch zu benutzen, hatte ich nichts dagegen, sie zu kaufen. So wusste ich wenigstens, dass die Typen nicht die allerbilligste Sorte nahmen, die leicht mal platzte.

»Wie viel verdienen die Girls im Schnitt?«

»Etwa 125 bis 150 Dollar für einen Termin, zuzüglich der Trinkgelder natürlich. Es ist nicht so überaus viel

Geld, aber es ist völlig sicher. Und mangelnde Sicherheit ist mit Geld nicht aufzuwiegen!«

Da hatte er vermutlich Recht. Auch ich machte mir vor allem über die Sicherheit Gedanken – ich hatte wahrscheinlich schon zu viele Filme gesehen und außerdem *American Psycho* gelesen. Daher war ich durchaus bereit, mit dem Preis herunterzugehen, wenn ich dafür weniger gefährdet war. Kein Geld der Welt war es wert, sich dafür in den Arsch ficken oder vergewaltigen zu lassen – oder gar noch Schlimmeres zu erleben.

»Wie viele Sessions würde ich in etwa machen?« Wenn ich genug Termine bekam, würde sich das mit dem Geld vermutlich auf lange Sicht ausgleichen.

»Das ist unterschiedlich. Man hat manchmal sehr ruhige, manchmal dann sehr gut beschäftigte Nächte.« Er dachte einen Augenblick nach und sah mein Gesicht und meinen Körper an; seine Augen prüften meine Beine, Brüste, Arme und Schenkel. »Du würdest wohl so um die vier, fünf Sessions bekommen. Aber über Weihnachten ist es eher ruhig.«

Wie seltsam. Das widersprach dem, was Jackie mir gesagt hatte. Vielleicht war in dieser Agentur weniger los, während Jackie eine Klientel bediente, die über die Feiertage aktiver war, und Alans Kunden waren eher Familienväter, die in dieser Zeit gebunden waren?

»Und die Männer kommen auch nicht auf irgendwelche komischen Gedanken?« Ich hoffte erneut, dass ich von ihm hier eine klare Aussage bekommen würde. Ich war nicht scharf auf irgendwelche unangenehmen Überraschungen, und Alan schien kein Problem damit zu haben, sich ganz direkt zu äußern. Er war so offen und unterschied sich so stark von Jackie und Kelly, dass mich das allerdings auch schon wieder nervös machte und verwirrte. Was hatte er im Sinn? Wieso war er so anders?

»Nein, nein, nein«, erwiderte er entschlossen. »Hier geht es um ganz straighten Sex. Wie ich schon sagte, Lutschen und Ficken.« Alan lachte. »Ganz normaler Sex.«

Er fragte mich wieder nach dem Museum. Dann bat er mich darum, mich auszuziehen. Ganz. »Man kann nicht vorsichtig genug sein«, sagte er. »Ich muss mich überzeugen, dass du keine blauen Flecke oder Wunden hast. Du wärst überrascht, wie das bei manchen Frauen aussieht. Die behaupten dann, sie wären gegen eine Tür gelaufen. Aber klar doch.«

Ich zog mich aus und drehte mich einige Male vor ihm hin und her. Nachdem er sich überzeugt hatte, dass ich keine dicken Blutergüsse vor ihm verbarg, bedeutete Alan mir, dass ich den Test bestanden hatte und mich wieder anziehen könnte.

Ich sagte ihm, dass ich keine weiteren Fragen mehr hätte, und er nickte. »Ich glaube, wir haben auch alles besprochen.« Er lehnte sich zurück, schloss die Augen und ging offenbar im Geist eine Liste durch. Plötzlich richtete er sich dann mit weit geöffneten Augen wieder auf.

»Ach ja, manche Frauen fragen wegen ihrer Periode. Du kannst natürlich nicht arbeiten, wenn du deine Regel hast. Wenn du eine Woche Pause brauchst, dann nimmst du dir die; wenn es nur ein paar Tage dauert, dann setzt du eben nur ein paar Tage aus. Das liegt wirklich ganz an dir.«

Na gut. Bevor ich ging, vereinbarten wir unverbindlich, dass ich am Montag oder Dienstag zum Test einmal vorbeischauen würde.

Mich lockte die Sicherheit, die es bot, wenn man in einem solchen Etablissement arbeitete, aber es gefiel mir nicht, dass man die ganze Zeit herumsaß und darauf lauerte, dass die Männer kamen. Das war ja ganz ähnlich wie im Kerker. Wenn ich auf eine Session wartete, dann wollte ich tun können, was ich wollte, und nicht mit anderen gelangweilten Mädchen herumhocken. Außerdem war das Gespräch so anders gewesen als die anderen, dass ich mich fragte, ob hier etwas faul war. Zwar zweifelte ich daran, dass es sich um verdeckte Ermittlungen der Polizei handeln könnte, aber es war schon komisch, dass Alan so offen über den Sex sprach, während man bei den anderen Agenturen vehement bestritten hatte, überhaupt so etwas anzubieten. Er hingegen hatte alle zwei Minuten vom »ficken« gesprochen. Das hatte mir ein schlechtes Gefühl gegeben. Nein, ich würde vermutlich nicht dorthin zurückkehren.

Es war das Risiko nicht wert.

23. DEZEMBER

Jackie rief mich an. Von Kelly hörte ich nie wieder etwas. Alan meldete sich auch wegen des Testabends, aber ich sagte ihm, ich müsse erst noch meine Termine entsprechend planen und würde ihn zurückrufen, was ich dann nie tat. Die sichere Arbeit in der Wohnung dort war zwar verlockend, aber die ganze Angelegenheit hatte etwas Merkwürdiges, und ich wollte kein Risiko eingehen. Irgendwie war es mit ihm zu auffällig anders gelaufen als mit den beiden anderen Agenturen – schon die blonde Frau, die mich hereingelassen hatte, sah zu adrett aus für meinen Geschmack. Dann noch die Tatsache, dass ich von einem Mann befragt worden war, das Filmkulissen-Wohnzimmer und die Häufigkeit, mit der Alan direkt über Sex gesprochen hatte – vielleicht war tatsächlich alles in Ordnung, aber mir war die Sache zu heiß.

Für Kelly würde ich allenfalls einen Monat arbeiten können, das wusste ich, und mein Alltagsjob würde ziemlich darunter leiden. Jackies Arrangement allerdings passte perfekt. Wenn ich tatsächlich so viel Geld verdienen würde, wie sie gesagt hatte, dann konnte ich selbst dann, wenn ich mich jede Woche nur ein paar Stunden lang verfügbar hielt, genug zusammenbekommen, um mir auf dem Konto ein hübsches Polster zuzulegen und meine Miete zu bezahlen. Ich konnte spätabends arbeiten, wenn ich nichts Besseres zu tun hatte, oder nach nur einer Session aufhören.

Ich sagte Jackie, dass ich mir ein Handy bestellt hatte. Ich fand es unglaublich aufregend, wenn ich so tat, als sei ich eine Edelhure, obwohl ich noch immer keine Ahnung hatte, was von mir als Callgirl tatsächlich erwartet wurde. Aber das, vermutete ich, würde ich wohl auch vor meiner ersten Nacht im Dienst nicht herausfinden.

Keine Frage, ich war ängstlicher und besorgter als je zuvor – eine kleine Maus, die tiefer und tiefer im Sumpf der New Yorker Sexwelt versank. Mein Leben erschien mir wie eine Zeitungsschlagzeile: Vorstadtgirl im Sündenpfuhl! Nackte Tatsachen! Das geile Geheimnis der Vorstadtgöre! Aber ich brauchte das Geld, zumindest im Moment, also musste ich es tun. Es ging nicht anders. Ich brauchte eine eigene Wohnung, und das hier war schlicht und einfach der Preis, den ich dafür zahlen musste, um nicht mehr in einer WG zu hausen.

* * *

Wie Jackie mir erklärte, konnte ich mich leider doch nicht Carla nennen, weil das zu sehr wie der Name des anderen Mädchens klang.

»Was meinst du denn, welchen Namen ich mir geben sollte?« Ich war mir überhaupt nicht sicher, und mir war es auch egal. Es war, als stünde ich kurz vor der Erschaffung eines ganz neuen Wesens.

»Lass mich mal überlegen, Süße ...« Ihre Stimme verlor sich, und ich nahm an, dass sie gedankenverloren ins Leere sah. »Ich würde sagen, er sollte so ein bisschen nach einer hübschen, gebildeten Südstaatenschönheit klingen.«

Gebildet? Südstaaten? Ich? Jackie hatte ganz eindeutig Fantasie, das musste man ihr lassen.

Wir sprachen eine Weile über Namen. Ich schlug Madison vor, weil ich den Namen von jeher mochte. Jackie gefiel er nicht. Wir wollten nichts zu Abgedroschenes, daher kamen Mary oder Suzie und so weiter nicht infrage. Schließlich einigten wir uns auf Sydney, nach der tollen Frau aus *Melrose Place*, die ähnlich rotes Haar hatte wie ich.

Jackie kam richtig in Fahrt.

»Oh, Baby, ich kann gar nicht erwarten, dich bei uns einzuführen.«

Mir ging es ähnlich. Ihr Enthusiasmus war ansteckend.

»Wir haben ein paar Stammgäste, die total auf dich stehen werden. Wenn du erst einmal auf unserer Webseite bist, wirst du schnell zu den Top-Girls zählen.«

»Meinst du?« Ich lachte. »Und was heißt das dann?«

»Das heißt, dass wir 1000 Dollar für eine Stunde deiner Dienste verlangen werden. Du wirst genauso sein wie Samantha.«

Jackie zeigte mir Samanthas Foto auf der Webseite. Samantha war umwerfend – blond, ehemalige Tänzerin, Playboy-Model. Ich glaubte zwar nicht, dass ich je »genau wie Samantha« sein würde, aber ich war bereit, mein Bestes zu geben. 1000 Dollar die Stunde war mehr, als ich mir vorstellen konnte, obwohl mir natürlich klar war, dass ich nur 500 davon behalten durfte.

Ich erklärte Jackie, dass ich mich Anfang nächster Woche mit meiner Mobilnummer bei ihr melden würde und dann damit beginnen wollte, Sydney ins Leben zu rufen.

Haarfarbe: rot
Größe: 1,68
Gewicht: 52 kg
Orientierung: bisexuell
Augenfarbe: blau
Alter: 23
Wohnort: New York

Eine kurze Vorstellung: Sydney begann ihre Karriere als Tänzerin. Sie ist im Süden aufgewachsen und wurde als anständiges kleines Mädchen erzogen, aber sie konnte der Faszination nicht widerstehen, ein ungezogenes Girl in einem sexy Dress zu sein. Nach ihrem Umzug nach New York wollte sie etwas Neues ausprobieren und versuchte es mit Nacktfotos und Erotikfilmen. Als sie das jedoch zu langweilen begann, beschloss Sydney, es mit der

Glitzerwelt der Escortservices zu versuchen. Sie ist aufregend und niveauvoll – rufen Sie sie an!

28. DEZEMBER

Ich versuchte, aufregend, sexy und niveauvoll zu wirken, als ich mich an diesem Abend mit Brooke traf. Sie würde meine Anrufe entgegennehmen, und ich wollte sichergehen, dass sie mich für scharf und kultiviert genug hielt, um mich möglichst oft an den Mann zu bringen. Ich hatte keine Ahnung, was man als Begleiterin trug, und tauchte in einem engen, türkisen, durchgeknöpften Shirt auf, mit schwarzen Satinhosen und kniehohen Stiefeln.

Alles komplett verkehrt, wie sich herausstellte.

»Du musst nach mehr Klasse aussehen, Schätzchen«, sagte Jackie, kaum dass ich in der Agentur aufgetaucht war. »Ich möchte, dass du die richtig reichen Kunden übernimmst, mit richtig viel Geld. Du musst echt teuer aussehen. Und nicht, als ob du für einen netten Videoabend zu mir rüberkommen wolltest.«

»Was für ein Outfit sollte ich denn dann tragen?« Ich war mir nicht sicher, ob ich etwas viel Besseres in petto hatte. So zog ich mich jedenfalls sonst nicht an, wenn ich zum Filmegucken zu Freunden ging. Wie viel mehr würde ich mich denn noch auftunen müssen?

»Das Shirt ist hübsch.« Sie fuhr gedankenverloren mit den Fingern darüber. »Schöner Stoff, und es bringt deine Figur gut zur Geltung. Etwas Enges ist ideal, aber es muss Klasse haben ...« Ihre Stimme verebbte, während sie meinen ganzen Körper betrachtete. »Die Hosen sind auch in

Ordnung. Hast du vielleicht noch eine passende Jacke oder so etwas? Und du solltest unbedingt Stöckelschuhe anziehen.«

Ich sah vermutlich immer noch ein wenig verwirrt aus.

»Viele der Mädchen kombinieren ein sexy Top mit einem edlen Hosenanzug oder etwas Ähnlichem«, fuhr sie fort und versuchte, hilfsbereit zu klingen. »Du solltest sexy aussehen, aber gleichzeitig elegant genug, um auch der großen Schwester vorgestellt zu werden, wenn du verstehst, was ich meine.«

»Ja, ich glaube schon.« Allmählich bekam ich die richtige Vorstellung.

»Wie zum Beispiel bei einer ersten Verabredung in einem Nobelrestaurant.«

»Ich glaube, ich hab's.« Zwar hatte ich keine Ahnung, ob ich etwas in dieser Richtung in meinem Schrank finden würde, aber immerhin wusste ich jetzt, worauf Jackie hinauswollte.

Schließlich setzte ich ihre Vorschläge relativ exakt um und behielt das türkise Top an, zog aber noch ein schwarzes Hemd wie eine Art Blazer darüber und entschied mich für eine schwarze Hose mit ausgestelltem Bein. Es war nicht perfekt, würde aber fürs Erste genügen. Meine schwarzen hochhackigen Wildlederboots vervollständigten mein Outfit. Zwar würde ich kaum laufen können, aber ich ging davon aus, dass ich die Nacht eher in Taxis und in der Horizontalen verbringen würde – unbequeme Schuhe waren da kein Problem.

Dann lag ich auf meinem Bett und wartete darauf, dass das Telefon klingelte, gleichzeitig erschöpft und verängstigt. Mein Zimmer lag voller Kleidungsstücke, die meinem kritischen Blick nicht genügt hatten, aber ich konnte mich nicht dazu aufraffen, sie wegzuräumen. Ich sah einfach zur Decke und fragte mich, wie lang ich würde warten müssen.

Zehn Minuten später klingelte das Telefon. Es war Brooke.

»Schätzchen, ich habe einen Anrufer für dich.«

* * *

Er hieß William und hatte eine Adresse in Soho. Ich schnappte mir meinen Mantel und sprang in ein Taxi. Die Zeit zwischen Anruf und Ankunft an der Türschwelle wurde mit maximal einer halben Stunde veranschlagt.

Mein Magen krampfte sich zusammen, und mein Körper stand unter Strom. Ich atmete tief ein und versuchte mich zu beruhigen. Dieses Gefühl war ich gewöhnt, und dadurch, dass es mir gewissermaßen vertraut war, beruhigte es mich ein wenig. Denselben Kitzel hatte ich an jenem ersten Abend draußen vorm Valentino's empfunden, es war dasselbe Kribbeln im Magen wie damals, als ich in den Fahrstuhl im Delmonico gestiegen war oder als ich vor meiner Fotosession mit Larry vor dessen Tür gewartet hatte.

Ich klingelte, in Gedanken damit beschäftigt, was mich erwartete. Was war William wohl für ein Typ? Ob ich ihm gefallen würde? Ich hatte noch immer keine Ahnung, was auf mich zukam, aber ich wollte mich einfach von den Ereignissen leiten lassen und sehen, was passierte. Brooke hatte gesagt, William sei ein Stammkunde, also wusste zumindest er, was er von mir erwarten konnte.

Ich musste nur mitspielen. Die einzigen exakten Anweisungen, die ich von Jackie bekommen hatte, hatten sich auf das Geld bezogen.

»Sobald du dort bist«, hatte sie gesagt, »stellst du dich erst einmal nett vor. Dann raspelst du ein paar Minuten Süßholz und fragst dann nach dem Geld. *Immer* gleich ganz zu Anfang. Lass nicht mehr als ein paar Minuten verstreichen. Außerdem musst du uns ohnehin anrufen, wenn du da bist, damit wir wissen, dass du angekommen bist und alles gut aussieht. Die meisten Girls fragen während dieses Gesprächs nach dem Geld. Sag, die Agentur würde danach fragen, tu so, als ob dir das gar nicht so wichtig sei, wie auch immer. Aber sieh zu, dass du das Geld bekommst, während du telefonierst; dann hast du es hinter dir. Danach kannst du dich entspannen und Spaß haben.«

Spaß haben. Was auch immer das bedeutete.

Als William die Tür öffnete, konnte ich es gar nicht fassen: Er war richtig süß. Mein erster Kunde war eine echte Sahneschnitte. Wahrscheinlich war ich davon ausgegangen, dass jeder, der es nötig hatte, für die Gesellschaft einer Frau zu bezahlen, nicht gerade mit besonderen optischen Reizen ausgestattet war, aber auf William traf das nicht zu. Er hatte sein braunes Haar ein wenig nach der Art britischer Schuljungs frisiert, schöne braune Augen, eine Goldrandbrille und ein wirklich hübsches Gesicht. Und seine Wohnung war auch absolut unglaublich – eines dieser Lofts in Soho, von denen man in den Schöner-wohnen-Magazinen und Luxus-Immobilienangeboten liest. So etwas hatte ich in echt noch nie gesehen. Das Apartment war riesig groß, die Wände waren so verputzt, dass man hin und wieder das Mauerwerk sah, und mit zahlreichen abgefahrenen Vorrichtungen ausgestattet. Die Küche strotzte mit ihren hochglanzpolierten Flächen und dem gebürsteten Aluminium vor urbanem Schick. Es gab einen enorm großen, reich verzierten Esstisch mit passenden Stühlen – zwar aus Holz, aber trotzdem unaufdringlich modern. Er bot locker Platz für zehn Personen.

Wir setzten uns aufs Sofa und tranken teuren Champagner, eine ganz hervorragende Sorte, die speziell für ein Restaurant in Frankreich abgefüllt wurde, in das Williams Mutter gern ging. Das Geschäftliche brachten wir schnell hinter uns; ich rief Brooke an und sagte, ich sei angekommen und hätte die 400 Dollar bereits in bar erhalten. Danach konnte er mir gleich weiter von der Heimkino-Anlage erzählen, die er gerade einbauen ließ. Wie er mir sagte, sollte ein Projektor von der Decke heruntergelassen werden, um die Filme auf einer riesigen ausziehbaren Leinwand an der Wand gegenüber zu zeigen. Extrem abgefahrene Lautsprecher waren an strategischen Punkten im Zimmer ausgerichtet. Ich konnte nicht glauben, dass es wirklich Menschen gab, die so wohnten.

Da ich noch immer keine Ahnung hatte, wie es weiterlaufen sollte, bat ich ihn, mir die Wohnung zu zeigen. Wir fingen mit dem begehbaren Weinkabinett an, das sich in einer Ecke des Wohnzimmers befand.

»Geh ruhig mal rein«, sagte William und machte eine einladende Handbewegung. »Es ist exakt temperiert.«

Oh super, das ist jetzt der Moment, an dem er mich einschließt, dachte ich nervös und betrachtete die Vakuum-Isolierung der Tür. Quatsch, du hast zu viel *Ameri-*

can Psycho gelesen. Er ist ein Stammkunde. Es wird alles okay sein. Ich ging hinein.

Er folgte mir und ließ die Tür hinter sich zuschnappen.

Denk nicht an *American Psycho*, ermahnte ich mich immer wieder.

»Oh nein!«, rief er und ruckelte am Türgriff.

Er macht nur einen schlechten Scherz, dachte ich. Entspann dich. William riss noch ein bisschen mehr an der Tür. Ich versuchte, ruhig zu bleiben und unbeeindruckt auszusehen.

Er grinste. »Entschuldige. War nur ein Witz.«

Ich lächelte zurück, erleichtert und ein wenig genervt. »Schon okay.«

Das Kabinett war so groß wie eine mittlere Ankleide, und vom Boden bis zur Decke reihte sich eine Weinflasche an die nächste. Das beeindruckte mich sehr.

»Dauert es lange, eine solche Sammlung aufzubauen?«, fragte ich.

Er zuckte nonchalant die Achseln. »Das geht ganz einfach. Man greift immer mal wieder eine ganze Ladung bei Sotheby's ab.«

Ich nickte weise, als ob ich mir ebenfalls gelegentlich ein paar neue Weinpullen von Sotheby's besorgte, wenn mir danach war. Dann fuhr ich mit dem Finger über einige der Flaschen, ließ ihren Wert auf mich wirken und sah mir die wunderschönen Etiketten an, bevor ich mich wieder an William wandte.

»Okay, was gibt es noch?«

Wir verließen das Weinkabinett und gingen zu der großen Fensterfront hinüber, die zur Straße hinausging. All diese Gebäude hatten riesige Fenster, sodass man nicht nur einen herrlichen Ausblick hatte, sondern auch mitbekam, was in all den Apartments auf der anderen Straßenseite passierte.

»Manchmal sehe ich meinen Nachbarn ganz gern zu«, sagte William und lächelte mich verschämt an.

»Hier hast du ja auch eine großartige Auswahl.«

»Die Wohnung da drüben mag ich am liebsten.« Er zeigte auf ein Apartment zur Linken, dessen Wände mit Büchern vollgestellt waren. »Ich sehe mir zu gern die ganzen Bücher an. Und das da«, er zeigte nun ziemlich direkt geradeaus, »wird ständig neu renoviert.«

Wir standen schweigend nebeneinander und betrachteten die vielen verschiedenen Aktivitäten im Gebäude auf der anderen Straßenseite. Ich fragte mich, ob jemand von drüben ebenso gern William beobachtete. Als Nächstes zeigte er mir das Schlafzimmer. Es war eher klein und mit einem großen Flatscreen-Fernseher und einem schönen breiten Bett möbliert. Das Bad war sehr modern und hell. Neben dem Badezimmer befand sich ein weiteres Zimmer, das voller Sportgeräte stand.

»Ich benutze die nicht«, sagte William. »Sie gehören dem Typen, der vorher hier gewohnt hat. Er holt allmählich seine ganzen Sachen ab.«

»Was wirst du mit dem Zimmer machen, wenn das Zeug hier raus ist?«

»Ich weiß noch nicht. Das muss ich mir noch überlegen.«

Ich nickte und fragte mich, wie es wohl wäre, ein Extrazimmer zu haben, von dem ich nicht wüsste, was ich damit machen sollte; dann gingen wir zurück zum Sofa. Ich hatte keine Ahnung, was William beruflich machte. Er sagte nichts darüber, und ich fragte nicht.

Nach einem kurzen unbehaglichen Moment begannen wir, von unserer Kindheit zu erzählen. Er fragte mich, wo ich aufgewachsen sei, und ich zählte die verschiedenen Orte auf.

»Ich bin als Kind auch viel umgezogen.«

»Echt? Wie oft?«, fragte ich.

»Alle zwei Jahre.«

Wow. Das war sicher wirklich hart gewesen. Ob es ihm schwer fiel, Freundschaften zu schließen? Vielleicht war er deshalb dazu übergegangen, für weibliche Gesellschaft zu bezahlen.

»Du hast schöne Augen«, sagte er und strich über meine Wange.

Jetzt wusste ich, was kommen würde. Schließlich hatte ich mich oft genug mit Männern getroffen, um die Abläufe zu kennen. Erst streichelte er mein Gesicht, dann holte sich William einen Kuss. Wir knutschten ein paar Minuten, bevor wir uns zum Schlafzimmer hinüberbewegten. Schnell waren wir aus unseren Kleidern, William streifte ein Kondom über, und bevor ich wusste, wie mir geschah, hatten wir Sex. Und zwar jede Menge.

Wir trieben es lange miteinander. Er hatte ganz offensichtlich seinen Spaß, und ich fühlte mich weder unbehaglich noch angespannt. Nur ein wenig gelangweilt und wund. Er war so aggressiv und fordernd, dass ich überhaupt nichts machen musste; ich lag nur auf dem Rücken und ließ ihn zustoßen. Schließlich meinte er, ich solle mich umdrehen, damit er mich von hinten nehmen könnte. Innerlich begann ich mich zu distanzieren und wartete darauf, dass es vorbei sein würde. Rein, raus, rein raus. Ich dachte ans Wetter und daran, dass sein Haar einen wirklich schönen Braunton hatte.

Zwischendurch hielt er immer mal wieder inne und erklärte dann mit einem leichten Grinsen: »Weißt du, du machst mich überhaupt nicht an.«

Ich lächelte verbindlich zurück, und er begann wieder zuzustoßen. Wir testeten alle möglichen Positionen, und ich dachte allmählich, wir würden nie fertig. Schließlich überlegte ich, wenn ich besonders laut stöhnte, würde er vielleicht denken, dass ich kurz vorm Orgasmus stand, und dann eventuell auch allmählich zum Ende kommen, also begann ich mit dem ganzen Katalog orgasmustypischer Geräusche.

»Ich liebe es, wenn du so laut bist«, schnaufte er. »Stöhn lauter.«

Ich stöhnte lauter, er stieß noch härter. Plötzlich hielt er inne und zog seinen Schwanz heraus. »Das Kondom ist hin«, erklärte er und stand auf, um ein neues zu holen.

Zwar hatte ich keine Ahnung, woran er das gemerkt hatte, aber ich war froh darüber. Das war ein Risiko, über das ich noch gar nicht nachgedacht hatte – aber auch jetzt blieb mir dazu keine Zeit, da er mit einem neuen Kondom zurückkehrte und wieder aufs Neue loslegte.

»Ich liebe es, wenn du schreist.«

Ich schrie. Ich stöhnte. Ich versuchte, richtig laut zu sein. Nach ein paar Minuten waren wir fertig, und ein verschwitzter und erschöpfter William lehnte sich gegen mich.

»Das war großartig«, sagte er atemlos.

»Du hast echt Power«, erwiderte ich. »Das bringt sicher mehr als das Training auf diesen ganzen Sportgeräten.«

William nickte. »Es ist nur schade, dass du mich so gar nicht anmachst.« Ein durchtriebenes Grinsen zog über sein Gesicht.

»Ja, das ist wirklich schade.« Ich versuchte, ehrlich enttäuscht auszusehen. Es fiel mir nicht schwer, bei solchen blöden Spielen mitzumachen.

»Meinst du, ich könnte dich für noch eine Stunde behalten?« Er grinste mich an wie ein kleiner Junge.

»Sicher. Ich muss nur die Agentur anrufen und es ihnen sagen.« Ich fühlte mich ganz mütterlich. Glaubte er, er sei charmant?

»Kostet es dann noch einmal vierhundert?«, fragte er. Da er zu den Stammkunden zählte, wusste er ganz sicher schon die Antwort, aber vielleicht rechnete er sich gute Chancen darauf aus, einen Sondertarif herausholen zu können.

»Ja, ich glaube, so läuft das.«

»Okay. Ich muss dann nur noch mal schnell zum Geldautomaten.« Ich war froh, dass er nicht mit Kreditkarte bezahlen wollte; mit der Bedienung des Lesegeräts tat ich mich noch immer etwas schwer. Außerdem würde bei diesem Spaziergang noch ein wenig Zeit draufgehen.

William und ich zogen uns wieder an, und ich meldete mich bei der Agentur. Ich konnte mein Glück kaum fassen, obwohl ich versuchte, mich ganz cool zu geben. Mein erster Job, und schon machte ich eine Doppelstunde. Das war doch echt beeindruckend.

»Hey Brooke, hier ist Sydney. Ich bleibe noch eine Stunde.«

»Super!« Sie klang ehrlich erfreut. »Hast du schon das Geld bekommen?«

»Nein, wir gehen jetzt zum Automaten.«

»Okay. Ruf mich an, sobald du es hast.«

William und ich schlüpften in unsere Mäntel, küssten uns leidenschaftlich und gingen zum Fahrstuhl. In diesem Gebäude öffneten sich die Fahrstühle direkt zur Wohnung. Ich war wirklich beeindruckt; das Haus, in dem ich wohnte, hatte nicht einmal einen Fahrstuhl.

Dann schlenderten wir Hand in Hand die paar Straßen bis zum Geldautomaten und sprachen über Restaurants. Dabei stellten wir fest, dass wir beide sehr gerne Sushi aßen. Er erzählte mir vom besten Sushi-Restaurant in Manhattan, wo ein Abendessen für zwei Personen fünfhundert Dollar kostete.

»Das war es aber wirklich wert. Das Essen ist dort unglaublich! Natürlich bekommt man Sushi auch billiger, aber das ist gar kein Vergleich. Wir sollten einmal dort hingehen. Das würde dir echt gefallen.«

Ich fragte mich, ob er das wirklich tun würde, oder ob das nur so dahingesagt war. Irgendwie wollte ich ihn schon wiedersehen. Er erzählte mir von weiteren Restaurants, in die er gern ging, mit Fischspezialitäten, italienischer Küche oder auch nur Hamburgern. Auch die wollte er mir alle zeigen.

»Vielleicht können wir mittags mal zusammen essen? Downtown gibt es einen tollen Italiener. Hättest du mal Lust?«

Es klang nach einer tollen Sache. Und ich wollte William wirklich gern wiedersehen. »Ja, das wäre toll«, sagte ich und drückte seine Hand.

Wir blieben mitten auf der Straße stehen und küssten uns innig. Einen Augenblick fühlte es sich an wie ein »richtiges« Treffen. Dann holten wir das Geld vom Automaten. Auf dem Weg zurück zur Wohnung redeten wir weiter über Restaurants. Natürlich war ich bisher in keinem von denen gewesen, die er gewöhnlich frequentierte. Als wir wieder zurück waren, meldete ich mich bei Brooke.

»Alles klar«, erklärte ich. »Ich habe das Geld.« Vierhundert weitere Dollar in meinen kleinen gierigen Händen.

»Super. Jetzt hast du nur noch eine halbe Stunde Zeit.«

»Echt?«, fragte ich überrascht.

»Na klar, Schätzchen, er muss für die gesamte Zeit zahlen.«

»Okay, ich sag's ihm. Danke.«

Das bedeutete, dass ich mit zwei Stunden Arbeit vierhundert Dollar verdient hatte, und eine Viertelstunde davon war damit vergangen, dass wir gemütlich durch die Straßen von Soho gewandert waren. Ich sagte William, wie es stand, und wir beeilten uns, wieder loszulegen.

Wie schon zuvor, diesmal allerdings noch unzeremonieller, zogen wir uns aus, legten uns aufs Bett und vögelten. Ich war laut, gerade so, wie er es gern hatte. Er nahm mich von vorn oder von hinten, gerade so, wie es ihm gefiel.

»Ich steh wirklich überhaupt nicht auf dich«, sagte er grinsend.

Schließlich begann er so zu schwitzen, dass ihm die Brille von der Nase rutschte und hinter die Matratze fiel. Er stieß so hart zu, dass das Bett immer weiter von der Wand abrückte. Währenddessen lag ich da und ließ ihn gewähren. Ich stöhnte und seufzte, so wie die Lage es erforderte, presste ihn an mich und versuchte, bei der Sache zu bleiben. Als er etwa eine Viertelstunde später endlich fertig war, hielt ich ihn fest, als er keuchend, nassgeschwitzt und müde dalag.

Als meine zwei Stunden mit William sich dem Ende näherten, war auch ich erschöpft. Meine Vagina hatte seit ewiger Zeit nicht mehr so viel Action gehabt, und sie schien von dieser neuen Entwicklung nicht eben begeistert. Aber ich war verdammt stolz auf mich. Meine erste Session war gleich verlängert worden, ich hatte vierhundert Dollar verdient, und er wollte mich sogar wiedersehen.

»Ich weiß, das klingt jetzt echt kitschig.« William wurde ein bisschen rot. Er zögerte kurz. »Aber ich habe das Gefühl, dass da zwischen uns wirklich etwas ist.«

Er sah mir intensiv in die Augen. Ich nickte. Seine Augen waren schön. Ich war zwar noch immer eine Hure, und er hatte gerade achthundert Dollar gelöhnt, um mit mir zu schlafen, aber für eine Sekunde konnten wir beide ausblenden, wie wir uns kennen gelernt hatten.

»Meinst du nicht auch?«, fragte er erwartungsvoll.

»Ja, ganz sicher.« Das war keine Lüge. Er gefiel mir, ich hatte mich ziemlich gut amüsiert, und ein Wiedersehen hätte mir Spaß gemacht.

»Wie kann ich dich erreichen?« So gern ich ihn noch einmal treffen wollte, ich war nicht bereit, ihm meine Telefonnummer zu geben. Das war gegen die Regeln der Agentur, und davon abgesehen hielt ich es auch für keine gute Idee.

»Ruf bei der Agentur an und rede mit Jackie. Dort wissen sie, wie ich zu erreichen bin.«

»Vielleicht können wir diese Woche zusammen Mittagessen?« Er klang dabei wirklich so, als ob ihm viel daran lag – vielleicht war er auch ein bisschen verliebt.

»Das wäre klasse, dazu hätte ich wirklich Lust.«

»Ich würde dich zum Sushi einladen, und wir könnten vielleicht ein bisschen Händchen halten?« Für Romantik war ich immer zu haben, und ich musste zugeben, dass das wunderbar klang.

»Ich kann es nicht erwarten«, sagte ich und gab ihm einen Abschiedskuss. Dann fuhr ich mit einem Taxi zurück zur Agentur, lieferte stolz mein Geld ab und machte Feierabend. Gott sei Dank musste ich nicht bis vier Uhr morgens weiterarbeiten. Zwei Stunden – und vierhundert Dollar – reichten mir völlig. Es war ein ziemlich guter Schnitt für eine Nacht, dachte ich, und für eine Anfängerin wirklich ganz ordentlich.

(Ich sah ihn nie wieder.)

29. DEZEMBER

Der zweite Tag meines neuen Jobs war finanziell sogar noch erfolgreicher, allerdings auch zeitintensiver. Jackie rief mich wegen eines Auftrags auf der Arbeit an. Da dort gerade nicht allzu viel los war, erklärte ich meinem Boss, dass ich heute früher gehen musste. Dabei erwähnte ich natürlich nicht, dass ich mich wenig später mit einem Fahrer treffen sollte, der mich anschließend zu einem Termin nach Long Island bringen würde.

Terrence, der besagte Fahrer, hätte mich vor dem Luxuskaufhaus Bloomingdale's an der Ecke 59th Street und Lexington Avenue um drei Uhr einsammeln sollen, kam aber eine Stunde zu spät. Deswegen konnte ich ihm zwar nicht böse sein – es konnte niemand etwas dafür, dass er im Verkehr stecken geblieben war –, aber ärgerlich war es trotzdem. Es war schon fast fünf, als wir endlich am Royal Inn ankamen.

Ich war genervt.

Die Fahrt hätte mir gar nicht so viel ausgemacht, wenn Terrence irgendwann aufgehört hätte, mich in ein Gespräch verwickeln zu wollen, oder wenn er von mir aus die ganze Zeit über lauten Pop gespielt hätte. Stattdessen quatschte er unentwegt auf mich ein. Er erzählte mir von seinen vielen Beschäftigungen. Zwar machte er nicht gerade den Eindruck eines besonders vielseitig talentierten Menschen, aber offenbar widmete er sich mit mittelmäßiger Begabung in einer Reihe verschiedener Tätigkeiten. Er versuchte sogar, mir eine Krankenversicherung aufzuschwatzen. Das war offenbar eine seiner hauptsächlichen Einkommensquellen, wenn er nicht gerade Callgirls durch die Gegend chauffierte.

Als wir das Motel endlich erreicht hatten, setzte Terrence mich ab und fuhr wieder davon. Ich sollte ihn, kurz bevor die Session vorbei war, auf seinem Handy anrufen; er meinte, es sei keine gute Idee, wenn er vor dem Motel stehen blieb, und er wollte sich lieber auf der anderen Straßenseite einen Parkplatz suchen.

Ich verabschiedete mich von Terrence und machte mich auf zur Begegnung mit Kunde Nummer zwei.

Jeff Kenel war indianischer Abstammung. Meine erste Reaktion: Hey, ich hatte noch nie Sex mit einem Indianer. Meine zweite: Mist, er sieht nicht so gut aus wie William.

Wir stellten uns einander vor, während ich mich im Raum umsah. Es war das größte Motelzimmer, das ich je gesehen hatte; zwar war es im typischen Motelstil eingerichtet und wirkte entsprechend gesichtslos und »Economyclass«, aber der Raum an sich war riesig. Direkt im Hauptschlafzimmer gab es eine enorm große Badewanne mit den Ausmaßen eines Familien-Whirlpools, die Jeff nun mit Wasser füllte. In einem zweiten großen Raum befand sich ein King-Size-Bett, das Wohnzimmer daneben war mit einigen Sesseln und einem Sofa möbliert, und im eigentlichen Badezimmer gab es noch eine Dusche.

»Ich muss die Agentur anrufen und ihnen mitteilen, dass ich angekommen bin.«

Jeff nickte. Wie sich dann allerdings herausstellte, funktionierte mein Handy nicht. Wir waren hier in Long Island wohl so weit draußen, dass ich kein Netz mehr bekam.

»Kann ich deins benutzen?«

Er tippte auf ein paar Tasten und gab mir dann das Gerät. Wie ich feststellte, hatte er die Nummer der Agentur fest eingespeichert.

»Hallo Jackie. Ich bin endlich da.«

»Hast du schon das Geld bekommen, Schätzchen?«

Jeff deutete auf einen Stapel Zwanziger auf dem Nachttisch. Ich griff mir das Geld und zählte. Die Summe stimmte.

»Ich hab's. Alles klar.«

»Okay, Mädchen. Lass mich wissen, wenn du wieder losfährst.«

Ich legte auf und gab Jeff sein Telefon zurück. Er zog sich bereits aus, also machte ich es ihm nach und schlüpfte zu ihm in die Wanne.

Wir sprachen dabei kaum miteinander. Im Gegensatz zu William fiel ihm lockere Konversation wohl nicht so leicht, also beschloss ich, den Anfang zu machen. Dann wäre es später weniger komisch, mit ihm zu schlafen.

»Was machst du denn beruflich so?« Ich war mir nicht sicher, ob derart private Fragen überhaupt gestattet waren, aber ich wusste nicht, womit ich sonst hätte anfangen sollen. Übers Wetter wollte ich nicht reden, und ich hatte das Gefühl, dass so etwas wie »kommst du öfter hierher?« noch viel weniger gut ankam.

»Ich bin Programmierer.«

Inzwischen saßen wir uns in der Wanne gegenüber; meine Füße an seiner Hüfte und seine Beine um meine Taille. Es haute mich beinahe um, wie wenig anziehend ich seinen Körper fand. An dieser Situation musste ich so schnell wie möglich etwas ändern. Also begann ich, seine Füße zu massieren und seine Waden zu streicheln.

»Was für Programme schreibst du denn?«

»Ich erstelle Buchhaltungsprogramme.«

»Machst du das schon lange?« Das war zwar nicht die aufregendste Unterhaltung, das wusste ich, aber es war ein Anfang. Ich war fest entschlossen, das Eis zu brechen – mit oder ohne seine Hilfe –, bevor wir mit dem Vögeln anfingen, sonst würde sich das Ganze völlig seltsam anfühlen. Außerdem war es ja so: Je länger wir redeten, desto weniger Zeit blieb für Sex.

»Seit ein paar Jahren. Vorher habe ich mit C und C++ gearbeitet.«

Ich nickte. Das war ja wahnsinnig spannend. »Wieso hast du damit aufgehört?«

»Es wurde langweilig. Ich musste mal was anderes machen.« Er grinste mich an – es war das typische Sexgrinsen. Ich lächelte zurück. Es war klar, was gleich passieren würde, und tatsächlich, er bedeutete mir, dass ich näher kommen sollte.

Das war in der Wanne gar nicht so leicht, aber ich versuchte, so sexy wie möglich auszusehen, als ich mich zu ihm hinüberarbeitete. Dann setzte ich mich rittlings auf seinen Schoß, wobei ich darauf achtete, dass sein Penis meiner Vagina noch nicht zu nahe kam, und wir küssten uns. Ohne Zunge. Es war eher ein kurzer Schmatz, aber dann drehte Jeff den Kopf weg. Ich hatte keine Ahnung, was das zu bedeuten hatte.

War er vielleicht verheiratet und hielt es so lange nicht für unmoralisch, eine andere Frau zu vögeln, wie er sie nicht küsste? Vielleicht war das so eine Sache wie in *Pretty Woman* mit Julia Roberts, und er wollte nicht, dass er eine zu enge Bindung zu mir entwickelte? Oder hatte er vielleicht nur Angst, dass er schlechten Atem hatte? Wer konnte das schon sagen. Aber was auch immer es sein mochte, ich war froh, dass ich ihn nicht küssen musste. Das war ein kleiner Trost angesichts der Tatsache, dass ich immerhin Sex mit ihm haben würde.

Ich lehnte meinen Kopf ein wenig gegen seinen Hals und verharrte in dieser Lage, ohne recht zu wissen, was ich als Nächstes tun sollte. Mein Haar wurde feucht und begann, an meinem Gesicht und am Rücken zu kleben. Er fuhr mit der Hand über meine Schultern und verfing sich immer wieder in den Strähnen.

»Soll ich mein Haar hochstecken?«, fragte ich.

»Ja. Gute Idee.« Er klang erleichtert.

Ich stieg aus der Wanne und holte meine Tasche. Schnell fasste ich mein Haar mit einer Spange zusammen und kam wieder ins Wasser; dabei ließ ich meine Tasche allerdings in gut erreichbarer Nähe liegen, damit ich ohne viel Aufwand an meine Kondome herankommen konnte. Es sah nicht so aus, als ob Jeff welche parat hatte, und ungeschützter Sex mit ihm kam für mich nicht infrage – ich mochte ja schon zu so allerlei bereit sein, aber *so eine* war ich nun doch nicht.

Vorsichtig kletterte ich wieder auf Jeffs Schoß und dirigierte seinen Penis dabei vorsichtig neben mein Bein, weit weg von allem andren. Er begann meine Schenkel zu massieren und sich zu bewegen. Langsam wurde ich unruhig.

»Willst du ein Kondom?«, fragte ich.

Er sah mich mit teuflischem Grinsen an und schüttelte den Kopf.

Okay. Was auch immer das bedeuten mochte.

Jeff rieb weiter meine Schenkel, und ich streichelte im Gegenzug seine Beine, seinen Rücken, seine Arme. Er bewegte sich entschlossener, und sein Penis kam mir für meinen Geschmack deutlich zu nahe. Jetzt war ich richtig nervös.

»Du brauchst ein Kondom.« Ich versuchte, bestimmt zu klingen.

Er schüttelte den Kopf.

»Du machst mich nervös«, sagte ich. »Du musst eins überziehen, wenn du mit mir Sex haben willst.«

»Okay«, sagte er und klang dabei unglaublich zögerlich.

Gott sei Dank. Ich griff in meine Tasche, holte einen Gummi heraus und reichte ihn Jeff. Der zog ihn über. Ich setzte mich wieder auf ihn und schob mir seinen Schwanz hinein. Damit hatten wir es schon fast geschafft.

Es war irgendwie total komisch, es in der Wanne zu tun, aber ich glaube nicht, dass es mit Jeff an einem anderen Ort wesentlich lockerer gelaufen wäre. Abgesehen von einer kurzen Berührung mit geschlossenen Lippen wollte er mich nach wie vor nicht küssen, was ich völlig in Ordnung fand. Ich hielt meinen Kopf nah an seinem Hals und fuhr mit den Lippen über seine Haut, während er mich auf und ab hob. Dann hörte er auf. Er setzte mich gewissermaßen runter, stand auf, erhob sich aus der Wanne und begann sich abzutrocknen. Ich war komplett verwirrt.

»Was ist denn jetzt?«, fragte ich.

»Hast du es nicht gemerkt?«

Ach du Scheiße. Er war fertig, und ich hatte das nicht mal mitbekommen.

»Natürlich habe ich das gemerkt. Ich wollte wissen, was wir denn jetzt machen.« Das war wohl der höhepunktloseste Orgasmus gewesen, den ich je erlebt hatte. Ich hatte keine Ahnung, wieso er sich jetzt abtrocknete. Ich stand auf und wollte dasselbe tun, aber da kam er zurück ins Wasser. Okay. Dieser Jeff Ketel machte es einem irgendwie nicht einfach.

Wir nahmen unsere früheren Plätze wieder ein und saßen uns in der Wanne gegenüber. Er legte seinen Fuß auf meine Schulter.

»Massiere mir die Waden, bitte.«

Kein Problem. Das war wesentlich einfacher, als mit ihm zu schlafen. Wow, diese ganze Session ließ sich wirklich locker an – keine Küsse, zwei Minuten Sex und jetzt eine nette kleine Wadenmassage.

Das Telefon klingelte. Jeff zuckte zusammen. Er sprang aus der Wanne und schnappte sich sein Mobiltelefon.

»Sei ganz still«, flüsterte er mir streng zu, als er den Anruf annahm.

Ah, wie interessant. War das vielleicht seine Frau?

»Ja, ja. Nein. Um sechs? Okay. Ja. Nein. Okay. Bis dann.« Er legte mit entnervtem Seufzen auf. »Ich muss los. Deswegen wollte ich dich eigentlich ja auch früher haben.«

»Es tut mir Leid. Der Fahrer ist im Stau stecken geblieben.«

»Ich weiß. Ich weiß, es ist nicht deine Schuld, aber das passiert bei deiner Agentur jedes Mal.«

»Jedes Mal?« Das kam mir unwahrscheinlich vor.

»Ja. Und jedes Mal lügen sie mich an. Sie sagen nie, was wirklich läuft. Ich hasse diese Leute.«

»Wie oft nutzt du denn die Agentur?«

»Nicht sehr oft. Vielleicht einmal im Monat.«

Einmal im Monat schien mir ziemlich oft zu sein, vor allem angesichts der Tatsache, dass er die Agentur verabscheute. Ich versuchte, möglichst entschuldigend und mitfühlend auszusehen, während ich mich abtrocknete.

»Ich gehe jetzt unter die Dusche. Willst du nach mir auch noch duschen?«

Fast hätte ich gesagt, nein, ich habe gerade gebadet, aber das verkniff ich mir. Stattdessen schüttelte ich nur den Kopf. »Nein danke.« Ich wollte hier raus.

Als Jeff sich einseifte, rief ich von seinem Handy aus meinen Fahrer an. »Ich gehe in ein paar Minuten.«

»Wir sehen uns auf dem Parkplatz«, gab Terrence gut gelaunt zurück.

Ich zog mich an und war abmarschbereit. Jeff kam aus der Dusche, trocknete sich ab und schlüpfte ebenfalls in seine Kleider.

»Ich hasse diese Agentur. Die sind nie ehrlich zu mir. Immer gibt es da Probleme.«

Ich nickte; offenbar musste er seinem Unmut Luft machen, und mir konnte das egal sein. Ich wurde für meine Zeit bezahlt; ein bisschen nicken machte mir da nichts aus. Er maulte weiter vor sich ihn, während er sich fertig ankleidete. Jackie war offenbar von allen die Schlimmste.

»Warum sind die nicht einfach mal ehrlich? Sie haben mir nicht gesagt, dass du in Manhattan auf den Fahrer wartest. Hätte ich das gewusst, wäre das ja in Ordnung gewesen. Aber sie haben behauptet, ihr beide würdet auf dem Long Island Expressway feststecken, und da war ich selbst gerade erst gewesen. Ich bin herumgefahren, während ich auf dich wartete, und ich wusste, dass es keinen Stau auf dem Long Island Expressway gibt. Ich wusste, dass sie lügt.«

Dazu konnte ich kaum etwas erwidern. Ich nickte wieder. Hoffentlich fiel ihm allmählich auf, dass ich schon mit der Tasche unterm Arm in meinem Mantel dastand und gehen wollte.

»Ich habe um zwei angerufen und jemanden für vier Uhr bestellt. Man sollte doch meinen, dass es denen mit zwei Stunden Vorlauf gelingt, jemanden hier pünktlich herzuschicken.«

»Tut mir wirklich Leid.«

Er seufzte. »Schon okay. Es ist ja nicht deine Schuld.«

In der Tat, das war es nicht. »Ich bin aber froh, dass du den Termin nicht gecancelt hast.«

»Wollte ich beinahe, aber Jackie sagte, dass du fast schon hier wärst.«

Das wäre wirklich grässlich gewesen – die ganze lange Fahrt, um dann gesagt zu bekommen, dass ich zu spät kam und er abgesagt hatte! Terrence erzählte mir, einige

Männer täten das; sie riefen bei verschiedenen Escort-Agenturen an, nahmen dann die Hostess, die als Erstes auftauchte, und schickten alle anderen wieder nach Hause. Gott sei Dank hatte Jeff das nicht so gemacht.

»Es wäre so viel einfacher, wenn ich mit den Frauen direkt in Kontakt treten könnte.« Er warf mir einen bedeutungsvollen Blick zu. Ich stellte mich dumm und hielt die Klappe. »Wenn ich nicht erst über die Agentur gehen müsste, sondern bei der Frau direkt anrufen könnte ... Sie würde ja auch mehr Geld verdienen, weil sie das Honorar nicht teilen müsste. Sie könnte alles behalten.«

Ich lächelte ihn unverbindlich an. Da ging es schon wieder los. Versuchte denn jeder Mann, die Agentur zu umgehen? Ich fragte mich, was wohl passieren würde, wenn ich mich tatsächlich »selbstständig« machte. Sicher, ich würde mehr Geld verdienen, aber für mich lohnte sich das Risiko nicht – ich brauchte das kleine bisschen Sicherheit, das Jackie mir dadurch vermittelte, dass sie wusste, wo ich war. Also sagte ich nichts dazu.

Jeff und ich verabschiedeten uns, wieder ohne Kuss, und ich machte mich auf die Suche nach Terrences Auto. Auf dem Rückweg redeten wir über seine Tochter, über seine verschiedenen Jobs und über seinen Traum, einmal im Lotto zu gewinnen. Ich war überzeugt, dass er einen Umweg fuhr, damit er unser Gespräch noch weiter in die Länge ziehen konnte.

* * *

Als ich in die Agentur zurückkam, war meinem Gesicht offenbar anzusehen, wie ich mich fühlte, denn Jackie umarmte mich gleich innig, kaum dass ich durch die Tür gekommen war.

»Es tut mir so Leid, Schätzchen. Ich weiß, dass du nicht mit so viel Stress gerechnet hattest. Aber jetzt ist ja alles vorbei.«

Ich nickte. Eigentlich war ich auch nicht richtig wütend. In erster Linie war ich froh, aus Terrences Auto raus zu sein, und der Rest des Nachmittags erschien weit weg und verschwommen.

»Und jetzt werden wir wieder etwas Geld verdienen!« Jackie kicherte und setzte sich wieder an ihren Computer. »Möchtest du ein bisschen Pastrami?«

Sie reichte mir ein Sandwich.

»Nein, das ist nicht nötig.« Ich wollte ihr nicht ihr Mittagessen wegnehmen, und davon abgesehen hatte ich immer noch das Gefühl, nicht klar denken zu können.

»Komm schon, Schätzchen. Ich wette, du hast Hunger.«

Das hatte ich, und so aß ich das Sandwich, während sie ans Telefon ging und auf ihre Tastatur einhämmerte. Es war vermutlich das leckerste Pastrami-Sandwich, das ich je gegessen habe.

Der Mann saß wie üblich hinter seinem Schreibtisch. Er sah mich unverwandt an.

»Wie ist es denn gelaufen, Sydney?«, fragte er.

Ich fand es immer komisch, wenn Leute wie Jackie oder dieser Typ – die ja wussten, dass ich eigentlich gar nicht Sydney hieß – mich trotzdem so nannten. Allerdings war ich ja eigentlich »im Dienst«, und ich nahm an, dass sie daher versuchten, meine Arbeitsidentität so lange aufrechtzuerhalten. Wahrscheinlich hatten sie meinen echten Namen schon wieder vergessen.

»Es war okay.«

»Lief es gut mit Jeff? Wir hatten mit ihm in der Vergangenheit auch schon Ärger.«

Ich hatte keine Ahnung, was er meinte. Wenn es mit ihm Ärger gegeben hatte, wieso bedienten sie ihn dann weiterhin? Ich war mir nicht sicher, ob ich das wirklich wissen wollte, und vermutlich stand es mir auch nicht an zu fragen, also hielt ich den Mund. Aber es erschien mir komisch, dass Jeff sich im Gegenzug ebenfalls über die Agentur beklagt hatte und sie dennoch weiter mit einander arbeiteten. Wieso, das war mir ein Rätsel, wenn das Arrangement für beide Seiten so stressig war. Aber ich hatte zumindest keine echten Schwierigkeiten gehabt.

»Es war alles in Ordnung«, antwortete ich.

»Wie war der Fahrer?«

»Er war okay. Er hat zu viel geredet.« Ich lachte. »Er hat eine Frage nach der anderen gestellt und mir viel zu viel aus seinem Leben erzählt.«

Der Mann am Schreibtisch, über dessen Job ich mir nicht klar wurde, lachte auch.

»Oh Schätzchen«, unterbrach Jackie nun plötzlich unser Gespräch, »mir ist gerade ein Stammkunde eingefallen, der ideal für dich wäre. Er will nur dreihundert Dollar zahlen, aber lass mich mal schauen, ob ich ihn nicht noch in die Höhe treiben kann.«

Sie rief den Typen an, und ich war beeindruckt. In nur wenigen Sekunden hatte sie ihn nicht nur überzeugt, auch vierhundert zu zahlen; sie hatte ihn sogar noch überzeugt, dass er mit diesem Preis ein echtes Schnäppchen machte. Keine Frage, sie verstand etwas von ihrem Job.

Der Kunde hieß Josh und wohnte auf der Upper West Side. An seiner Wohnung fiel mir nur eines auf: Sie war sehr dunkel. Als sich die Tür öffnete, sah ich als Erstes einen riesigen Hund, der mit offenem Maul hechelte und große Triefaugen hatte. Ich trat ein.

Josh stand hinter der Tür. Er sah genauso aus wie sein Hund. Er war klein, dick und hatte kaum noch Haare, und ich muss gestehen, dass ich mich die Aussicht, von ihm gevögelt zu werden, nicht besonders entzückte.

»Du kannst schon mal da reingehen«, sagte er und deutete in Richtung Schlafzimmer. Während ich durch die Tür schlüpfte, brachte er den Hund in die Küche.

Ich wartete, bis er ebenfalls eintrat.

»Ich muss die Agentur anrufen und Bescheid sagen, dass ich da bin.« Der Akku meines Handys hatte sich gerade verabschiedet, und ich sagte Josh, dass ich kurz sein Telefon benutzen müsste. Er deutete auf das Telefon am Bett. Ich meldete mich bei Jackie.

»Hier ist Sydney. Ich bin da.«

»Hast du schon dein Geld bekommen?«

»Noch nicht.«

»Ich bleibe dran, Schätzchen.«

Ich legte den Hörer hin. »Sie wollen, dass ich das Geld jetzt gleich kassiere«, sagte ich. Dieses System, das Telefongirl dafür herhalten zu lassen, dass man sein Geld sofort verlangte, funktionierte wirklich gut.

Er ging zur Kommode hinüber und begann das Geld abzuzählen. Dann reichte er es mir.

»Das ist schon mal ein Teil. Ich bin gleich zurück.« Er ging aus dem Zimmer.

»Hast du es bekommen, Schätzchen?«, fragte Jackie.

»Einen Teil.«

»Einen Teil?! Wie viel ist es denn?«

Ich zählte. »152 Dollar.«

»Wo ist der Rest?«

»Er ist rausgegangen, um es zu holen.«

Josh kam zurück. »Ich muss mal telefonieren.«

»Er muss telefonieren«, sagte ich zu Jackie.

»Wozu? Lass mich mal mit ihm reden.«

Ich gab Josh den Hörer. »Jackie möchte mit dir sprechen.«

»Hallo?« Josh klang extrem zurückhaltend und zögerlich. Ich kapierte nicht, was da jetzt lief. Er war ein Stammkunde. Er sollte doch wissen, wie das normalerweise vor sich ging. »Ja, ja, ich weiß. Ich muss nur kurz auflegen, weil der Typ, der mir den Rest des Geldes bringen soll, gleich anruft.«

Es entstand eine Pause. Ich konnte mir nur ungefähr vorstellen, was Jackie sagte.

»Das Geld kommt. Ich muss nur auflegen. Der Typ ruft jetzt gleich an.«

Wieder eine Pause.

»Ja, ich hab es. Ich weiß. Es kommt. Nein, es gibt kein Problem.« Er gab mir den Hörer zurück.

»Okay, Schätzchen. Gib ihm fünf Minuten. Wenn er das Geld dann nicht hat, gehst du.«

Das würde ich, sagte ich, und legte auf.

»Können wir nicht einen Deal machen?«, fragte Josh.

»Was meinst du jetzt?« Ich war völlig verwirrt.

»Wie wäre es mit einer Rolex und dem Geld?« Er zog eine Uhr aus der Schublade neben dem Bett und hielt sie mir hin. Ich rührte sie nicht an.

»Nein, ich glaube wirklich nicht.«

Er bot mir zwei andere Uhren an, während ich meinen Mantel anzog. Nichts wie weg hier. Gott sei Dank musste ich mich nicht von ihm vögeln lassen. Mir war jede Entschuldigung recht, die mir das ersparte. Zwar war ich sauer wegen des Geldes, aber ich war erleichtert, mit intakten Kleidern und intakter Vagina da wieder herauszukommen.

»Das Geld ist in einer halben Stunde da«, beteuerte er.

»Melde dich, und dann komme ich zurück.« Ich wollte hier raus. Ich vertraute ihm nicht, und ich war mir nicht sicher, ob es mir zweihundert Dollar wert war, Sex mit ihm zu ertragen.

Josh gab mir vierzig Dollar für meine Mühe. »Du bist nicht sauer?«, fragte er.

Höflich schüttelte ich den Kopf. Auf diese Weise bekam ich wenigstens die Taxikosten wieder raus. Ich steckte das Geld ein, sagte Danke, klemmte mir meine Tasche unter den Arm und haute ab.

Der Concierge an der großen Eingangstür hatte mich schon beim Hineingehen amüsiert angesehen. Er guckte noch amüsierter, als ich nun wieder hinausging.

»Hey, waren Sie nicht schon einmal hier?«, fragte er, als ich an ihm vorbeiging.

»Nein, wieso? Komme ich Ihnen bekannt vor?«

Wollte er nur Konversation machen, oder gab es etwas, das er mir damit sagen wollte? Ich fragte mich, worauf er abzielte. Sicher hatte er mich als Prostituierte eingestuft, und ich fragte mich, wie er sich nun die Kürze meines fünfminütigen Aufenthalts erklärte. Ob Josh öfter gut gestylte Nutten bei sich empfing, die dann eine Stunde später wieder gingen? Einem Concierge fällt so etwas sicherlich auf.

»Arbeiten Sie hier in der Nähe?«, fragte er und sah mich ein wenig anzüglich an. Offenbar hatte er doch etwas anderes im Sinn als nur höfliche Konversation.

»Nein.«

»Falls Sie daran mal Interesse hätten, können Sie mir gern Ihre Nummer geben, vielleicht kann ich etwas arrangieren.«

Ich wollte gar nicht wissen, was er für mich arrangieren zu können glaubte. Wollte er mich vielleicht an seine Freunde verschachern? Ich stellte mich dumm.

»Was meinen Sie?«

»Oh, wissen Sie, ich kann was für Sie arrangieren. Wenn Sie wollen.« Er grinste mich weiter an. »Wir könnten ausgehen.«

»Wollen Sie sich mit mir verabreden? So für ein Abendessen und dann ins Kino?«

»Was immer Sie wollen, was immer Sie wollen.«

»Also wollen Sie sich mit mir verabreden?« Ich wollte, dass er aussprach, was ihm durch den Kopf ging.

»Klar, Süße. Gehen Sie gern in Clubs? Tanzen Sie gern?«

»Manchmal.«

»Rufen Sie mich mal an, Baby. Rufen Sie mich an.« Er grinste schon wieder.

Kaum, dass ich aus dem Gesichtskreis des Concierges verschwunden war, meldete ich mich bei Jackie und sagte ihr, ich würde nun nach Hause fahren. Falls es noch weitere Anrufe gäbe, könnte sie mich da erreichen. Ich musste mein Handy wieder aufladen. Diesmal nahm ich die U-Bahn; ich wollte nicht noch mehr Geld für Taxis verschwenden, wenn es nicht sein musste. Außerdem ging ich davon aus, dass ich für heute keine Termine mehr bekommen würde.

Es machte mir Spaß, Sydney zu sein. Ich genoss es, in Taxis durch Manhattan zu rasen. Mit William hatte ich echt Glück gehabt, aber ich hatte oft Glück. Ich hatte

Glück gehabt, dass ich Jeff nicht hatte küssen müssen. Ich hatte Glück gehabt, dass ich Josh nicht hatte vögeln müssen. Sydney war der Stoff, aus dem die Träume sind – jedenfalls für Männer wie Jeff und Josh und William. Ich war die Frau, die durch ihre Fantasien schwebte. Ich machte ihnen einen schönen Abend und wurde dafür bezahlt. Was für ein unglaubliches Gefühl. Es machte mich heiß, einfach nur das Zimmer zu betreten, meine Macht zu spüren und ihr Verlangen wahrzunehmen. Ich, das Lustobjekt, hatte die Kontrolle, und ich fand es großartig.

* * *

Das Telefon klingelte, als ich meine Wohnung betrat. Es war Brooke.

»Er heißt Willy. Vierhundert, in bar. In der East 78th Street.«

Ich schrieb mir alles auf. Zwar hatte ich keinen neuen Auftrag mehr erwartet, aber ich konnte jetzt auch schlecht ablehnen. Allmählich machte die Sache richtig Spaß.

»Er nimmt sich gerne Zeit, Schätzchen, also dränge ihn nicht, dann kannst du sicher noch ein Stündchen mehr herausschlagen.«

»Du meinst, er macht gern verlängerte Sessions?«

»Manchmal. Probiere es einfach mal aus.«

* * *

Willy wohnte in einem dieser altmodischen Sandsteingebäude auf der Upper East Side, wo der Concierge mit dir bis an den Fahrstuhl geht und dort den Mechanismus manuell in Bewegung setzt. Auf jedem Stockwerk gab es zwei Wohnungen. Als Willy mir die Tür öffnete, gingen mir zwei Dinge durch den Kopf: Zum einen staunte ich, dass er schon alt war, mindestens sechzig, zum anderen hätte ich ihn eigentlich für schwul gehalten. Jedenfalls wirkte er sehr feminin und überaus kultiviert, aber offenbar er war dennoch bereit, mir vierhundert Dollar für eine Stunde meiner Zeit zu geben.

»Ich bin so froh, dass du da bist«, sagte er und küsste mich schwungvoll auf den Mund.

»Vielen Dank«, antwortete ich und küsste meinerseits auch ihn. Dabei versuchte ich nicht daran zu denken, dass ich gerade jemanden küsste, der älter war als mein Vater, sondern ich konzentrierte mich darauf, dass er definitiv gut aussah, irgendwie ein bisschen wie ein britischer Aristokrat – oh, und er hatte den wunderschönsten britischen Akzent.

»Möchtest du etwas trinken?«

»Könnte ich vielleicht ein einfaches Wasser haben?«, antwortete ich ohne nachzudenken.

»Nur Wasser?« Er war tief enttäuscht und versuchte, mich dennoch zu einem Schluck Wein zu überreden. Dabei wirkte er so niedergeschlagen, dass ich sein Angebot schließlich doch nicht ablehnen konnte. »Okay.«

»Roten oder weißen?«

»Weißen, bitte.«

Willy wuselte ein wenig herum und schenkte sich selbst ein Glas Rotwein und mir ein Glas Weißwein ein, während ich Brooke Bescheid gab, dass ich angekommen war. Dann sah ich mich in dieser etwas überladenen Wohnung um, die mit den vielen Antiquitäten laut und deutlich »altes Geld« zu flüstern schien. Sie sah zudem sehr englisch aus; dunkle Bücherregale aus Holz reichten vom Boden bis zur Decke, und die Wände zierten Fotos und altmodische Drucke.

Mit seinem Weinglas in der Hand setzte sich Willy zu mir auf die Couch. Er sah sehr gepflegt aus, und ich war beeindruckt, dass jemand wie er für jemanden wie mich bezahlte. Er reichte mir den Wein.

»Vielen Dank.«

»Ich danke dir«, gab er zurück. »Ich bin so froh, dass du da bist.«

»Ich freue mich, dass du mich eingeladen hast.« Dazu lächelte ich charmant.

Er sah ein wenig verlegen drein. »Ich habe so etwas noch nie gemacht.«

»Tatsächlich?« Vermutlich wirkte ich ehrlich überrascht, denn schließlich hatte Brooke gesagt, er sei ein Stammgast, aber er nickte überzeugend. Wer von beiden wohl log? Ich vermutete, dass es Willy war, obwohl mir kein Grund dafür einfiel. »Dein Akzent ist echt sexy.«

»Dir gefällt mein britischer Akzent?« Er wirkte ehrlich geschmeichelt. Insgesamt sah er gar nicht übel aus, auch wenn er ausgesprochen feminin wirkte.

Wieder lehnte er sich nach vorn und küsste mich auf den Mund. Vorsichtig, um den Wein nicht zu verschütten, erwiderte ich den Kuss.

»Ja, ich bin ziemlich anglophil«, erklärte ich. Er lächelte mich an. Nun wusste ich nicht mehr, was ich sagen sollte. »Trinkst du viel Tee?«

Er lachte. »Eigentlich nicht. Ich bin eher ein Kaffeetrinker.«

»Ich trinke nicht viel Kaffee.«

»Ich mag starken Kaffee und schwachen Tee.«

Das erschien mir irgendwie tief schürfend, auch wenn ich nicht hätte sagen können, wieso. Daher wechselte ich das Thema. »Wie lange bist du denn schon in New York?«

»Nicht allzu lange. Nicht allzu lange.« Er beugte sich vor und küsste mich erneut.

»Gefällt es dir hier?«

»Ja. Sogar sehr.«

»Wieso hast du dich entschlossen, hierher zu ziehen?« Diese Gespräche wurden für mich allmählich zu einer beliebten Taktik: Je mehr man redete, desto vertrauter wurde man einander und desto einfacher wurde der Sex – für den außerdem entsprechend weniger Zeit blieb.

»Ich wollte mich in New York entspannen.«

»Entspannen?« Ich lachte. »Die meisten Leute verlassen New York, wenn sie sich entspannen wollen.«

»Ich bin hierher gekommen, weil ich Abstand und Ruhe brauchte.«

»Abstand wovon?«

»Von Sex, Drogen und Rock'n'Roll.« Er grinste.

»Hast du in England viel angestellt?«

Willy grinste noch breiter. »Das kann man wohl so sagen.« Er beugte sich vor und küsste mich. »Ich fühle mich so viel besser, jetzt, wo du da bist.«

»Was hast du denn so getrieben?« Natürlich wusste ich, dass er rumknutschen wollte, aber ich wollte unser Gespräch jetzt noch nicht aufgeben. Eine Stunde kann aus langen sechzig Minuten bestehen.

»Ich war einfach viel mit sehr wilden Leuten unterwegs.«

Das fand ich angesichts der sehr edlen Einrichtung in seinem Apartment schwer vorstellbar. »Ehrlich? Mit irgendjemandem, von dem ich vielleicht mal gehört habe?«

»Nein, wohl nicht. Na ja, vielleicht von dem einen oder anderen schon, aber ich weiß nicht, ob ich dir das erzählen will«, sagte er mit einem neuerlichen schelmischen Grinsen.

»Oh, sei doch nicht so. Bitte.«

»Na schön.« Willy machte eine Pause und kaute nachdenklich an seiner Oberlippe. »Ich habe mich sehr gern mit Duran Duran zugedröhnt.«

Das machte mich sprachlos; ich war echt beeindruckt. Außerdem versuchte ich anhand dieser Information etwas besser einzuschätzen, wie alt Willy wirklich war. »Wow. Bist du immer noch manchmal mit ihnen unterwegs?«

»Nein, das war in meiner Jugend.« Er küsste mich wieder, dieses Mal länger. Mit der Konversation war es jetzt erst einmal vorbei. Ich zog meine Jacke aus und erwiderte seinen Kuss einige Minuten lang.

»Lass uns ins Schlafzimmer gehen. Da haben wir es gemütlicher.« Er nahm meinen Arm und führte mich in einen Raum, der mit seiner geblümten Tapete und den antiken Möbeln auf mich wie eine Kreuzung aus einem plüschigen Bed-and-Breakfast und dem Gästezimmer meiner Oma wirkte.

»Ist das dein Schlafzimmer?«

»Ja, wieso nicht?«

»Es sieht so unglaublich britisch aus«, antwortete ich; ich konnte ja schlecht sagen, dass es für mich nicht wie ein echtes Schlafzimmer aussah.

Er legte sich aufs Bett und bedeutete mir, indem er neben sich auf die Matratze klopfte, ich sollte mich neben ihn legen. Wir küssten uns. Er war auf diese distanzierte, britisch-aristokratische Art tatsächlich attraktiv, und ich hätte sogar ganz gern mit ihm rumgeknutscht, wenn er nicht diese eine nervige Angewohnheit gehabt hätte: Er streckte seine Zunge heraus, ein oder zwei Sekunden, bevor sein Mund den meinen erreichte. Das fand ich extrem irritierend. Ich versuchte, diese Macke so gut es ging zu ignorieren, während wir ineinander verschlungen dalagen, uns küssten und streichelten.

Dann zogen wir uns aus und das übliche Sex-Vorspiel begann – wir drängten uns mehr an einander, das Küssen wurde intensiver, nur eines passierte nicht. Willy bekam einfach keinen Steifen. Zwar war er nicht völlig schlaff, aber doch auf keinen Fall so weit, dass er mit mir hätte schlafen können. Das machte mich unsicher. Zwar ging ich davon aus, dass es wohl an mir war, ihn jetzt hart zu machen, aber ich hatte keine Ahnung, wie ich das anstellen sollte. Schließlich wollte ich ihn auch nicht in eine peinliche Lage bringen, indem ich diese Sache zu deutlich thematisierte, aber gleichzeitig war mir klar, dass ich irgendwie die Initiative ergreifen musste. Wir küssten und streichelten uns und hielten uns ein paar Minuten lang fest, bevor Willy sich aus der Umarmung löste.

»Ich gucke nicht gern ständig auf die Uhr«, sagte er verteidigend.

Ich begriff nicht, was er damit meinte; ich starrte ihn nur verständnislos an.

»Wann musst du denn wieder los?«, fragte er.

»Du hast mich noch für den Rest dieser Stunde.« Das waren nun noch ungefähr dreißig Minuten.

»Und wenn ich dich gern länger hätte?«

Wow. Das wäre cool. Leicht verdientes Geld, Baby. »Ich rufe einfach Brooke an und sage ihr Bescheid. Ich kann so lange bleiben, wie du mich bezahlen willst.«

»Leider habe ich kein Bargeld mehr.«

»Das ist kein Problem«, erwiderte ich, ganz Profi. »Wir nehmen auch Kreditkarten.«

»Perfekt«, sagte er. Ganz offenkundig war er sehr erleichtert, dass er das Geschäftliche hinter sich bringen konnte.

»Wie lange möchtest du mich denn haben?«

»Sagen wir, noch einmal zwei Stunden?«, fragte er zögernd.

»Super. Ich rufe schnell bei Brooke an. Du musst nur dieses Kreditkartenformular ausfüllen.«

Während er das tat, sprach ich mit Brooke.

»Glückwunsch«, sagte sie. »du hast gerade deinen ersten Tausender geschafft.« Bei einer Kreditkartenzahlung verlangten wir mindestens fünfhundert die Stunde; der zusätzliche Hunderter ging dabei allerdings komplett an die Agentur und wurde nicht mit der Hostess geteilt. Insgesamt hatte Willy nun also 1400 Dollar für drei Stunden meiner Zeit bezahlt. Unglaublich. Jetzt musste ich nur noch rauskriegen, wie ich drei Stunden mit ihm rumkriegen konnte – mit einem Mann, der keinen hochbekam.

Keine Ahnung, woran es lag. Willy kriegte einfach keinen Steifen. Wir fummelten ein bisschen miteinander herum, aber richtigen Sex gab es nicht. Er konnte sich nicht einmal ein Kondom überziehen.

»Worauf hättest du denn Lust? Was macht dich an?«, fragte er mich.

Ich ließ ihn mich lecken und mit den Fingern befriedigen. Dann versuchte ich, dasselbe auch bei ihm zu tun, aber das klappte nicht besonders gut. Es gelang mir einfach nicht, ihn so weit scharf zu machen, dass er stand.

»Wozu hättest du Lust?«, fragte er wieder.

»Wir könnten vielleicht einen Porno gucken?«, schlug ich vor und musste mir gleichzeitig eingestehen, dass ich ziemlich im Dunkeln tappte.

Er schaltete den Fernseher im Hintergrund an, aber statt richtigem Porno war es ziemlich plattes Zeug nach Playboy-Manier, das weder ihn noch mich irgendwie erregte.

Stattdessen hatte ich in Erinnerung an die Episode mit Jeff auf Long Island den Einfall, mit Willy in die Badewanne zu gehen. Allerdings war die Wanne hier so klein, dass wir kaum etwas anderes tun konnten, als nebeneinander zu liegen und zu reden.

»Erzähl doch mal aus deinem Leben«, sagte ich.

»Da gibt es nicht viel zu erzählen. Zu viele Drogen, dann eine Scheidung, und jetzt bin ich in New York zum Entspannen.«

Im Wohnzimmer hatte ich Fotos von seinen erwachsenen Kindern gesehen. Ich überlegte, wo sie wohl waren, und wie gut sie ihren Vater kannten. Ich fragte nicht.

Wir küssten uns ein wenig ungelenk, aber der Trick mit der Wanne funktionierte bei ihm nicht annähernd so gut wie bei Jeff. Die ganze Zeit über dachte ich nur daran, wie viele Minuten ich noch irgendwie mit ihm herumbringen musste.

Er fuhr mit seinen Fingern über meine Schulter. »Ich bin so froh, dass du hier bist. Ich wünschte, du könntest die ganze Nacht bleiben.«

»Das könntest du dir vermutlich nicht leisten.«

Er lachte. »Du wärst mein Untergang. Gibt es keinen Rabatt, wenn ich dich für mehrere Stunden buche?«

»Leider nicht.« Mir war klar, dass er mich zu irgendeinem Handel überreden wollte, aber auf das Spielchen hatte ich keine Lust. Stattdessen wechselte ich das Thema, und wir sprachen über verschiedene andere Dinge, bis es an der Zeit war, wieder aus der Wanne zu kommen. Ich ließ mir beim Abtrocknen Zeit. Während ich das tat, sah ich auf den Flur hinaus, an dessen Wänden sorgfältig gerahmte Drucke hingen, die mir vage bekannt vorkamen.

»Die sind ja toll. Von wem sind die?«

»Von Hogarth.«

Ich war beeindruckt und ließ mir recht lange Zeit beim Betrachten der Bilder, bevor ich ins Schlafzimmer zurückkehrte. Willy lag nackt auf dem Bett und wartete auf mich. Sein Schwanz war völlig schlaff. Na super, dachte ich. Allmählich fing ich an, mich reichlich unprofessionell zu fühlen.

Ich legte mich neben ihn aufs Bett, und wir fingen an, uns zu küssen. Zu meiner Überraschung bekam er nun doch einen hoch. »Soll ich dir ein Kondom holen?«, fragte ich.

»Gerne.«

Hastig flitzte ich ins Wohnzimmer und holte meine Tasche. Als ich zurückkam, war er schon wieder in sich zusammengefallen. Okay. Fürs nächste Mal war ich dann aber vorbereitet. Wir küssten uns weiter, und tatsächlich wurde er wieder steif. Ich zog ein Kondom hervor und gab es ihm, und er schob es sich mit einigen Schwierigkeiten über. Dabei wurde er schon wieder schlapp. Wir versuchten, ihn reinzuschieben, aber das klappte nicht besonders gut. Er war überhaupt nicht steif. Scheiße, dachte ich. Was soll ich jetzt bloß machen?

Wir zogen das Kondom wieder ab, und ich begann wieder, ihn zu lutschen. Dann versuchten wir es auf Französisch, und er leckte mich, während ich seinen Schwanz bearbeitete. Es war nicht besonders lustvoll, aber zumindest ging die Zeit damit rum. Ich benutzte abwechselnd meinen Mund und meine Hände. Es war dennoch unübersehbar, dass er einfach keinen Steifen kriegen würde. Als ich schließlich merkte, dass ich es nicht mehr aushielt, stieg ich ab und wandte mich wieder ihm zu, um ihn zu küssen; währenddessen begann er zu masturbieren.

Großartig, dachte ich. Er muss das auch noch selber machen. Hoffentlich beschwert er sich nicht über meine schlechte Leistung. Wir küssten uns eine Weile, und dann sollte ich mich wieder umdrehen, damit er mich wieder lecken konnte. Das tat er, während er weiteronanierte; ich küsste seine Schenkel und versuchte, mich gerade so viel zu bewegen, dass ich keinen Muskelkrampf bekam. Dann plötzlich hörte er auf.

»Soll ich irgendwas tun?«, fragte ich.

»Ich bin gekommen«, erklärte er ganz überrascht.

Scheiße, und ich hatte das nicht mal mitgekriegt. Allerdings beeilte ich mich so zu tun.

»Ich weiß. Ich habe mich nur gefragt, ob ich irgendwas machen soll.«

Er klopft auf die Matratze neben sich, also legte ich mich einfach hin.

»Ich fahre morgen nach Barbados.«

»Ehrlich? Wie aufregend. Feierst du dort auch Silvester?«

»Ja.«

»Wie lange bleibst du dort?«

»Nur ein paar Tage. Ich wollte eigentlich einen ganzen Monat mit meiner Freundin dort verbringen. Ich hatte ein Haus gemietet. Aber jetzt haben wir uns getrennt. Eigentlich hatte ich gehofft, dass ich jemanden finde, der an meiner Stelle dorthin fährt oder mich begleiten würde, aber dann habe ich mir gedacht, scheiß drauf. Scheiß drauf.« Er machte eine wegwerfende Handbewegung und lachte. »Scheiß drauf.«

Ich lachte ebenfalls.

»Es sei denn, du hättest Lust mitzukommen?«, fragte er – halb im Spaß, halb aber doch voll Hoffnung.

Zwar fühlte ich mich schlecht deswegen, aber ich wollte wirklich nicht mit ihm nach Barbados. »Tut mir Leid, ich habe schon Pläne für Neujahr.«

»Oh. Wie schade.«

Einen Augenblick lagen wir schweigend da. »Ich würde so gern neben dir aufwachen«, sagte er. Ich murmelte eine unverständliche Antwort, weil ich schlicht nicht wusste, was ich sagen sollte. »Bist du sicher, dass du nicht über Nacht bleiben kannst?«

»Tut mir Leid.« Die drei Stunden waren fast rum. Endlich. Ich stand auf und begann mich anzuziehen. »Ich muss mal.«

»Das nächste Bad ist neben der Küche.«

Die Küche war makellos sauber. Am Kühlschrank klebte ein großes Foto von Madonna. Als ich aus dem Bad kam, lehnte Willy daneben.

»Dein Madonna-Foto ist toll.«

»Danke. Sie ist super, oder?«

»Ja, absolut. Ich bin ein großer Fan von ihr.« Wir beide starrten das Bild ein paar Sekunden schweigend an.

»Bist du sicher, dass du nicht die ganze Nacht bleiben kannst?«, fragte er zum hundertsten Mal.

»Tut mir echt Leid. Ich muss noch bei der Agentur vorbeigehen und denen das Geld bringen. Sonst kriege ich Ärger.«

Er seufzte. »Ich habe so was noch nie gemacht. Kannst du mir die Nummer der Agentur noch einmal geben, damit ich dich wiederfinden kann? Ich weiß nicht mehr, welche Nummer ich gewählt habe.«

Das kam mir zwar äußerst unglaubwürdig vor, aber ich sagte nichts. Was ging mich das an? »Klar.«

Ich zog mich an und gab ihm die Nummer.

»Hier ist meine.« Er reichte mir seine Telefonnummer. »Falls du später doch Langeweile bekommst, ruf mich an.«

»Okay, danke.«

Ich gab ihm einen Abschiedskuss.

»Kannst du wirklich nicht bleiben?«, fragte er zum letzten Mal.

»Sorry.« Wir küssten uns noch einmal, und dann ging ich, um sechshundert Dollar reicher.

1. JANUAR

Mein Körper war natürlich ein bisschen wund, und mein Gesicht war nach der ganzen Küsserei fürchterlich trocken. Ich konnte nicht begreifen, wieso Julia Roberts in *Pretty Woman* für sich beschlossen hatte, ihre Kunden nicht zu küssen. Vielleicht machte es die Sache leichter, schon, aber was tat man stattdessen? Wie brachte man die ganze Zeit rum? Man konnte doch keine Stunde am Stück vögeln. Die Männer wollten alle zumindest ein bisschen geküsst werden – normalerweise, von Jeff aus Long Island mal abgesehen, wollten sie das sogar sehr.

Ich mochte Sydney. Sie fehlte mir, wenn sie nicht da war. Ich genoss es, mit einem Taxi durch Manhattan zu rasen. Ich fand es toll, in fantastische Wohnungen zu gehen und jemandem eine schöne Nacht zu bereiten, seine fantasien auszuleben und mich in seinen Traum zu verwandeln. Es war alles einfacher geworden. Ich wusste, was mich erwartete, und ich hatte sogar das Gefühl, dabei ziemlich gut geworden zu sein.

15. JANUAR

Bisher hatte ich noch nie an einem Samstagnachmittag gearbeitet, aber ich dachte mir, einen Versuch sei es wert. Mit meinem Mobiltelefon in der Tasche konnte ich durch die Stadt bummeln, ein paar Besorgungen erledigen, irgendwo gemütlich abhängen und, wenn ich Glück hatte, zwischendurch in ein Taxi springen und zu einem Kunden düsen.

»Hey, hier ist Sydney. Bist du das, Jackie?«

»Nein, Schätzchen, hier ist Betty.«

Wenigstens ein Telefongirl, das ich schon kannte. Da waren die Chancen, dass man gebucht wurde, gleich höher.

»Hi, Betty. Hier ist Sydney. Wir haben uns mal kurz gesehen ... ich bin die mit den roten Haaren.«

»Oh ja, Süße, natürlich! Arbeitest du heute? Bitte sag Ja. Ich brauche unbedingt weiße Mädchen.«

Ich lachte. »Ja, Betty, ich bin verfügbar.«

* * *

Offenbar brauchte Betty die weißen Mädchen dann aber doch nicht so dringend, wie sie gedacht hatte, denn es dauerte drei Stunden, bis ich einen Anruf bekam: Kevin Noer, im Belvedere Hotel. Mein erstes Hotel, und, wie ich annahm, mein erster Durchreisender, daher also auch vielleicht mein erster Kunde, der kein Stammgast war. Ich hoffte, es würde alles gut gehen.

Dort angekommen, klopfte ich an die Tür. Ich hoffte, dass ich mich inzwischen so an die ganze Sache gewöhnt hatte, dass ich kaum wahrnehmen würde, was wirklich passierte, bis es schon vorüber war.

Die Tür ging auf, und ich starrte mein Gegenüber an. Das hatte ich nicht erwartet: Kevin stand da, nackt – von einem kleinen weißen Handtuch abgesehen, das er sich um die Hüften geschlungen hatte. Er hatte dunkelblondes Haar und wässrig blaue Augen; er sah ein wenig skandinavisch aus. Seine Schulter zierte eine große Tätowierung mit einem Anker, und eine ähnliche befand sich auch an seinem Knöchel.

Ich lächelte ihn entzückt an, als sei er genau das, worauf ich gehofft hatte. »Hallo, ich bin Sydney. Bist du Kevin?«

Er nickte und bedeutete mir mit einer Handbewegung, dass ich eintreten sollte. Okay, dachte ich, charmante Konversation steht heute ganz klar nicht auf dem Programm.

Eine große Pizzaschachtel, die achtlos in eine Ecke geworfen worden war, verstärkte mein Misstrauen nur. Ich seufzte innerlich. Es ist nur eine Stunde, dachte ich. Nur eine Stunde.

»Bist du übers Wochenende in der Stadt?«

Er nickte und murmelte etwas.

»Entschuldigung?«

»Zahle ich für einen Höhepunkt oder für eine Stunde?«

Na, der kam ja gleich zur Sache. »Du zahlst für die ganze Stunde. Da kannst du so oft kommen, wie du willst.« Ich versuchte, optimistisch zu klingen.

Er nickte.

Super. Das würde ja noch lustig werden. »Ich muss nur schnell die Agentur anrufen und ihnen sagen, dass ich da bin.« Allmählich fiel es mir schwerer, höflich zu bleiben.

Er nickte wieder und legte sich aufs Bett. Ich kam mir schmutzig vor.

»Hi Betty, hier ist Sydney. Ich bin jetzt da.«

»Hast du das Geld schon gekriegt?«

»Noch nicht.« Ich nahm das Telefon vom Ohr. »Es tut mir Leid, aber ich müsste jetzt das Geld haben.«

Er murmelte etwas.

»Bitte?«

»Dreihundertfünfzig?«

»Nein, vierhundert.«

»Die haben dreihundertfünfzig zu mir gesagt.«

Ich nahm das Telefon wieder hoch. »Betty, er sagt, du hättest mit ihm nur dreihundertfünfzig abgemacht.«

»Was?! Lass mich mal mit ihm reden.«

Ich gab Kevin das Telefon. Er debattierte ein paar Minuten lang mit Betty. Offenbar wollte er für die Stunde nur dreihundertfünfzig Dollar zahlen. Für vierhundert verlangte er die ganze Nacht. Das kannst du vergessen, dachte ich bei mir, und das war es auch, was Betty zu ihm sagte, soweit ich das mitbekam.

Kevin gab mir das Telefon zurück.

»Tut mir Leid, Schätzchen«, sagte Betty. »Ich hatte vierhundert mit ihm vereinbart. Ron hat auch gehört, wie ich das zu ihm gesagt habe. Ich weiß nicht, wo jetzt das Problem liegt.«

»Soll ich bleiben?« Das wollte ich eigentlich nicht unbedingt, schon gar nicht für weniger Geld. Kevin war nicht gerade eine Sahneschnitte.

»Nein. Wir besorgen dir was Besseres. Tut mir wirklich Leid, Süße.«

* * *

Der nächste Anruf kam zwanzig Minuten später.

»Ich hab dir gesagt, ich würde was richtig Gutes für dich auftreiben!«, rief Betty. »Hier gibt es fünfhundert Dollar in bar. Im Helmsley Hotel, an der 58th Street West. Frag nach Van Smith.«

Fünfhundert Dollar in bar. Das war aufregend. Vielleicht war das Hotel diesmal netter, und vielleicht würde ja auch Van ein richtig Süßer sein.

Das Hotel war wirklich besser, er allerdings nicht. Aber er war nett – ein echter Gentleman, der auch wusste, wie man ein Gespräch führt. Nach nur wenigen Minuten wusste ich schon, dass er aus South Carolina kam, dort ein Bekleidungsgeschäft leitete und ein großer Billy-Joel-Fan war. Er war sogar ein derart großer Fan, dass er von South Carolina hierher geflogen war, um sich Billy Joel im Madison Square Garden anzusehen. Wegen der Feriensaison zu Jahresbeginn nahmen die Hotels jedoch nur Buchungen von mindestens vier Tagen entgegen, und so musste Van ein paar Nächte in der Stadt totschlagen. Da er niemanden hier kannte, hatte er offenbar beschlossen, seine freie Zeit mit mir zu verbringen.

Van war süß und untersetzt. Er war ungefähr eins fünfundsechzig, mit blonder Haartolle, einem viereckigen Gesicht und Südstaaten-Akzent. Dabei hatte ich das Gefühl, dass er auch unter ganz normalen Umständen kein besonders lockerer Typ war; meine Gegenwart machte ihn offenbar zusätzlich nervös. Vielleicht war es das erste Mal, dass er einen Begleitservice angerufen hatte.

Als ich eintrat, guckte er sich gerade noch den Rest eines Footballspiels an. Er hatte wohl einen kleinen Betrag auf das Ergebnis gewettet, und daher – und auch, weil ich ihn ganz offensichtlich verunsicherte – hob er kaum den Blick vom Fernseher. Um uns beide ein bisschen aufzulockern, stellte ich ihm alle möglichen blöden Fragen zum Spiel, bis der Abpfiff kam. Dabei hoffte ich, wie immer möglichst viel Zeit mit Konversation zu bestreiten, damit entsprechend weniger Zeit zum Vögeln blieb. Leider war das Spiel schon nach ein paar Minuten vorbei, und es war klar, dass ich zur Sache kommen musste.

Er begann mich zu mustern und machte seltsame Gesten. Zeit, mein Geld zu verdienen.

»Ich gehe nur mal schnell ins Bad, okay?«

Er nickte. Ich ging zur Toilette und betrachtete dabei die Armee von Pflegeprodukten, die er sorgsam auf dem Sockel unter dem Spiegel aufgereiht hatte. Er hatte ungefähr dreimal so viele Tuben und Fläschchen, wie bei mir zu Hause im Bad standen.

Ich kam wieder aus dem Bad und ging direkt zum Bett. Ich setzte mich. Es war schlicht nicht möglich, der Situation einen Hauch von Normalität zu geben, und allmählich sprang seine Verlegenheit auf mich über.

»Ich muss auch schnell noch mal, bevor wir loslegen.« Der arme Mann war so nervös. Ich lächelte beruhigend. Wenigstens war er nervöser als ich.

Während er im Bad war, sah ich mich in dem Zimmer um. Hotelstandard. Zwei Einzelbetten. Ich saß auf einem und Van setzte sich, als er zurückkam, aufs andere. Das sah wirklich aus, als würde es ziemlich schwierig werden. Ich suchte mein Heil zunächst wieder im Gespräch und fragte ihn nach seinem Laden. Nach South Carolina. Nach dem Billy-Joel-Konzert. Nach seiner Reise nach New York. Nach dem Madison Square Garden. So allmählich gingen mir die Themen aus.

Also beschloss ich, auf sein Bett herüberzuwechseln. Ich setzte mich neben ihn. Wir küssten uns. Endlich kamen wir zur Sache. Natürlich ist es immer sehr verlockend, die Zeit mit bloßen Gesprächen herumzukriegen, aber ich wusste ja, dass ich nicht wieder gehen konnte, bevor ich nicht erledigt hatte, weswegen ich gekommen war, also konnte ich jetzt genauso gut den Stier bei den Hörnern packen und es hinter mich bringen.

Wir küssten uns ein paar Minuten lang. Er legte ungelenk den Arm um mich. Ich schob meine Hand auf seinen Schenkel. Van und ich bewegten uns jetzt auf vertrautem Terrain. Wir zogen unsere Sachen aus.

»Ich hoffe, das da stört dich nicht«, sagte er und legte die Hand auf seinen Bauch.

»Keine Sorge, gar nicht.« Sein Speck war mit Sicherheit kein Problem. Ich sollte ihn ja nicht heiraten, und ich konnte mich wohl auch kaum weigern, mit ihm zu schlafen, nur weil er dick war. Seine Verschämtheit fand ich irgendwie sogar niedlich.

»Hast du vielleicht ein Kondom? Ich habe vergessen, welche zu besorgen.« Er war wirklich mehr als nervös.

Daher versuchte ich, so beruhigend wie möglich zu klingen. Ich kam mir vor wie eine Ärztin, die jemandem eine Spritze geben will – ruhige Stimme, beschwichtigende Handbewegungen. Ich setzte jeden Trick ein, der mir einfiel.

»Kein Problem«, antwortete ich und tätschelte sein Knie, bevor ich einen Gummi aus der Tasche zog und ihm reichte. (Angesichts meiner sexuellen Erfahrungen ist es zwar irgendwie lächerlich, aber ich mag es noch immer nicht, jemandem selbst ein Kondom überzuziehen.) Van hatte zwar, wie seine Frage ja schon gezeigt hatte, überhaupt nichts dagegen, eins zu benutzen, aber er guckte doch ein bisschen komisch, dass ich es ihm nicht überziehen wollte. Vermutlich hatte er zu viele Pornofilme gesehen und erwartete, dass ich ihm das Ding mit den Zähnen überstreifte. Aber er erledigte das schließlich mit zügiger Handbewegung selbst, legte die Plastikverpackung sorgfältig auf den Nachttisch und wandte sich erwartungsvoll mir zu. A-haaa. Jetzt ging's los.

Wir hatten Sex von vorn und von hinten und zwischen meinen Brüsten, aber Van schien nicht mal annähernd so weit zu sein, dass er kam. Mich störte das nicht besonders. Er war nicht so aggressiv wie William, und meine Vagina gewöhnte sich allmählich an so viel Beanspruchung, also klinkte ich mich gewissermaßen innerlich ein wenig aus, bis ich merkte, dass Van mit seinen Stoßbewegungen aufhörte. Dann zog er ihn raus. Na ja, um es genau zu sagen, war er zu diesem Zeitpunkt nicht mal mehr richtig drin. Er war komplett schlaff geworden.

»Tut mir Leid.« Er hörte sich wirklich entschuldigend an, als ob er das Gefühl hatte, mich zu enttäuschen.

»Mach dir keine Sorgen deswegen. Das ist doch völlig in Ordnung.« Ich hasste es, wenn so etwas passierte, wenn ich wirklich arbeiten musste und mich der Sache nicht so recht gewachsen fühlte. Würde ich ihn lutschen müssen? Sollte ich ihn besser mit der Hand bearbeiten? »Was soll ich denn am liebsten machen?«

»Ich weiß nicht.« Er wurde rot. »Was würdest du denn gern tun?«

»Was auch immer dich anmacht.«

»Ich kann es nicht glauben – da habe ich eine wunderschöne, attraktive Frau neben mir, die alles tun will, was ich mir wünsche, und ich kriege ihn nicht hoch.« Er klang wirklich erschüttert.

Ich fragte mich, ob er gleich zu weinen anfangen würde. »Mach dir keine Sorgen deswegen. Bitte. Was möchtest du denn, das ich tue? Möchtest du, dass ich dir einen blase?«

Er grinste. »Klar.«

Ich lutschte eine Zeit lang. Ihm schien das zu gefallen, aber er wurde nicht hart.

»Es tut mir Leid«, sagte er wieder und hörte sich dabei immer noch völlig entgeistert an, weil er mich so enttäuschte.

»Das ist völlig okay.« Wieder versuchte ich, wie eine vertrauenswürdige Ärztin zu klingen. »Gibt es noch etwas anderes, was ich tun soll?«

»Ich weiß nicht.«

Ich hoffte, dass er sich nicht in die Ecke gedrängt fühlen würde, als ich vorschlug: »Wir könnten uns auch einfach hinlegen und reden, was meinst du?«

»Wirklich? Hast du Lust dazu?« Man hätte den dicken, kräftig gebauten Van mit einem Wattebällchen umwerfen können.

»Klar.«

Also taten wir das. Ich legte mich neben ihn, und wir redeten. Er erzählte noch mehr von South Carolina und seinem Job und Billy Joel. Und er sagte mir, wie schön ich sei, wie perfekt meine Brüste und wie sexy meine Beine wirkten. Dann fragte er mich, was ich an einem Mann attraktiv fand, und wie wichtig mir das Aussehen war. Schließlich schilderte er mir, wie er seine letzte Freundin kennen gelernt hatte.

»Sie hat in einem Coffeeshop gearbeitet. Ich habe mir bei ihr immer Kaffee geholt. Dabei habe ich nie gemerkt, dass sie mich mag. Sie hat mir dauernd was umsonst gegeben, aber ich habe es echt nicht geblickt.« Er lachte. »Und irgendwann bin ich mal mit einem Freund da hin, und sie kam irgendwie drauf, dass sie Lust auf einen Ausflug hätte. Da habe ich gesagt, ja, wir könnten ja mal irgendwohin fahren. Da wollte ich eigentlich nur höflich sein. Aber sie sagte gleich, das würde sie total gern machen. Dann schlug mein Freund vor, sie könnte ja auch mal mit ihm losziehen, aber da meinte sie eher so, ja, vielleicht, aber ohne echtes Interesse, verstehst du?«

Ich nickte amüsiert.

»Dann bin ich raus mit meinem Freund, und er sagte: Die steht total auf dich, Mann. Und ich war total verblüfft, von wegen, hey, was redest du da? Ich hab es überhaupt nicht geblickt. Er musste mir dann erst mal erklären, wie unterschiedlich sie auf unsere Vorschläge reagiert hatte. Also hab ich sie wirklich mal zu einem Ausflug eingeladen. Wir waren dann eine Weile zusammen. Jetzt sehen wir uns aber nicht mehr.«

Van hielt inne. Er fuhr mit den Fingern über meine Schulter und über meinen Arm. »Du bist wunderschön. Machst du Work-out?«

»Ja.«

»Ich habe auch damit angefangen. Für mich ist das ganz neu, aber ich habe echt abgenommen. Mein Bauch ist seitdem viel straffer. Und ich spiele viel Basketball. Benutzt du ein Laufband oder ein Trimmrad?«

»Ein Trimmrad. Und du?« Dieses Gespräch machte mich ganz wahnsinnig.

»Ich nehme manchmal das Trimmrad. Mit einem Laufband komme ich nicht zurecht.«

»Wieso nicht?«

Er wurde rot. »Das ist jetzt etwas peinlich.«

»Was denn? Komm, sag schon!« Ich drehte mich auf die Seite, um ihn anzusehen. Er war wirklich rot im Gesicht.

»Meine Schenkel reiben aneinander. Ich muss sie mit Vaseline einreiben, wenn ich viel laufen muss.«

Das hatte ich nun wirklich noch nie gehört. Vermutlich sah ich völlig überrascht aus. Kein Wunder, dass ihm das peinlich war. Ich wusste nicht, was ich hätte sagen können, damit er sich besser fühlte, aber glücklicherweise war es für mich an der Zeit, mich wieder anzuziehen, und daher konnten wir schnell das Thema wechseln.

Ich suchte meine Sachen zusammen, verabschiedete mich liebevoll von Van und fuhr zurück zur Agentur, um das Geld abzuliefern. Obwohl ich nur einen Termin gehabt hatte, beschloss ich, für heute Schluss zu machen.

16. JANUAR

Als ich anrief, um mich dienstbereit zu melden, war Jackie am Apparat.

»Schätzchen, sag bitte, dass du arbeiten willst.«

»Will ich.«

»Oh, klasse. Ich brauche dich.«

»Hey, ich war das ganze Wochenende verfügbar und habe nur eine einzige Session bekommen!«

»Nur eine?«

»Ja.«

»Na, heute werde ich dir wirklich was zu tun geben.«

Mein erster Anruf kam nur zwanzig Minuten später.

»Alles klar, Herzchen. Er heißt Norman; ein Stammgast. Er wohnt in der Jane Street.«

Ich schrieb mir die Adresse und die Nummer des Apartments auf.

»Hör mal, Süße, kann sein, dass er ein Schwarzer ist. Das kann man am Telefon schlecht erkennen. Er ist ein Stammgast, aber ich habe ihn ja nie getroffen, weißt du.« Sie lachte. »Wäre das ein Problem?«

Das überraschte mich wirklich sehr, dass Jackie mich so etwas fragte – sie war selbst schwarz. Was würde wohl in ihr vorgehen, wenn ich ihr nun sagte, dass ich mir zu gut war, um mit einem Schwarzen zu schlafen? Das wäre schrecklich gewesen. Glücklicherweise aber war Norman kein Problem für mich, ich freute mich einfach, dass ich eine Session hatte. Also sprang ich in ein Taxi und machte mich auf zum West Village.

Norman war tatsächlich schwarz und sehr attraktiv. Mir war sofort klar, dass ich nicht das geringste

Problem damit haben würde, mit ihm zu schlafen, auch wenn er der erste Schwarze war, mit dem ich je Sex hatte.

(Bei diesem Callgirl-Job hatte ich ein erstes Mal nach dem anderen: Das erste Mal für Geld, das erste Mal mit einem Indianer, das erste Mal mit einem Typen über vierzig, das erste Mal mit einem Durchreisenden, das erste Mal mit einem Schwarzen, das erste Mal mit jemandem aus South Carolina ...)

Als ich in die Wohnung kam, kämpfte Norman gerade mit dem Anrufbeantworter. Er war im Schlafzimmer, in dem überall Babysachen herumstanden – in einer Ecke befand sich ein Kinderbett, Fläschchen und Windeln türmten sich auf der Kommode, und auf dem Boden lagen kleine Spielsachen. Baby und Ehefrau waren allerdings nirgendwo zu sehen. Norman hatte sich über den Anrufbeantworter gebeugt und versuchte fieberhaft, die Nachricht zu löschen, mit der Jackie ihm die Adresse bestätigt hatte. Er sagte immer wieder: »Sie wird mich umbringen. Scheiße, ich hätte nicht meinen echten Namen sagen sollen.«

Es dauerte fast zehn Minuten, aber dann war die Nachricht endlich verschwunden, und er wandte seine Aufmerksamkeit nun mir zu.

»Mit sie meinst du deine Frau?«, fragte ich.

»Ja. Sie ist heute in Atlantic City.«

Ich nickte.

»Sie wird noch eine Weile unterwegs sein.« Er dachte einen Augenblick nach. »Vielleicht sollte ich aber besser schnell noch mal checken, wo sie steckt.«

Er rief seine Frau an – und tatsächlich, sie war schon fast auf der George Washington Bridge.

»Scheiße«, rief er und flippte richtig aus. »Wir haben nicht mehr viel Zeit.«

Ich versuchte, geknickt auszusehen. Das sah nach einer richtig lockeren Session aus. Was für ein Glück.

Norman setzte sich aufs Bett und zog sein Hemd aus. Er sah langsam an mir hoch und runter. »Jackie hat gesagt, du wärst die Beste.«

»Echt? Das ist aber nett von ihr.« Ich wusste nicht recht, was ich dazu sagen sollte.

»Und? Bist du's?«

Ich hatte wirklich keine Ahnung, was ich darauf antworten sollte. »Die Beste? Weiß ich nicht. Ich bin jedenfalls ziemlich gut.«

Er sah erfreut aus. »Sie hat mir im Internet deine Fotos und so gezeigt. Die sind ja echt ziemlich heiß.«

»Danke.«

»Da stand auch, du hättest in Pornos mitgespielt?« Norman legte sich aufs Bett, eine Hand hinter dem Kopf, und sah mich noch immer an; er war offensichtlich fasziniert.

»Ja, das stimmt.«

»Wie ist denn das so?«

»Es kann echt viel Spaß machen. Aber es ist auch ziemlich harte Arbeit.«

Dieses Thema schien ihn wirklich sehr zu interessieren. Je länger das Gespräch, desto kürzer der Sex. Ich erzählte ihm, wie komisch es manchmal war, dass es absolut unerotisch, aber gleichzeitig auch eine sexuell sehr stimulierende Erfahrung sein konnte, und das war dann das Stichwort für uns, selbst loszulegen. Wir hatten vermutlich noch etwas über eine halbe Stunde, bevor seine Frau nach Hause kommen würde. Norman war zwar definitiv nervös, aber ich wurde langsam richtig gut darin, den Ton anzugeben. Wir zogen uns aus, wobei er seine weißen Sportsocken anbehielt, und küssten uns. Dann gab ich ihm das Kondom, wir vögelten wie ein sauber geöltes Räderwerk, und in zehn Minuten war alles vorüber.

Zwischendurch, ziemlich am Anfang, legte er meine Hand auf seinen Arsch. »Kannst du mir deinen Finger da reinstecken?«

»Klar, ich denke schon«, lachte ich. »Hab ich aber noch nie gemacht.«

»Echt nicht? Dann lass ruhig. Ich dachte, du wüsstest, wie es geht. Sie macht es immer zu heftig.«

»Deine Frau?«

»Ja.«

Nachdem er gekommen war, stand er auf und zog sich wieder seine Shorts an. »Tut mir wirklich Leid, dass ich dich so hetzen muss, aber sie wird bald zu Hause sein. Ich möchte dich nicht rauswerfen, es wäre schön, wenn du noch bleiben könntest, aber sie kommt schon bald. Scheiße.« Er war ganz klar ziemlich genervt, weil es nicht so gelaufen war, wie er es sich gedacht hatte. »Sie wollte eigentlich den ganzen Tag über wegbleiben.«

»Das ist schon okay«, sagte ich beruhigend. Ich war begeistert, dass ich so früh schon gehen konnte. »Wir können ja ein andermal weitermachen.«

»Nach Harlem fährst du nicht raus, oder doch?«

»Du meinst, für einen Termin?«

»Ja.«

»Ich weiß nicht. Ich glaube schon.« Wenn die Agentur Long Island und New Jersey bediente, dann vermutete ich, dass auch Harlem kein Problem sein würde, es sei denn, dass es wegen der Sicherheit da Beschränkungen gab.

»Es wäre ein ziemliches Stück weiter draußen.«

»Ich weiß es wirklich nicht«, meinte ich. »Wieso fragst du? Was ist denn da?«

»Da hänge ich mit meinen Kumpels ab. Es wäre leichter, dich da zu sehen. Hier ist mein Zuhause, das ist sehr schwierig.«

»Ich kann mir nicht vorstellen, dass es ein Problem geben würde, da rauszufahren. Ich nehme einfach ein Taxi.«

»Du könntest mir wohl nicht deine Nummer geben, damit ich dich direkt anrufen kann, oder?«

»Nein, tut mir Leid. Aber du kannst mich jederzeit über Jackie buchen.« Da war es mal wieder, das vertraute Baggern nach der Telefonnummer.

»Okay.« Er seufzte. An diese Antwort war er vermutlich gewöhnt. Wie oft wohl Frauen ihre Nummer wirklich rausgaben?

»Würde es dir was ausmachen, das hier mitzunehmen? Ich will nicht, dass sie es findet.« Er gab mir das benutzte Kondom.

»Kein Problem«, sagte ich ausgesprochen erheitert.

»Ich hätte dich letzte Nacht anrufen sollen«, rief er. Ich merkte, dass er mich am liebsten gar nicht gehen lassen wollte; es fuchste ihn ungeheuer, dass die Rückkehr seiner Frau so unmittelbar bevorstand.

»Wieso, was hast du letzte Nacht gemacht?«

»Ich war noch spät unterwegs, ich habe gespielt. Nichts Aufregendes. Aber ich hätte dich anrufen sollen!«

Ich lächelte ihn dankbar an, verabschiedete mich mit einem Kuss und ging, das benutzte Kondom amüsiert zwischen meinen Fingern. Ich warf es in der Lobby in einen Mülleimer und rief Jackie an, um ihr zu sagen, dass ich fertig war.

»Ich bin schon wieder raus.«

»So schnell?«

»Ja, seine Frau kommt früher zurück.«

Wir lachten beide.

»Hey, Schätzchen – ist er ... schwarz?«

»Ja. Und er sieht sehr gut aus. Soll ich bei der Agentur vorbeikommen oder nach Hause fahren?«

»Fahr ruhig nach Hause. Ich rufe dich an, wenn du den nächsten Einsatz hast, und werde mal versuchen, dir etwas für drei Uhr zu arrangieren.«

»Okay. Denk aber dran, ich muss um halb sechs Schluss machen.«

»Kein Problem. Willst du dann später am Abend noch weiterarbeiten?«

»Nein, ich denke nicht. Ich mache dann Schluss.«

»Okay, Süße. Ich ruf dich bald wieder an.«

* * *

Ich war gerade erst ein paar Minuten zu Hause, als das Telefon klingelte.

»Okay, Schätzchen, ich habe dich für Ron gebucht.«

»Für wen?«

»Ron. Du weißt schon, den Boss.«

Den Boss? Okay, das war jetzt echt abgefahren. War das so eine Situation, in der man den Boss vögeln muss, um den Job zu behalten? »Ach so. Ron.«

Sie merkte wohl, dass ich komplett verwirrt war.

»Das ist eine ganz normale Session, Süße. Er langweilt sich und möchte ein bisschen Unterhaltung. Leiste ihm einfach ein bisschen Gesellschaft.«

»Okay.«

»Er wird dich vermutlich für ein paar Stunden haben wollen.«

Für ein paar Stunden, so? Ich fragte mich, ob ich für diese Zeit bezahlt würde, oder ob es sich um einen stillschweigend vorausgesetzten, unbezahlten Teil meines Jobs handelte.

»Okay. Du weißt aber ja, ich habe ab halb sechs was vor.«

»Ja, ja, ich weiß. Ich habe ihm gesagt, er solle dich nicht nehmen, weil ich dich einsetzen wollte, aber er bestand darauf. Allerdings hoffe ich, dass es bei ihm nicht so lange dauert, und dass ich dich wieder vermitteln kann, wenn er weg ist.«

»Wo soll ich hinkommen?«

»Tja, das ist die Sache. Du kannst entweder rausfahren nach Queens zu seiner Wohnung, oder er kommt zu dir. Wenn du nach Queens willst, dann holt er dich ab.«

Queens? Ich hatte keine große Lust dazu, ganz dorthin und später wieder zurückzufahren. Es wäre auch für ihn sicher einfacher, in meine winzige Wohnung zu kommen, so grässlich wenig niveauvoll mir das auch erschien.

»Meine Wohnung wäre wohl einfacher«, sagte ich schicksalsergeben.

»Das ist auch für uns leichter, Schätzchen. Er ist in zehn Minuten da.«

Das ließ mir gerade genug Zeit, meine ganzen herumliegenden Sachen in den Kleiderschrank und unters Bett zu schieben. Ich war mir sicher, dass das Apartment weit unter dem Standard lag, den Ron gewöhnt war, aber ich hatte ja keine Wahl. Jedenfalls war ich nicht darauf vorbereitet gewesen, bei mir zu Hause Besucher zu empfangen. Ich fragte mich, was meine Mitbewohnerin wohl denken mochte, und ob ihr klar war, was da lief. Ob sie überhaupt eine Ahnung hatte, was ich so in der letzten Zeit getrieben hatte? Es war mir aber auch ziemlich egal. In der folgenden Woche würde ich eh aus dem Apartment raus sein.

Zehn Minuten später tauchte Ron auf, und es *war* der Typ vom anderen Schreibtisch. Er kam rein, legte sich auf mein Bett, und wir hatten ein etwas gezwungenes, aber doch ganz angenehmes Gespräch, das fast zwei Stunden dauerte. Es war auf alle Fälle ein sehr komisches Gefühl, dass er in meiner Wohnung war, auf meinem Bett, aber Gott sei Dank knutschten oder fummelten wir überhaupt nicht. Er zog nicht einmal den Mantel aus.

Ich kam mir wie ein richtig rückständiger Trampel vor, mit meiner unglamourösen hellblauen Tagesdecke auf dem Bett und meinem winzigen Zimmerchen mit den gelben Wänden. Hier standen meine Zimmerpflanzen, meine CD-Sammlung, mein ausgestopfter Koala. Ich fühlte mich wie ein kleines Mädchen. Ihm schien das nichts auszumachen, und nach ein paar Stunden gingen wir einen Happen essen und hielten auf dem Weg kurz bei einer Autowerkstatt, weil irgendwas an den Lautsprechern in seinem Wagen kaputt war.

Dann gab er mir neunhundert Dollar und setzte mich beim Proberaum meiner Band ab. Ich konnte es nicht glauben. NEUNHUNDERT DOLLAR für drei Stunden etwas seltsamer, aber angenehmer Konversation. Ich nahm nicht an, dass die Agentur davon die Hälfte beanspruchen würde – das wäre irgendwie unsinnig gewesen –

aber ich nahm das Geld mit, als ich später Normans Honorar abrechnete, und ich wartete ab, ob sie danach fragen würden.

Sie taten es nicht – es gehörte alles mir.

18. JANUAR

Während ich wartete, dass Jackie mit der Standpauke fertig war, die sie einem Mädchen hielt, das ein Kreditkartenformular nicht richtig ausgefüllt hatte, klingelte ihr Telefon.

»Hallo. Kann ich Ihnen helfen?« Pause. »Oh, hi, Ron. Ja, das ist Sydney.« Pause. »Okay, bleib einen Moment dran.« Sie legte den Hörer hin. »Ron möchte mit dir sprechen. Du kannst das Gespräch dort drüben annehmen.« Jackie deutete auf ein Telefon in der Ecke.

Ich fragte mich, weshalb er mit mir reden wollte. Vielleicht wollte er mich wiedersehen? Gegen weitere neunhundert Dollar hatte ich nichts einzuwenden.

»Hallo?«

»Hallo Sydney. Wie geht's dir?«

Wir flirteten ein paar Minuten, ohne uns ernsthaft über etwas Bestimmtes zu unterhalten. Dabei lächelte ich irgendwann, und er rief: »Was für ein wunderschönes Lächeln!«

»Meinst du? Woher willst du das wissen?« Schließlich war er gar nicht da.

»Ich kann dich sehen.«

»Du kannst mich sehen? Wie das denn?«

»Dreh dich um.«

Ich drehte mich um.

»Siehst du das gebogene Ding da in der Ecke? Das ist eine Kamera.«

»Wieso hast du die?«

»Damit ich hier zu Hause sitzen und alles im Auge behalten kann.«

Ich war beeindruckt, aber auch ein bisschen schockiert – noch eine Kamera, mit der er alles überwachte. Er konnte sich die Straße vor dem Büro ansehen, das Treppenhaus im Gebäude und offenbar sogar das Büro selbst. Diese Agentur war technisch so auf der Höhe – hunderte von Telefonleitungen, alle mit einander verbunden, zahllose Kameras, die jeden Blickwinkel abdeckten, und Bildschirme, die alles Mögliche andere zeigten. Ich fragte mich, ob das aus Sicherheitsgründen wirklich erforderlich war, oder ob Ron einfach technische Spielzeuge liebte und Macht spüren wollte.

Ich verabschiedete mich von ihm, erledigte meinen Papierkram und verschwand aus dem Büro. Das Geld, das ich für meine neue Wohnung brauchte, hatte ich nun zusammen. Ich hatte es ganz allein geschafft, und niemand wusste, wie.

18. JANUAR (NACHTS)

Später am Abend überlegte ich, doch noch ein wenig zu arbeiten. Ich wollte jeden Hunderter, den ich bekommen konnte, mitnehmen. Daher rief ich im Büro an, dass ich verfügbar war, und hatte Nicole an der Strippe, ein Telefongirl, das ich zuvor noch nie getroffen hatte.

»Ich habe einen Job für dich.«

»Perfekt.« Das ging ja schnell.

»Für Mitternacht.«

»Mitternacht? Ein früherer Termin wäre mir lieber.« Es war erst ungefähr halb acht. Ich hatte gehofft, eine oder zwei Sessions machen zu können und gegen Mitternacht im Bett zu sein.

»Schätzchen, manchmal muss man nehmen, was man kriegen kann.«

Das verstand ich nicht. »Aber gibt es denn nichts Früheres?«

»Wenn vorher noch was reinkommt, dann plane ich dich ein, aber ich werde dich jetzt erst einmal für Mitternacht reservieren.«

»Ich weiß echt nicht, ob ich so spät noch arbeiten will.«

»Es sind nur ein paar Stunden. Hättest du nicht noch Lust, kurz im Büro vorbeizukommen, damit ich dich kennen lernen kann? Ich vermittle nicht gern Mädchen, die ich noch nie gesehen habe.«

Scheiße. Es war draußen richtig kalt. Ich wollte eigentlich nicht noch nach Midtown fahren, aber vielleicht zögerte sie wirklich, mir gute Jobs zu geben, weil sie mich nicht kannte.

»Okay. Ich komme rüber.« Vielleicht war Ron auch da und würde mich für ein paar Stunden nehmen.

Er war tatsächlich im Büro, und während ich darauf wartete, dass Nicole zu telefonieren aufhörte, flirteten wir, redeten über irgendwelchen nichtigen Kram, und dann bot er mir einen Job an. Einen richtigen Job.

Wie sich herausstellte, hatte er über sechshundert eingetragene Domains, die alle vor sich hin dümpelten, ohne Führung oder Organisation. Er behauptete, dass er kein Geld mit ihnen verdiente, weil ihnen einfach niemand genügend Aufmerksamkeit schenkte, und nun wollte er, dass ich die Sache in die Hand nahm und die Onlinedienste seiner Firma leitete. Ich konnte es kaum glauben.

Ich sagte Nicole, dass ich die Mitternachtssession nicht machen würde, und fragte Ron, ob er mit mir etwas trinken wollte. Ich wollte unbedingt mehr über den Job erfahren. Die Telefongirls warfen uns seltsame Blicke zu, als wir zusammen gingen.

»Wo gehst du hin, Ron?«, fragte Jackie.

»Ich bringe nur schnell Sydney nach Hause, und dann gehe ich beim anderen Büro vorbei.«

Sie waren skeptisch. Sicher dachten sie, dass er mich von der Arbeit abhalten wollte, um mich ganz für sich zu haben.

Wir gingen etwas trinken und redeten weiter über den Job. Er meinte es ernst. Er wollte, dass ich Vollzeit für ihn arbeitete. Ich erklärte, dass ich darüber nachdenken und mich Mitte der folgenden Woche noch einmal mit ihm treffen wollte. Ich konnte es nicht fassen. Er kannte mich kaum – vielleicht hatte er den Sonntag genutzt, um sich einen Eindruck von mir zu verschaffen? Wenn ich diesen Job annahm, würde ich so viel mehr verdienen als im Augenblick, und ich würde mit den Sexjobs aufhören können. Es war eine wirklich bizarre Wendung des Schicksals.

Ganz offiziell

In dem mein Sexleben zu meinem richtigen Leben wird.

1. FEBRUAR

Ich nahm Rons Angebot an und kündigte meinen alten Job. Irgendwie konnte ich selbst nicht glauben, was ich da tat. Es war nicht zu fassen, dass sich aus einem kleinen Hobby ein offizieller Vollzeitjob entwickelt hatte, und dass ich wirklich die Leiterin der Onlinedienste seines Unternehmens wurde – die sozusagen all seine Webseiten verwaltete und dafür sorgte, dass sie alle einen akzeptablen Standard erreichten.

Ron brauchte dabei vor allem einen Webmaster, der diese Seiten technisch betreute, er brauchte Telemarketing-Personal, um Werbekunden zu gewinnen, und er musste eine Datenbank für die Buchführung einrichten, damit die Werbegelder den einzelnen Seiten zugewiesen werden konnten. Ich sollte den ganzen Betrieb überwachen, die Werbekampagnen planen, Live-Videoübertragungen organisieren, die Qualität der Seiten insgesamt verbessern – all das zählte ab sofort zu meinen Aufgaben. Ich würde einen ordentlichen, verantwortungsvollen, fordernden Managerposten in der Sexindustrie übernehmen. Es war schlicht unglaublich, wie sich die Dinge entwickelt hatten.

Dabei hatte ich alles Interesse daran verloren, selbst noch als Callgirl zu arbeiten oder in Pornos mitzuwirken.

Mein Kopf war voll und ganz mit meinem neuen Job beschäftigt. Als Dawn mich an diesem Tag anrief und mich für einen Stammkunden buchen wollte, der auf israelische Mädchen stand, quälte ich mich mit einer Entscheidung. Das Geld brauchte ich schon, aber ich wollte nicht arbeiten. Nach den ganzen Ausgaben für den Umzug war ich pleite. Allerdings wusste ich, dass ich später, sobald die regelmäßigen Gehaltszahlungen von Ron eintrudelten, wieder flüssig sein würde, und ich wollte abwarten.

Wohin war mein Interesse an der ganzen Sache verschwunden? War Geld wirklich meine wichtigste Motivation gewesen, und hätte ich, wenn ich das Geld nicht so dringend gebraucht hätte, vielleicht eine andere Art gefunden, meine sexuellen Wünsche zu befriedigen? Oder lag es daran, dass ich mich gerade sehr in einen Typen verliebt hatte?

Er war der Erste, der mich richtig fasziniert hatte, seit ich mit diesem Projekt begonnen hatte. Er war der Einzige, mit dem ich im Augenblick schlafen wollte. Mit niemandem sonst wollte ich Sex. War es also so, dass mein Sextrieb jetzt stärker auf eine Person gerichtet war, oder gab es mit dem neuen Job in meinem Leben so viel intellektuelle Herausforderung, dass ich weniger stark nach anderen Möglichkeiten suchte, um mich zu stimulieren?

Auch die Arbeit für Lance interessierte mich nicht mehr, obwohl ich sein Geld natürlich immer noch gut brauchen konnte. Die Ausgaben für die neue Wohnung hatten sich zu einer ganz hübschen Summe geläppert, und während des Jobwechsels war ich eine Woche ohne Arbeit. Daher hätten sich ein paar hundert Dollar schon ganz schön gemacht, aber ich *wollte* es einfach nicht tun. Ich hatte das Gefühl, als hätte man mich an den Haaren zu einer Session schleifen müssen, gegen die ich mich mit Händen und Füßen wehren wollte. Ich wollte einfach nicht nett sein, hübsch aussehen, meinen Arsch quer durch die Stadt schleifen und mich von irgendjemandem vögeln lassen, der sich das finanziell leisten konnte.

Also sagte ich allen ab.

22. FEBRUAR

Da ich nun einen Job gefunden hatte, der mich auch vom Kopf her forderte, wollte ich nichts anderes mehr machen. Ich wollte nach der Arbeit nach Hause gehen können, die Abende mit Freunden verbringen oder meine eigenen Sachen machen. Ich hatte keine Lust mehr, die Zeit mit anderen Dingen zu verbringen. Also verabschiedete ich mich vom Callgirl-Dasein, von Lance, von den Inseraten nur für Erwachsene, den Taxis, den Stöckelschuhen und den Fantasiewelten von Sydney und Karla.

Es gab noch etwas anderes, was zu dieser Entscheidung beitrug. Als ich mein neues Büro einrichtete, fand ich einen Stoß Papiere. Rachel, meine Assistentin, die zuvor als Telefongirl für Rons Agentur gearbeitet hatte, erklärte, dass es eine DNS-Liste sei.

»DNS? Was bedeutet denn das?«, fragte ich und blätterte die Zettel durch; ich dachte, es hätte vielleicht etwas mit den Domain-Servern zu tun.

»Do not serve – unerwünschte Kunden, die nicht bedient werden.«

Die Liste enthielt die Namen und Telefonnummern der Männer, denen die Agentur die Dienste verweigerte, und auch die Gründe waren angegeben. Einige davon waren unspektakulär (»macht nicht auf«, »streitet über Kreditkartengebühr«, »Zeitverschwendung, tarnt sich möglicherweise mit französischem Akzent« oder »nette Stimme, aber öffnet nicht, wenn die Frau bei ihm erscheint«), andere aber klangen sehr Besorgnis erregend (»gewalttätig«, »Arschloch«, »gewalttätig, Model musste ins Krankenhaus« oder »hat Frau mit Messer bedroht und vergewaltigt«).

Wie Rachel mir erzählte, hatte sie nur eine einzige Nacht als Telefongirl für Ron gearbeitet.

»Ich habe sehr viele Frauen vermitteln können, es war eine tolle Nacht. Ich habe sehr viel Geld verdient. Aber eins der Mädchen wurde zusammengeschlagen und vergewaltigt. Dabei hatte sie sogar einen Fahrer gehabt. Er war draußen und wartete, während es passierte. Das Mädchen hat ein paar Tage danach schon wieder gearbeitet. Sie sah es wohl ein bisschen so, okay, das Schlimmste ist vorbei, aber ich konnte damit nicht umgehen. Das habe ich Ron dann auch gesagt. Daraufhin meinte er, dass er jemanden bräuchte, der Grafiken für seine Webseiten macht, deswegen habe ich dann hier angefangen. Als Callgirl könnte ich nie arbeiten. Wenn überhaupt, dann würde ich nur die richtigen Oberklasse-Aufträge annehmen, und ich bräuchte einen Bodyguard!«

Als ich sie das sagen hörte und gleichzeitig auf die Seiten in meiner Hand blickte, wusste ich, dass meine aktive Zeit vorbei war. Ich hatte die Ausstiegsmöglichkeit bekommen, die ich brauchte. Ich würde nicht zurückgehen. Das konnte ich nicht mehr. Ich hatte Glück gehabt, dass mir nie etwas passiert war, aber ich wäre verrückt gewesen, hätte ich dieses Glück herausfordern wollen. Ich würde etwas anderes finden müssen, um mich zu beschäftigen, meinen Sex-Drive zu erfüllen und meine Miete zu bezahlen.

23. FEBRUAR

Ich hielt mein kleines Pornoprojekt für abgeschlossen und war bereit, es in die ihm zukommende Schublade zu tun und es wegzuschließen – einfach noch fertig schreiben, ein bisschen redigieren, ein paar mehr Details einfügen und dann zum nächsten Punkt übergehen. Ich dachte gar nicht lange darüber nach. Es war einfach etwas, das ich in meiner Vergangenheit einmal getan hatte.

Einer meiner Freunde war überrascht darüber, wie wenig mich diese Ereignisse geprägt hatten.

»Ich habe Freundinnen, die in dem Gewerbe arbeiten«, sagte er, »oder zumindest gestrippt haben, und sie haben alle ein Problem mit Männern, das sie nur schwer in den Griff bekommen. Es ist einfach toll, dass dir das nicht so geht.«

Einfach toll. Super. Ich klopfte mir selbst auf die Schulter.

»Was meinst du, woran liegt das?«, fragte er.

Ich hatte dafür jede Menge mögliche Erklärungen: Ich war klüger als die anderen, ich hatte dieses Buch, das mir bei der Verarbeitung half, ich war besser darin, Abstand zu halten und Barrieren zu errichten – aber das war gelogen. Vielleicht hatte ich keine so offen zutage tretenden Probleme, aber sie waren trotzdem da, und vielleicht war es so noch viel heimtückischer.

Komisch – manchmal denkt man, etwas wäre vorbei, und dann dreht man sich um und stellt fest, dass es einem genau ins Gesicht grinst. Eines Tages ging ich von der Arbeit nach Hause und spürte, dass mir Männer auf jene Weise hinterherguckten, wie sie Frauen eben anstarren, die an ihnen vorübergehen. Ich empfand Abscheu und Verachtung für sie, Geringschätzung und Mitleid, weil sie so lächerliche Geschöpfe waren. Sowohl im Kerker als auch in der Agentur hatte man mir gesagt, dass Frauen sich nur dann einmal meldeten, wenn sie mit ihren Männern zusammen kamen, und selbst das war selten. Frauen warfen keine paar Hundert Dollar für eine Stunde mit mir raus – Männer schon.

Männer bezahlen hunderte von Dollar dafür, sich geliebt zu fühlen – so künstlich und niedrig diese Liebe dann auch sein mag. Sie sind verzweifelt und schwach, selbst die reichen, gut aussehenden. Ich habe beobachtet, wie sie mich angesehen haben, wenn die Zwanziger ordentlich auf dem Nachttisch aufgestapelt waren, in der Hoffnung auf eine Stunde bedingungsloser Liebe und Lust. Überall in New York, in der ganzen Welt bestellten sich Männer ein Mädchen, liehen Pornos, surften auf Erotikseiten und waren bereit, für ein bisschen nacktes Fleisch bares Geld hinzulegen. Lächerlich.

Natürlich merkte ich, als ich darüber nachdachte, dass mir diese Haltung nicht gut zu Gesicht stand. Ich war ja bereit gewesen, ihnen das alles zu bieten. Machte mich das schlechter oder besser? Sie zahlten für mich – machte sie das schwächer oder stärker? War ich besser als sie? Ich brauchte sie schließlich genauso sehr wie sie mich.

Ich wusste es nicht genau, aber von dem Gedanken wurde mir schlecht.

* * *

Am gleichen Abend ging ich mit einigen Freunden zusammen essen. Wir amüsierten uns ein wenig über den Restaurantbesitzer, meinen Freund Jarrett, wegen seines Hangs zum Mikromanagement, als er einen der Barkeeper, ebenfalls ein Freund von mir, zurechtwies, weil er ein benutztes Glas nicht schnell genug wieder abräumte. Wir lachten über Jarrett, zumal lauter Freunde des besagten Angestellten an dem Tisch saßen, auf dem das Glas stand.

»Komm schon«, sagte der Barkeeper, »es ist nur ein Glas hinten auf dem Tisch. Das stört die gar nicht. Ich räume es später ab.«

Alle lachten, aber Jarrett wandte sich plötzlich an mich.

»Hey, sehe ich dir vielleicht bei deiner Arbeit zu und sag dir, wie du die Burger wenden sollst?«

Wir lachten wieder. Ich lachte, er lachte. Dann ging er einen Schritt weiter.

»Geh ich zu dir auf die Arbeit und zieh dir die Schwänze aus dem Mund?«

Es folgte ein beklommenes Schweigen, und dann lachte jemand. Niemand dort wusste, dass ich als Callgirl gearbeitet hatte, außer meinem Freund, dem Barkeeper, der mich gespannt ansah und auf meine Reaktion wartete.

Ich zermarterte mir das Hirn, ob ich Jarrett je gesagt hatte, was ich machte. Ich war mir sicher, dass er von meinem Job als Pornodarstellerin oder als Hostess keine Ahnung hatte, aber es war möglich, dass er von meiner neuen Stelle wusste, wahrscheinlich hatte der Barkeeper geplaudert. Dabei war mir klar, dass Jarrett nicht versuchte, meine Gefühle zu verletzen. Aber es stimmte natürlich: Ich *hatte* es getan. Ich hatte Schwänze gelutscht, um die Miete zu zahlen, und seine Worte taten weh.

Ich war am Boden zerstört und fühlte mich wie aufgeschlitzt, ich konnte kaum atmen. Ich hasste mich und kam mir vor wie eine billige Hure. Jegliche Illusion über den glamourösen Aspekt dieser Arbeit war verflogen. Ich hatte für Geld Schwänze gelutscht. Vielleicht war ich nicht billig, aber ich war eine Hure.

HURE.

Ich fühlte mich benutzt. Sicher wusste ich, wo der Unterschied zwischen Liebe und Ficken lag, aber mit Letzterem hatte ich deutlich mehr Erfahrungen gesammelt. Ich war eine Schlampe, eine Prostituierte. Ich hatte mich verkauft. Nicht meinen Verstand, meinen Körper. Meine Muschi war für den Höchstbietenden zu haben, und ich fühlte mich wie Abschaum.

Ich schämte mich und ging sofort nach Hause. Ich wollte mit niemandem reden. Ich fühlte mich ungeliebt und wie eine einzige große Enttäuschung. Ich hatte kein Recht, auf mich, meine Chuzpe und meine Stärke stolz zu sein. Wenn man genau hinsah, dann war ich eine der Frauen, mit denen auf Partys niemand reden will. Ich war billiger Lovergirl-Abschaum. Meine Arbeit als Callgirl war nicht glamourös. Nur weil ich nicht an einer dunklen Straßenecke stand, mit superkurzem Mini und Push-up-BH, unterschied ich mich dennoch nicht von anderen Prostituierten. Ich wollte duschen und meinen ganzen Körper sauber schrubben. In meiner Wohnung sitzen, in der Wohnung, die ich mir leisten konnte, weil ich meinen Körper verkauft hatte, und mit niemandem reden. Ich war nicht so hart, wie ich dachte.

Gleichzeitig war da dieser Teil von mir, mit dem ich noch immer so fühlte wie damals als fünfzehnjähriger Teenager – wie das Mädchen, das kein Junge küssen wollte, das nie jemanden hatte, der mit ihm im Kino Händchen hielt, das keinerlei Beachtung fand – und dieses Mädchen hätte am liebsten seine Kleider heruntergerissen und laut geschrien: »Dieser verdammte Körper hat meine Miete bezahlt!« Diese Titten, diese Beine und das warme Loch dazwischen hatten mich zu einer der Besten gemacht.

Hatte Jackie gesagt.

Ich versuchte, ein bisschen darauf stolz zu sein.

* * *

Ich machte mir einen Frauenarzttermin für Freitag. Da mein Projekt jetzt abgeschlossen zu sein schien, war es an der Zeit, sich auf Geschlechtskrankheiten untersuchen zu lassen. Man wusste ja nie. Ich war zwar sehr vorsichtig gewesen, aber wie einer meiner Freunde gesagt hatte, gehörte ich noch immer zur Risikogruppe. Das war nicht zu leugnen. Ich hoffte, dass ich mir nichts eingefangen hatte.

6. MÄRZ

Meine Bluttests waren negativ. Kein HIV, keine Hepatitis.

* * *

Am Wochenende hatte ich zum ersten Mal seit Januar wieder Sex. Es war zum ersten Mal seit zweieinhalb Monaten, dass ich umsonst mit jemandem schlief, und das erste Mal seit zehn Monaten, dass ich mit jemandem im

Bett war, der mich liebte. Wenn man sich daran gewöhnt, sich für Sex bezahlen zu lassen, dann vergisst man schnell, dass es auch ganz anders sein kann. Man vergisst, wie anders es ist, wenn man mit Zuneigung statt nur mit Lust berührt wird, wenn man begehrt wird für das, was man ist – nicht für seine Schenkel, die Brüste oder für das, was man darstellt. Ich wusste, dass ich für diese Männer eine Fantasie gewesen war, dass es mich geil gemacht hatte, wie überlebensgroß ich mich dabei fühlen konnte, aber mir war nicht klar gewesen, wie viel mehr es einen anmachen kann, wenn man nur für das geliebt wird, was man wirklich ist.

Während der Arbeit hatte es mich immer erstaunt, wie leicht mir der Sex gefallen war – ich hatte vergessen, wie schwer es ist, nicht Sex zu haben, sondern Liebe zu machen. Diese Erfahrung war so intensiv, dass ich es kaum ertrug. Es war ein so warmes, zärtliches, süßes Gefühl. Es war unglaublich, welch unterschiedliche Wirkung die exakt gleichen Bewegungen haben können. Man kann die Hand des einen Mannes auf dem Rücken als besitzergreifend und dominant empfinden, die eines anderen möglicherweise als zärtlich und liebevoll.

Es mag sehr naiv klingen, aber mir war einfach nicht der Gedanke gekommen, dass ich vergessen könnte, wie sich Liebe wirklich anfühlte, dass ich mich daran gewöhnen könnte, eine Sexmaschine zu sein, und dass ich später nicht mehr wissen würde, dass Sex auch anders ging. Beinahe hätte ich zu weinen angefangen, so sehr überwältigte es mich, mit diesem Mann zu schlafen. Mir wurde klar, wie verzweifelt ich begehrt und geliebt sein wollte, und ich fragte mich, wie stark ich bei meinem Projekt genau danach gesucht hatte.

Als ich damit begonnen hatte, erste Informationen über käuflichen Sex einzuholen, bevor ich mich traute, selbst aktiv zu werden, hatte ich ein Buch nach dem anderen über Huren, Stripperinnen, Pornosternchen und Peepshow-Tänzerinnen gelesen. In einem davon war von einem seltsamen Phänomen die Rede gewesen – eine überwältigende Zahl von Stripperinnen war ohne eine dominierende Vaterfigur aufgewachsen. Entweder hatten sich die Väter nicht sehr um ihre Töchter gekümmert, oder die Mädchen waren bei allein erziehenden Müttern groß geworden, aber bei vielen von ihnen klaffte ein Loch, wo die Liebe eines Vaters eigentlich hätte sein sollen.

Natürlich soll das nicht heißen, dass jedes Mädchen, das ohne die Unterstützung seines Vaters auskommen muss, zwangsläufig als Nackttänzerin endet. Es bedeutet nur, dass das Fehlen väterlicher Liebe einer der vielen Faktoren ist, die eine Frau dazu ermutigen können, diese Karriere einzuschlagen. Es war jedenfalls eine seltsame Parallele zu meinem Leben, die mich sehr zum Nachdenken brachte. Zwar hatten sich meine Eltern erst scheiden lassen, als ich aufs College ging, aber mein Vater zeigte mir gegenüber nie sehr viel Gefühl oder Zuneigung, und die Male, als er mir sagte, dass er mich liebte oder stolz auf mich war, konnte ich an einer Hand abzählen. Er arbeitete viel, und meine Erinnerung an ihn beschränkt sich größtenteils auf eine schattenhafte Figur, die am Esstisch saß oder an den Wochenendnachmittagen in seinem Arbeitszimmer Zeitung las.

Je älter ich wurde, desto mehr wurde mir bewusst, dass in mir ein Loch gähnte, das ich zu füllen suchte. Als Partner wählte ich mir häufig Männer, die in meinem Leben eine väterliche Rolle übernahmen. Ich sehnte mich nach der Bestätigung und Sicherheit, die mir nur ältere Männer geben konnten, und versuchte jemanden zu finden, der die Illusion einer Familie aufbauen würde und mir das Gefühl vermitteln konnte, geliebt und behütet zu werden. Einmal verlobte ich mich sogar – in der verzweifelten Hoffnung, mit jemandem, der mich liebte, ein Zuhause aufzubauen. Und ich erkannte erst Monate später, dass ich von ihm etwas erhoffte, was er mir nie würde geben können: die Liebe eines Vaters.

Dann nahm ich das besagte Projekt in Angriff, das vielleicht als ultimative stereotype Suche nach männlicher Bestätigung begriffen werden kann, und suchte bei diesen Männern, die dafür bezahlten, dass sie mit mir schlafen durften, eine Sicherheit, die sie mir nie wirklich geben konnten. Ich musste schließlich erkennen, dass ich die Liebe meines Vaters niemals von ihnen bekommen würde, und dass ich das, was mir fehlte, letztendlich nur in mir selbst finden konnte.

Allerdings erkannte ich erst, als ich meine Arbeit in der Erotikbranche beendet hatte, dass mir diese Erfahrungen wirklich geholfen hatten, von dem Vaterfigurproblem auf ganz unerwartete Weise wegzukommen. Indem ich finanziell unabhängig wurde und ein stärkeres Bewusstsein für meine eigene Sexualität entwickelte – und damit ein viel ausgeprägteres Gefühl dafür, *wer* ich war –, hörte ich auf, mich ständig zu Männern mittleren Alters hingezogen zu fühlen. Mit meiner eigenen Wohnung konnte ich ein Zuhause aufbauen, und das gab mir die seelische Grundlage, mich ganz auf mich selbst zu konzentrieren. Ich brauchte keine Kraft von Außen mehr, um ein Gefühl von Zuhause und Familie zu erzeugen – ich konnte diese Atmosphäre in meiner eigenen kleinen Studiowohnung ganz allein aufbauen. Da ich mehr Geld auf dem Konto hatte, konnte ich mich selbst gelegentlich zum Essen ausführen, mir hübsche Sachen kaufen und für meine Drinks selbst bezahlen. Ich brauchte niemanden mehr, der auf mich aufpasste.

Es dauerte lange, bis ich den mir innewohnenden Reflex erkannte, die Bestätigung des nächsten Mannes zu suchen, der sich gerade in meiner Nähe befand – und schließlich damit aufzuhören. Die wichtigste Bestätigung, die ich nun jeden Tag wollte, gab ich mir selbst.

Erkenntnisse

13. MÄRZ

Bleibende Nachwirkungen, zweiter Teil:

Ich hatte mir Sorgen darüber gemacht, dass mich die Menschen in meiner Umgebung aufgrund dieses Projekts anders wahrnehmen könnten, und selbst nun, da es abgeschlossen war, fürchte ich immer noch, dass meine frühere Tätigkeit eine Lawine ins Rollen bringen könnte, die mich niederwalzen würde. Letzte Woche bekam ich eine E-Mail von einem Freund, in der er so ganz nebenbei anklingen ließ, er habe seiner Freundin bisher nicht erzählt, welchen Beruf ich ausübte; das war etwas problematisch, da ich mit beiden Essen gehen wollte. Seine Worte erwischten mich kalt.

»Ich habe ihr noch nicht von deinem neuen Job erzählt, und ich weiß nicht recht, wie sie darauf reagieren wird, daher bin ich ein wenig besorgt«, schrieb er.

Damit konnte ich zunächst nichts anfangen, und ich bat ihn um eine Erläuterung.

»Sie ist nicht sehr tolerant, was ›Jugendsünden‹ betrifft«, erklärte er daraufhin. »Es könnte sein, dass sie deiner Position nicht sehr aufgeschlossen gegenüberstehen wird. Möglicherweise denkt sie: Hübsche Frau + Sexjob = billige kleine Schlampe. Ich bin etwas beunruhigt, wie das so laufen wird.«

Es war, als hätte ich einen Tritt in die Magengrube erhalten. Dieser Freund – ein wirklich guter Freund von mir – machte sich offenbar wirklich Sorgen darüber, was seine Freundin sagen würde, und dabei ging es um meinen aktuellen, einigermaßen beeindruckenden und völlig legalen Job. Er wusste nicht einmal, auf welchem Weg ich den bekommen hatte!

Verglichen mit meiner pornografischen Vergangenheit fühlte ich mich inzwischen ziemlich clean. Na schön, bei meiner Arbeit ging es letzten Endes auch um nackte junge Dinger – na und? Meine Arbeitsatmosphäre war absolut anständig – ein ganz normales Büro –, und ich selbst machte ja nichts Pornografisches, nicht mehr jedenfalls.

Es fiel mir schwer, zu akzeptieren, dass mein Freund so dachte, und dass er mir das so taktlos mitteilte. Es war noch dazu reine Ironie, dass ich abgesehen von meiner Arbeit in der Erotikbranche ein relativ langweiliges Sexleben geführt und mich mit nur wenigen Männern getroffen hatte. Ich hatte noch nicht einmal einen One-Night-Stand gehabt. Von daher war ich nicht das typische Pornomodell. Ich *war* sehr wohl erzogen – vor meinem Job als Callgirl hatte ich meine Sexualpartner an einer Hand abzählen können. Ich trank selten Alkohol, ich nahm keine Drogen, ich ernährte mich gesund, ich machte Sport und schützte mich beim Sex – in meinen Adern floss unverkennbar das Blut eines braven, soliden Vorstadtmädchens.

Genau das war der Grund für dieses ganze Projekt gewesen. Es hing mir zum Hals raus, so brav zu sein. Ich hatte meine wenigen Sexerfahrungen und mein langweiliges, ausgewogenes Leben gründlich satt. Mich faszinierten jene Menschen, deren Leben genau gegensätzlich verlief, jene Frauen, die ich glamourös, mutig und sexy fand. Sie scherten sich nicht um die Vernunft. Von ihnen träumte ich.

Nachdem ich in der Schule ein ziemlich ruhiger Strebertyp gewesen und dann mit meinem ersten Sexualpartner zweieinhalb Jahre zusammengeblieben war, hatte ich mein sexuelles Ich nie so richtig erforscht. Wenn ich eine wildere sexuelle Vergangenheit gehabt hätte, wenn ich meinem Vater näher gestanden hätte, wenn ich keine so tief sitzende Sehnsucht nach Männern mittleren Alters gespürt hätte – vielleicht hätte ich Karla dann gar nicht erschaffen müssen. Aber mein Leben gab mir nicht das, was ich brauchte, also musste ich mir das Krönchen aufsetzen und die Sexprinzessin spielen, um die verlorene Zeit aufzuholen. Ich musste Karla finden, um den Rest meines Ichs zu entdecken, und das war nun vorbei. Ich hatte meine metaphorische Reise zurückgelegt, meine Aufgaben erledigt, und ich konnte nun nach Hause zurückkehren – in jeder Hinsicht eine verlorene Tochter.

Daher war ich wohl so überrascht über die Möglichkeit, dass mich jemand allein angesichts meiner derzeitigen, völlig legalen Beschäftigung als »billige kleine Schlampe« betrachten könnte. Eigentlich war ich nie eine Schlampe gewesen, und jetzt war ich das mit Sicherheit schon gar nicht. War das nicht deutlich? Aber aufgrund dieses Vorfalls konnte ich mir gut vorstellen, was jemand denken mochte, der wusste, *wie* ich diesen Job bekommen hatte, und der über meine anderen »Fähigkeiten« informiert war.

Die nächste Lawine erwischte mich am Tag darauf, als ich eine E-Mail von dem Typen bekam, mit dem ich mich zuvor einige Male getroffen hatte. Dabei hatte ich ihm gegenüber angedeutet, dass ich in der Erotikbranche gearbeitet hatte, aber er war offenbar davon ausgegangen, dass ich lediglich Internet-Pornoseiten programmiert hatte oder dergleichen, aber nicht selbst an der Front gewesen war. Als er herausfand, was ich wirklich getan hatte, war er sehr schockiert. Seiner Meinung nach hätte ich die moralische Verpflichtung gehabt, ihm alle Einzelheiten mitzuteilen, bevor wir Sex gehabt hatten. Hatte ich das? Ich war wirklich vorsichtig gewesen, ich hatte mich testen lassen, und wir hatten uns geschützt – er hätte sich nicht einmal bei mir anstecken können, *wenn* ich was gehabt hätte.

Würde ich all meine späteren Geliebten über meine Vergangenheit aufklären müssen? Wann würde diese Sache verblassen? Oder würde ich sie immer mit mir herumtragen?

21. MÄRZ

Das Projekt ist beendet. Ich fühle es.

Es hat sich eine ernst zu nehmende Beziehung zu einem Mann entwickelt, und ich würde niemals einen Sexjob annehmen können, während ich mit jemandem zusammen bin. Natürlich brauche ich jetzt, da ich in meiner neuen Position wesentlich mehr verdiene, auch die paar Hunderter nicht mehr, die mir die Arbeit für Lance eingebracht hat.

Es ist dennoch schön, zu wissen, dass ich als Frau meine Möglichkeiten hatte. Es ist schön, zu wissen, dass ein behütet aufgewachsenes Vorstadtgirl sich seinen Weg durch den gefährlichen Dschungel der Porno-Industrie bahnen und halbwegs unbeschadet wieder herauskommen kann – und ich habe nicht nur das Gefühl, keinen Schaden davon getragen zu haben, sondern sogar ein besserer Mensch geworden zu sein.

Ich habe eine Wohnung, die mir allein gehört, und die hätte ich mir ohne die Erotikjobs nie leisten können. Ich habe ein wesentlich besseres Verständnis meiner eigenen Sexualität. Ich kenne mich selbst wesentlich besser. Ich weiß, was ich brauche, was mir Angst macht, was mir einen Kick gibt und wonach ich mich sehne. Ich kann mich selbst besser einschätzen, ebenso wie auch die Spannung zwischen Männern und Frauen.

Außerdem glaube ich, dass ich heute klüger bin als früher. Ich bin härter und schlauer und aufmerksamer geworden, denn ich habe Menschen getroffen und Dinge erlebt, denen eine Frau wie ich möglicherweise sonst in ihrem ganzen Leben nicht begegnet. Dafür, dass ich ein behütetes, weißes Mädchen bin, habe ich ganz schön aufgeholt. Daher kann ich jetzt wieder zu verantwortungsbewusstem Handeln zurückfinden, aber nie zu meiner früheren Unwissenheit. Ich habe zu viel gesehen – von anderen, aber auch von mir selbst –, um in bestimmte Fallen zu gehen, und ich hoffe, dass ich einen Sexualpartner finden werde, der es zulässt, dass ich selbst meine Grenzen stets zu überschreiten versuche und neue Dinge ausprobieren will.

Auch muss ich der Erotikbranche dafür danken, dass sie mir den Unterschied zwischen Liebe und Sex beigebracht hat. Manche Menschen finden ihr ganzes Leben nicht heraus, wo er liegt. Lange Zeit konnte ich nicht sagen, was Liebe und was Trieb ist. Ich habe so viel über die

Dynamik zwischen den Menschen gelernt und darüber, weshalb es bestimmte Menschen nach bestimmten Dingen verlangt, und all das kann ich jetzt mit mehr Distanz betrachten.

Ich habe gelernt, was es heißt, jemanden zu lieben, und was es heißt, wenn man es braucht, dass man geliebt wird. Heute muss ich keine Beziehung mehr suchen, die meinen Vater ersetzt. Ich bin nicht mehr auf der Suche nach einem Elternteil. Ich brauche auch keinen Haufen Geld, um mich wichtig zu fühlen. Ich habe gelernt, meine eigenen Fantasien zu entdecken und keine Angst davor zu haben, in sie hineinzuschlüpfen. Ich kann werden, was und wer ich will, wenn auch vielleicht nur für eine Nacht.

Das Gefühl von dreckigen Dollarnoten auf meiner Haut vermisse ich nicht. Diese Erfahrung habe ich gemacht, und da sie mir nicht länger unerreichbar scheint, sehne ich mich auch nicht danach. Ich habe meine Sexualität entdeckt, und wenn nun zu viel Zeit ohne Action verstreicht, dann sehne ich mich nach etwas anderem – nach einem Geliebten, für den ich Zuhause eine Soloshow aufführen kann.

Helen Gurley Brown wurde ein Star mit der radikalen Bemerkung, Sex sei gut, sich sexy zu fühlen sei großartig, und wenn man alles aus seinem Sexleben herausholte, dann würde man auch aus seinem Ich alles herausholen. Beiden Seiten des gesellschaftlichen Spektrums, Konservative ebenso wie Feministinnen, haben gegen die Kraft der Sexualität gewettert und laut gebrüllt, dass man sich dadurch zum Objekt macht und erniedrigt, aber Frauen wie Helen Gurley Brown oder Anaïs Nin sowie auch meine eigenen Erfahrungen haben mir gezeigt, welche Kraft darin liegt, einen kurzen Rock anzuziehen, und welchen Kick es bereitet, als Frau gesehen zu werden – was wiederum nichts anderes bedeutet, dass man als sexuelles Wesen betrachtet wird, das seine Sexualität und sein Ich ebenso kontrolliert wie all jene in seiner Umgebung.

Ich brauche heute keinen Saal geiler Betrunkener, um mich daran zu erinnern, dass ich begehrenswert und daher mächtig bin. Das habe ich längst entdeckt. Jetzt brauche ich nur noch ein einziges Augenpaar, das mich voller Liebe und Lust ansieht. Wenn ich das bekommen kann – und eine Karriere im Rampenlicht –, dann haben sich all meine Wünsche erfüllt.